Mary Jane Clark

Tod liegt in der Luft

Roman

Aus dem Englischen von
Anke Grube

Ullstein

Besuchen Sie uns im Internet:
www.ullstein-taschenbuch.de

Umwelthinweis:
Dieses Buch wurde auf chlor- und säurefreiem Papier gedruckt.

Ullstein Verlag
Ullstein ist ein Verlag der Ullstein Buchverlage GmbH.
Deutsche Erstausgabe
1. Auflage Juni 2004

Dieses Werk wurde vermittelt durch die Literarische Agentur
Thomas Schlück GmbH, Garbsen.
Titel der amerikanischen Originalausgabe: *Nowhere to Run*
(St. Martin's Press, New York)
Übersetzung: Anke Grube
Redaktion: Maria Buchwald
Umschlaggestaltung: Thomas Jarzina, Köln
Titelabbildung: Photonica, Hamburg
Gesetzt aus der Sabon
Satz: Buch-Werkstatt GmbH, Bad Aibling
Druck und Bindearbeiten: Ebner & Spiegel, Ulm
Printed in Germany
ISBN 3-548-25849-2

Wiederum für Elizabeth und David
und
den nicht unmöglichen Traum, einmal eine Behandlung oder Heilmethode für die häufigste Ursache für angeborene geistige Behinderung zu finden – das Martin-Bell-Syndrom.

Prolog

Freitag, 14. November

DIE SILBRIGE SCHNELLBAHN Manhattan–New Jersey kam langsam zum Stehen. Nur ein Reisender stieg aus. Er blieb auf dem erleuchteten Bahnsteig stehen, zog zum Schutz vor dem kühlen Nachtwind den Mantelkragen hoch und versuchte sich zu orientieren. Er holte ein zusammengefaltetes Blatt Papier aus der Manteltasche und studierte den Computerausdruck.

Auf dem Weg zum Ausgang kam der Reisende an einer Plakatwand vorbei, von der das freundliche Moderatorenduo von »Amerika am Morgen« auf ihn herablächelte: Constance Young und Harry Granger. Die waren wirklich überall, alle Welt kannte sie.

Die grauen Betontreppen hinunter und durch den mit bunten Graffiti übersäten Tunnel unter den Gleisen hindurch. Ein handgemaltes Auge weinte Tränen, aus denen einem die Worte ANGST, WUT, SCHMERZ und SCHRECKEN entgegenschrien – als hätte der Künstler geahnt, dass es genau diese Gefühle waren, die den Reisenden spätabends in die geruhsame Kleinstadt geführt hatten.

Noch eine Treppe hoch, dann stand der Reisende auf der Hauptstraße von Maplewood. Es war Freitagabend und die Kinobesucher drängten sich aus dem alten Lichtspielhaus. Es war kein Problem, sich unter sie zu mischen und mal zu hören, wie der neueste Kassenschlager bei ihnen angekommen war.

Auf der anderen Straßenseite war das Postamt. Natürlich wäre es viel einfacher gewesen, den in drei Plastikschichten verpackten Umschlag mit dem tödlichen weißen Pulver mit der Post zu schicken, statt ihn selbst in den Kasten zu werfen. Aber die armen Postangestellten hatten wirklich schon genug durchgemacht. Und diese Terrorsendung war einem ganz bestimmten Empfänger zugedacht, sie sollte nicht allgemein Angst und Schrecken verbreiten.

An der ersten Straßenecke drang verführerischer Knoblauchduft aus der Village Trattoria, eine Einladung an die Vorbeikommenden, einzutreten und die Gaumenfreuden zu genießen, die sie im Restaurant erwarteten. Aber dafür war jetzt keine Zeit, nicht einmal für eine schnelle Tasse Kaffee im Maple Leaf Diner. Es war wichtig, sich genau an den Plan zu halten und rechtzeitig wieder am Bahnhof zu sein, um den Zug um 12.39 nach Manhattan zu erwischen.

Die Schaufenster eines Geschenkartikelladens an der Ecke Highland Place waren mit Plüschtruthähnen und überfließenden Füllhörnern dekoriert. Jetzt ging es rechts um die Ecke, dem ausgedruckten Stadtplan zufolge, und es war an der Zeit, die Baseballkappe aufzusetzen. Am Spirituosenladen vorbei und am Cent' Anni; mal schnell die Speisekarte überfliegen. *Ossobuco Milanese*: Kalbshaxe mit Risotto und Safran. Mmmm, lecker. Man aß nicht schlecht in den Vororten.

Die Straße wurde schmaler, der Reisende hatte das Geschäftsviertel hinter sich gelassen. Hier standen Villen im viktorianischen Stil, aus Holz erbaut, alle gut hinter hohen Hecken und riesigen, alten Bäumen versteckt. Die Hauseingänge waren erleuchtet, so dass die ungeraden Hausnummern auf der rechten Straßenseite gut zu erkennen waren. Ein junges Mädchen, das einen Hund spazieren führte, kam vorbei. Ein zweimaliges Niesen in der kalten Nachtluft.

Die Straße stieg steil an, langsam schmerzten die Beine. Nr. 31 war das letzte Haus in der Straße. Die Straßenlaterne war hell genug, es gab keinen Zweifel wegen der Hausnummer, aber das Anwesen selbst lag im Dunkeln.

Er war nicht da. Perfekt.

Es konnte gar nicht besser laufen. Ein verstohlener Blick in beide Richtungen – die Straße war menschenleer. Es dauerte nur Sekunden, den Brief von den Plastikhüllen zu befreien und in den Kasten zu werfen.

Am Bahnhof blieb noch reichlich Zeit, die Lederhandschuhe auszuziehen und ebenso die Gummihandschuhe darunter. Beide Paare landeten in der Tiefe des Abfalleimers, als auch schon der Zug in Richtung Innenstadt angerumpelt kam.

Samstag, 15. November

Das Telefon klingelte schon den ganzen Morgen. Gratulanten, die ihm alles Gute zum sechsunddreißigsten Geburtstag wünschen wollten. Aber kein Anruf von Annabelle. Nach den Bierchen gestern Abend brauchte er dringend etwas Bewegung, schließlich wollte er kein Fett ansetzen. Er fühlte sich stark und optimistisch, und er war zuversichtlich, dass im nächsten Lebensjahr endlich mal wieder alles nach Wunsch laufen würde. Das Manuskript war fertig, und die Aussicht, einen Verlag dafür zu finden, stand bestens. Schließlich wusste er sehr gut, was einen Bestseller ausmachte, und sein Projekt hatte alle Voraussetzungen für einen ganz großen Wurf.

Es machte echt Spaß, sich vorzustellen, was er mit dem Geld alles anfangen würde. An seinem siebenunddreißigsten Geburtstag würde er vielleicht mit einigen Freunden in die Karibik fliegen, sonnenbaden und tüchtig feiern. Nur schade, dass Annabelle nicht mitkommen würde.

Die kalte Luft war zuerst ein Schock, dann, als er sich warm gelaufen hatte, empfand er sie als angenehm. Die letzten Blätter trudelten von den Ulmen und Roteichen herab und landeten auf dem Bürgersteig zu seinen Füßen. Er sog tief die Luft ein und steigerte sein Tempo, bis sein Atem in weichen weißen Wölkchen emporstieg. Es war schön, am Leben zu sein.

Nach seiner Morgenrunde von fünf Kilometern holte er sich einen Kaffee und eine Zeitung und kehrte nach Hause zurück, im Schritttempo, um sich abzukühlen. Gewohnheitsmäßig sah er in den Briefkasten, in dem ein einziger einsamer Brief lag. Komisch, an seinem Geburtstag hatte er eigentlich mehr Post erwartet.

Er ging ins Haus, schleuderte die Laufschuhe in die Ecke, ließ sich in seinen Lieblingssessel fallen und inspizierte seinen Geburtstagsbrief: purpurroter Umschlag, unbekannte Handschrift. Vielleicht von einer Frau? Einen Augenblick lang erlaubte er sich den Traum, Annabelle könnte ihm geschrieben haben.

Unwillkürlich schaute er auf das Foto im Silberrahmen, das immer noch auf dem Kaminsims stand. Er hatte es am Strand aufgenommen, in Bay Head. Das Foto zeigte eine lachende Annabelle, die gerade von einer Welle erwischt worden war. Ihr brünettes Haar schimmerte in der Sonne, die weißen Zähne blitzten und die blauen Augen hoben sich strahlend von der gebräunten Haut ab. Sie hatte immer über ihre Sommersprossen geklagt und sich schmalere Oberschenkel gewünscht. Er hatte gelacht und sie aufgezogen: Hatte sie denn nicht längst gemerkt, dass er es mochte, wenn eine Frau etwas Fleisch auf den Rippen hatte?

Die beiden Geburtstage, die er mit Annabelle verbracht hatte, waren bei weitem die glücklichsten seines Lebens gewesen. Aber das war lange her. Annabelle war mittlerweile verheiratet und hatte zwei kleine Kinder, während er allein in dem Haus lebte, das er von seinen Eltern geerbt hatte. Das Leben, das er führte, war so weit ganz in Ordnung: Er hatte einen interessanten Beruf und verdiente gut, sein Buch hatte das Zeug, wie eine Bombe einzuschlagen, er hatte Freunde, mit denen er viel Spaß hatte, und er war gesund genug, um das alles auch genießen zu können. Aber langsam bezweifelte er, dass er je die richtige Partnerin finden würde. Keine der Frauen, mit denen er zusammen gewesen war, schien seinen hohen Anforderungen so richtig zu entsprechen – dem »Annabelle-Maßstab«.

Neugierig hielt er den Brief an die Nase. Moschusduft, fast berauschend. Kein Absender. Die Marke auf dem Umschlag war nicht abgestempelt. Vielleicht ein Versehen der Post. Oder die Absenderin hatte den Brief eigentlich mit der Post schicken wollen, ihn dann aber doch persönlich abgegeben. Hoffentlich das Letztere, denn dann würde der Rest seiner Geburtstagspost noch kommen.

Er riss den Umschlag auf und zog eine Karte heraus, wobei silbriges Konfetti hervorrieselte und alles überpuderte. Er fegte die winzigen Papierschnipsel von Hemd und Jogginghose. Was für ein Glück, dass er seine Putzfrau gebeten hatte, diese Woche ausnahmsweise am Samstag zu kommen.

»EINE HEIMLICHE VEREHRERIN«, stand auf der Karte.

Er schnüffelte noch einmal an dem Umschlag und versuchte sich auszumalen, wie die Traumfrau wohl aussah, die so ein Parfüm trug. *Hör auf damit.* Keine Frauengeschichten mehr, wenigstens eine Zeit lang, das hatte er sich fest vorgenommen. Frauen waren anstrengend und im Augenblick konnte er keine Ablenkungen gebrauchen.

Entschlossen warf er die Karte in den Papierkorb, aber nicht, ohne vorher noch einmal genüsslich daran zu riechen.

Donnerstag, 20. November

1

Mike schlüpfte wieder ins Bett, als Annabelle gerade aufstehen wollte. Sie machte sich nicht die Mühe, ihn zu fragen, wo er denn gewesen sei oder was er gemacht hatte. Wieder eine schlaflose Nacht für ihn und eine einsame Nacht für sie. Das war mittlerweile ihr normaler Lebensrhythmus geworden.

Sie schloss die Schlafzimmertür hinter sich, ging in die Küche und machte Licht, denn der frühe Morgen war grau und trübe. Zwei Frühstücksboxen, die eine rot, die andere himmelblau, standen aufgeklappt auf der Arbeitsfläche. Annabelle packte in jede ein Mettwurstbrot, eine kleine Tüte Salzbrezeln und Rosinen sowie eine Papierserviette. Als das Wasser zu kochen begann, riss sie den Kessel vom Herd, damit sein Pfeifen nicht die Kinder aufweckte. Sie hatte noch eine Viertelstunde Zeit, bevor sie Thomas und Tara wecken musste, kostbare fünfzehn Minuten, auf die sie ungern verzichten würde.

Sie umfasste den warmen Keramikbecher, trank einen Schluck dampfenden grünen Tee und zuckte zusammen, als die kochend heiße Flüssigkeit ihr fast den Mund verbrannte. Der Geschmack war ja nicht gerade berauschend, aber grüner Tee, das klang so gesund, und es war ein tröstlicher Gedanke, dass sie damit etwas tat, um sich zu stärken und den Körper innerlich zu reinigen. Sie musste schon für sich selbst sorgen, niemand sonst würde es tun, jedenfalls nicht, solange es Mike so schlecht ging. Wenn sie jetzt auch noch krank würde, würde alles zusammenstürzen wie ein Kartenhaus.

Barfuß tappte sie ins Wohnzimmer und schaltete den Fernseher ein, wobei sie darauf achtete, den Ton leise zu stellen. Ihr Beitrag sollte in der ersten halben Stunde des Morgenmagazins gesendet werden und sie wollte ihn auf keinen Fall verpassen. Diesmal war es wirklich nicht einfach gewesen. Sie hatte stundenlang zu einem Thema recherchiert, über das sie so gut wie nichts wusste, die erforderlichen Drehgenehmigungen eingeholt, Interviewtermine verabredet, Videomaterial angefordert und auch noch den Text geschrieben, weil der Medizinjournalist Dr. John Lee, mit dem sie als festes Team zusammenarbeitete, zu beschäftigt war, das selbst zu tun. Sie hatte Überstunden eingelegt, damit der Beitrag auch wirklich rechtzeitig geschnitten wurde. Und eben in diesem Moment saß John Lee fertig zurechtgemacht im Studio und fieberte ungeduldig seinem Auftritt im landesweit ausgestrahlten Morgenmagazin von KEY News entgegen. Alle Lorbeeren für ihre harte Arbeit würde er einheimsen.

Aber so war das eben, den Ruhm ernteten die Leute vor der Kamera. Zwar hielt Annabelle den Mediziner für einen ehrgeizigen Dummschwätzer, dem weniger an seinem hippokratischen Eid lag als daran, sich mit seinen Fernsehauftritten vor Millionenpublikum eine goldene Nase zu verdienen: durch Buchverträge, lukrative Nebenbeschäftigungen in der Werbung und möglichst noch mehr Geld bei den nächsten Vertragsverhandlungen. Aber es war eben ihre Aufgabe, ihn gut dastehen zu lassen, und das akzeptierte sie. Schließlich wollte sie ihre Stelle behalten. Sie brauchte den Job. Das Krankengeld, das Mike von der Stadt bezog, reichte nicht aus, um die Familie zu ernähren.

Die Fanfare von »Amerika am Morgen« ertönte. Annabelle konnte es immer noch nicht fassen, dass sie wieder bei KEY News war. Als die Zwillinge geboren worden waren, nach zwei Fehlgeburten und einer Fruchtbarkeitsbehandlung, hatte sie aufgehört. Sie hatte eigentlich nicht vorgehabt, je wieder fest und Vollzeit für den Sender zu arbeiten. Schließlich wollte sie auch etwas von den Kindern haben, für die sie so viel aufs Spiel gesetzt hatte. Mit Mikes Gehalt als Feuerwehrmann plus seinen Überstunden und Annabelles gelegentlichen Aufträgen als Freie waren sie in den letzten sechs Jahren finanziell so einigermaßen zurechtgekommen, besonders, da sie eine Mietpreis gebundene Wohnung hatten – eine Seltenheit in Greenwich Village, wo das Wohnen sonst kaum noch erschwinglich war.

Es war eine so schöne Zeit gewesen.

Ein starker, kraftvoller, lebensprühender Mann mit viel Humor, zwei gesunde Kinder und ein Zuhause voller Wärme und Lachen. Annabelle zog ihren roten Flanellmantel enger um sich und schaute aus dem Fenster auf das urbane Idyll der Perry Street. Jetzt war sie froh, dass sie diese Zeit genossen, sie voll ausgekostet hatte. Sie hätten sich nie träumen lassen, was noch auf sie zukommen würde. Unten fegte ein schwerer Wagen der Stadtreinigung Abfälle und Dreck vom Bordstein, und ein paar Frühaufsteher hasteten zielstrebig vorbei. Eine fette schwarze Taube landete auf einer eisernen Feuerleiter. Ein Morgen wie viele andere in Greenwich Village, bevor und nachdem sich alles verändert hatte.

Ein schneller Blick auf die Uhr auf dem Bücherschrank sagte ihr, dass es Zeit war, die Zwillinge zu wecken. Sie stellte den Fernseher lauter, um die Anmoderation für ihren Beitrag auf keinen Fall zu verpassen, und ging ins Kinderzimmer.

Beim Anblick der schlafenden Kinder, die die Wangen an ihre Barney-Kissen geschmiegt hatten, blieb sie still stehen, wie so oft voller Staunen über das Glück, das ihr diese wunderbaren Wesen beschert hatte. Der Draufgänger Thomas, der gern lachte und so bestrebt war zu gefallen, und die nachdenkliche, künstlerisch begabte Tara, stiller und komplizierter als ihr Bruder, aber – wie Annabelles Mutter es auszudrücken pflegte – ein kleiner Satansbraten. Zwei Kinder, mit so viel Liebe und Hoffnung empfangen, die die kühnsten Träume ihrer Eltern noch übertroffen hatten.

Lächelnd und mit einem Kopfschütteln sah sie, wie Thomas sich im Halbschlaf den Daumen in den Mund schob. Tagsüber versuchte er angestrengt, sich diese Unart abzugewöhnen, aber er war geradezu süchtig nach dem Trost, den er darin fand. Und war das denn wirklich so schlimm, fragte sie sich und beobachtete, wie sein Kehlkopf sich beim Saugen unter der weichen Haut bewegte. Er würde diese Angewohnheit schon aufgeben, wenn er so weit war. Manchmal hätte sie sich am liebsten selbst unter der Bettdecke verkrochen und am Daumen genuckelt. Leider unmöglich, die Kinder brauchten wenigstens einen Elternteil, der sich auch entsprechend benahm.

Sie verabscheute sich selbst wegen des Grolls, den sie in letzter Zeit empfand. Am Anfang war sie den untypisch düsteren Stimmungen und langen, kalten Schweigephasen ihres Mannes mit liebevollem Verständnis begegnet. Nach allem, was er durchgemacht hatte, war es nur zu verständlich, dass er sich verschloss. Er war dort gewesen, hatte die Katastrophe erlebt, hatte alles mit angesehen, hatte enge Freunde verloren und an unzähligen Beerdigungen teilgenommen. Die Feuerwache war voll mit den Geistern der Toten.

Aber seine Depression dauerte nun schon zu lange. Zwar ging er pflichtgemäß zu den obligatorischen Therapiesitzungen – »Seelenmassage«, wie er es nannte –, aber Annabelle konnte bislang keine Besserung erkennen. Er wollte die Wohnung nicht verlassen, er stieg in keinen Fahrstuhl und schreckte jedes Mal zusammen, wenn er ein Flugzeug über sie hinwegfliegen hörte. Am meisten kränkte sie sein Desinteresse an den Kindern, ihre verwirrten, verletzten Gesichter, wenn der Papa sie nicht baden wollte oder es ablehnte, ihnen ihre Lieblings-Gutenachtgeschichte vorzulesen. Immer musste Annabelle einspringen und den Zwillingen erklären, dass es Papa nicht gut ging, es ihm aber sicher bald besser gehen würde – was sie sich auch selbst einzureden versuchte.

Hoffentlich schlugen die Medikamente bald an. Vor zwei Wochen hatte der Arzt Mike ein neues Mittel verordnet, aber bislang hatte Annabelle keine Veränderung feststellen können.

Sie beugte sich hinab und berührte die schmale Spatzenschulter ihrer Tochter, die augenblicklich die blauen Augen aufschlug. Tara war nur einen kurzen Moment lang desorientiert, schnell erkannte sie das Gesicht ihrer Mutter und die vertraute Umgebung. Sie setzte sich auf, strich sich das feine, verwuschelte Haar aus der Stirn und langte nach dem Schuhkarton, den sie gestern Abend vorsichtig neben dem Etagenbett abgestellt hatte.

»Alles noch da, Schatz. Du kannst deinen Klassenkameraden die schönen Blätter zeigen.«

»Gut«, sagte das kleine Mädchen, öffnete den Deckel und inspizierte den Inhalt, wie sie es vor dem Schlafengehen schon unzählige Male getan hatte.

»Die sind wirklich schön geworden, Tara.« Behutsam nahm Annabelle eins der bemalten Herbstblätter heraus und sprach ein stilles Dankgebet, weil Mrs Nuzzo gestern mit den Kindern zum Spielplatz gegangen war, nach schönen Blättern gesucht und später die Malaktion beaufsichtigt hatte. Jeden Donnerstag sollten die Kinder etwas in die Schule mitbringen, das sie ihren Klassenkameraden vorführen konnten, eine echte Herausforderung für die Eltern der Erstklässler, die sich ständig etwas Neues ausdenken mussten. Als Annabelle gestern spät von der Arbeit nach Hause gekommen war, hatte sie erleichtert festgestellt, dass ihr zumindest diese Elternpflicht abgenommen worden war. Und doch war sie auch irgendwie eifersüchtig auf Mrs Nuzzo. Sie hätte viel lieber selbst mit den Kindern Herbstlaub gesammelt, mit ihnen am Küchentisch gesessen und Blätter bemalt.

»Thomas, mein Großer, Zeit zum Aufstehen.« Der Junge nahm den Daumen aus dem Mund und kniff die Augen fest zusammen. »Komm schon. Wenn du sofort aufstehst, haben wir noch genug Zeit, arme Ritter zu machen«, lockte Annabelle. »Sonst gibt es wieder nur Fruchtringe.«

»Gibt es auch Würstchen?« Die Augen waren immer noch fest zugedrückt.

Annabelle widerstand der Versuchung, das Kind anzulügen, damit es aufstand. »Nein, Schatz, Würstchen gibt es nur am Wochenende. Aber die armen Ritter sind doch auch lecker – süß und warm und mit Ahornsirup, genau wie du es magst. Komm schon, steh jetzt auf.«

Der Junge schickte sich ins Unvermeidliche, schwang die Beine über die Bettkante und zog sich das gestrickte Baumwolloberteil mit dem Spiderman über den Kopf. Als Annabelle Constance Youngs Stimme aus dem Fernseher hörte, ging sie wieder ins Wohnzimmer und überließ es den Kindern, sich die Sachen anzuziehen, die sie gestern Abend bereitgelegt hatten.

Constance, blond, professionell geschminkt, im stahlblauen Kostüm, sah heute Morgen wieder großartig aus. Annabelle war stolz auf ihre Freundin. Sie hatten sich kennen gelernt, als sie beide bei KEY News angefangen hatten, Annabelle als Informationsspezialistin – sie hatte per Telefon Interviewpartner ausfindig gemacht, Experten oder Betroffene, geklärt, ob ihr Beitrag für die geplante Sendung interessant sein könnte, und sie zum Mitmachen überredet – und Constance als Reporterin. Constance hatte alles zweihundertprozentig gemacht und sich total reingehängt, hatte sich freiwillig für Berichte gemeldet, die keiner der erfahrenen Reporter machen wollte. Während Annabelle zu Hause bei den Kindern war, hatte Constance mit Leidenschaft ihre berufliche Karriere verfolgt. Jetzt war sie Moderatorin des Morgenmagazins mit den höchsten Einschaltquoten und verdiente siebenstellige Summen im Jahr. Sie war schön, intelligent, erfolgreich, und es war unmöglich, sie zu hassen, weil sie ein so verdammt netter Mensch war.

Wenn Constance nicht gewesen wäre, würde Annabelle jetzt wohl kaum wieder bei KEY News arbeiten. Als sie gehört hatte, wie es um ihre Freundin stand, hatte sie sich für sie eingesetzt. Der Redaktionsleiter Linus Nazareth hielt nicht viel von berufstätigen Müttern mit kleinen Kindern, weil die angeblich nicht den vollen Einsatz brachten, und Annabelle war ziemlich sicher, dass er sie nur eingestellt hatte, um seiner populären Starmoderatorin einen Gefallen zu tun. Wenn Constance Young Annabelle in der Redaktion haben wollte, dann war sie drin.

Annabelle hatte gearbeitet bis zum Umfallen, um ihr Engagement zu beweisen. Nazareths letzte Arbeitsanweisung hatte gelautet: »Mach Bioterrorismus sexy. Verführ die Zuschauer. Sag ihnen, warum sie das interessieren sollte und was sie tun können, um sich zu schützen. Zwing sie, dabei zu sein, immer wieder einzuschalten und wie gebannt vor dem Bildschirm zu sitzen, weil sie unbedingt erfahren wollen, wie sie sich und ihre Kinderchen retten können.« Nach diesem denkwürdigen Marschbefehl war Annabelle gezwungen gewesen, sich in das Thema Bioterrorismus einzuarbeiten, und jetzt wusste sie mehr über Botulismus, Pocken, Tularämie und die Pest, als sie je hatte wissen wollen.

Sie schlug Eier in eine Rührschüssel, während sie Constances Anmoderation zuhörte.

»In unserer Reihe über Bioterrorismus erfahren Sie heute das Neueste über Milzbrand. Sie werden überrascht sein, was unser Medizinjournalist Dr. John Lee alles herausgefunden hat.«

Annabelle blickte auf, als das Einstiegsbild auf dem Fernsehschirm erschien: unbegeißelte Stäbchenbakterien.

»Milzbrand ist das perfekte biologische Kampfmittel, lautlos und unsichtbar«, begann Dr. Lees wohlklingende Stimme. »Aber eigentlich ist Milzbrand eine Infektionskrankheit von Rindern, Schafen und Ziegen. Normalerweise steckt man sich an, wenn man mit infizierten Tieren oder deren Produkten in äußerlichen Kontakt kommt.«

Auf dem Bildschirm erschien eine Seite aus einem medizinischen Lehrbuch, hässlicher schwarzer Schorf auf einer Menschenhand.

»Zwar können Milzbrandsporen auch durch den Verzehr von infiziertem Fleisch aufgenommen werden, aber in fünfundneunzig Prozent der Fälle erfolgt die Ansteckung durch Hautkontakt – dadurch entsteht der relativ häufige Hautmilzbrand. Was anfangs wie ein kleiner Pickel oder ein kleines Geschwür aussieht, wird zu einer kohlschwarzen Nekrose. Daher wird Milzbrand auch als Anthrax bezeichnet – weil die Ödeme schwarz wie Anthrazit oder Kohle sind. Doch wenn Hautmilzbrand auch potenziell tödlich verläuft, ist die Krankheit im Allgemeinen doch sehr gut mit Antibiotika zu behandeln.

Weitaus gefährlicher ist der Lungenmilzbrand, der nach dem Einatmen von Milzbranderregern entsteht. Zunächst treten grippeähnliche Symptome auf: Fieber, Husten, Gliederschmerzen – kaum etwas, womit man normalerweise gleich zum Arzt rennt. Aber wenn nicht rechtzeitig eine Behandlung durch starke Mittel erfolgt, steigt das Fieber immer höher, man kann nicht mehr richtig atmen und schließlich kommt es zum Kreislaufkollaps.«

Der Schriftzug mit dem Namen des Arztes, den Annabelle letzte Woche im New York Hospital interviewt hatte, wurde eingeblendet und der Experte erklärte: »Wenn dieses ernsthafte Stadium erst einmal erreicht ist, ist es fast immer zu spät für eine Therapie.«

Lee erschien wieder auf dem Bildschirm, man sah ihn durch ein Labor gehen. »Aber Anthraxerreger in ihrer natürlich vorkommenden Form sind noch nicht die perfekte Biowaffe. Sie müssen bearbeitet und waffenfähig gemacht werden, das heißt, so bearbeitet, dass sie nicht verklumpen, damit sie genügend lange in der Luft bleiben, um eingeatmet werden zu können. Das muss in einem Labor geschehen. Hunderte von Wissenschaftlern und Technikern können sich die Erreger besorgen und kennen das Verfahren zur Munitionierung von Milzbrandsporen.«

Der Medizinjournalist blieb vor einem Gerät stehen und legte seine Hand darauf. »Einer der Schritte bei der Herstellung des pulverförmigen, qualitativ hochwertigen Anthraxmaterials ist das Gefriertrocknen der Sporen. Ein solches Gerät ist für weniger als achttausend Dollar zu haben. Die Annahme, nur in einem staatlichen Hochsicherheitslabor könne waffenfähiges Milzbrandpulver hergestellt werden, ist also falsch.«

Damit war der aufgezeichnete Film zu Ende. Thomas kam aus dem Kinderzimmer, seine Schuhe in der Hand, und Annabelle bückte sich, um ihm die Schnürsenkel zuzubinden. Sie richtete sich gerade noch rechtzeitig auf, um zu sehen, wie Dr. Lee ein Röhrchen mit weißem Pulver in die Kamera hielt.

»Constance, Milzbrand ist so tödlich, so gefährlich, dass wir alle gerne glauben würden, die Erreger würden in gut überwachten Hochsicherheitslabors aufbewahrt und es wäre unmöglich, dass sie in falsche Hände geraten. So hoffen wir – aber was ich hier in der Hand halte, ist ein Teströhrchen mit waffenfähigen Anthraxsporen. Ich kann Ihnen nicht verraten, woher ich es habe, aber wenn es mir gelungen ist, mir Milzbrandpulver zu beschaffen, können andere es auch. Das hier ist eine Waffe, eine Waffe, die man leicht einsetzen und gut verstecken kann.«

Annabelle starrte mit offenem Mund auf den Fernseher. Sie konnte kaum glauben, was sie da sah. Die Kamera machte eine Nahaufnahme von dem Röhrchen, dann kam wieder Constance ins Bild, die so weit wie möglich von dem ihr gegenübersitzenden Medizinjournalisten zurückgewichen war.

»Was ist denn los, Mama?«, fragte Thomas.

»Nichts, Schatz. Aber Papa wird heute aufstehen und euch zur Schule bringen müssen. Mama muss sofort zur Arbeit.«

2

DIE CHEFREDAKTEURIN von KEY News saß am Küchentisch, trank ihre zweite Tasse schwarzen Kaffee und überflog die Titelseite der *New York Times,* während sie mit einem Ohr das im Hintergrund laufende Morgenmagazin verfolgte.

»... was ich hier in der Hand halte, ist ein Röhrchen mit waffenfähigen Anthraxsporen. Ich kann Ihnen nicht verraten, woher ich es habe, aber wenn es mir gelungen ist, mir Milzbrandpulver zu beschaffen, können andere es auch.«

Ruckartig hob Yelena Gregory den Kopf und sah gerade noch, wie der Medizinjournalist stolz seine Beute präsentierte. Diesmal war Linus eindeutig zu weit gegangen. Sie griff nach dem Telefon und tippte die Nummer des Regieraumes ein.

»Gregory. Geben Sie mir Nazareth«, bellte sie. Es dauerte drei Sekunden, dann hatte sie den Redaktionsleiter an der Strippe.

»Verdammt, Linus, was ist bei euch los? Warum wurde ich nicht informiert?«

»Keine Sorge, Yelena. Wir haben alles unter Kontrolle.«

»Soll das heißen, Sie haben die Sache abgesegnet?«

Kurzes Schweigen am anderen Ende der Leitung.

»Linus?« Ihre Wut stieg, als sie feststellen musste, dass ein Werbespot für Windeln über den Bildschirm flimmerte. Na fabelhaft. Der Windelproduzent, auch noch ein Sponsor des Senders, würde begeistert sein. In Panik geratene Mütter vor dem Bildschirm, denen gerade mitgeteilt worden war, dass jeder Irre sich problemlos ein Röhrchen Milzbrandpulver beschaffen konnte. Wirklich das ideale Umfeld für Windelwerbung.

»Nein, ich wusste nichts davon, Yelena«, antwortete der Redaktionsleiter endlich.

»Dann haben Sie also nicht alles unter Kontrolle, oder?«

»Yelena, das ist doch eine Überreaktion.«

»Ach ja, finden Sie? Haben Sie überhaupt eine Vorstellung davon, was für einen Wirbel das auslösen wird? Die Polizei und das FBI werden es gar nicht witzig finden, dass wir mit Massenvernichtungswaffen herumspielen. Und sämtliche Mitarbeiter werden ausrasten, weil sie Angst haben, mit den Todessporen in Kontakt gekommen zu sein. Aber klar, Linus, ich übertreibe.«

Der Redaktionsleiter blieb ruhig. »Mit Polizei und FBI wird die Rechtsabteilung schon fertig und im Sender werden sich alle nach Ihnen richten, Yelena. Wenn Sie allen versichern, dass keine Gefahr besteht, ist schon viel gewonnen.«

»Bin ich froh, dass Sie so genau wissen, was ich zu tun

habe, um den Schlamassel zu bereinigen, den Sie angerichtet haben.« Yelena stieß ihre Kaffeetasse um und die schwarzbraune Flüssigkeit ergoss sich über ihre Zeitung. »Wer war denn überhaupt der verantwortliche Redakteur des Beitrags?«

»Annabelle Murphy.«

»Wusste sie Bescheid?«

»Glaube ich nicht. Zumindest hat sie nichts gesagt.«

»Hätte sie aber tun sollen.«

3

Clara Romanski, die ihre weiche, handgenähte Quiltdecke über sich gezogen hatte, versuchte sich auf den Fernseher zu konzentrieren, um sich davon abzulenken, wie grässlich sie sich fühlte. Das Fieber wurde immer schlimmer. Doch sie würde schon wieder in Ordnung kommen, sicher würde sie das. Ihr Immunsystem war eben etwas angegriffen. Sie musste damit rechnen, sich im Winter mehrmals zu erkälten; bei ihren Putzjobs war sie einfach zu vielen Bazillen ausgesetzt. Aber schließlich hatte sie keine Wahl, irgendwie musste sie sich ja ihren Lebensunterhalt verdienen.

Eigentlich waren all ihre Putzjobs ganz erträglich. Die Leute waren meistens bei der Arbeit und die Kinder in der Schule, wenn Clara bei ihnen staubsaugte, wischte und alles auf Hochglanz polierte. Sie konnte in ihrem eigenen Tempo arbeiten, ohne dass ihr ständig jemand im Nacken saß. Das gefiel ihr eigentlich recht gut.

Nur manchmal, wenn sie ihren schmerzenden Rücken mit Eisbeuteln behandelte oder abends in der Wanne saß, damit das heiße Wasser ihr die Knochen wärmte, fragte sie sich, wie lange sie noch würde putzen gehen können. Schließlich war sie schon achtundfünfzig. Aber sie hatte keinen Mann, keine Kinder und keine Rentenansprüche. Also würde sie im Alter von ihren Ersparnissen leben müssen, und so nahm sie jede zusätzliche Arbeit an, um ein bisschen mehr auf ihr Rentenkonto einzahlen zu können.

Letzte Woche hatte sie es allerdings übertrieben und dafür musste sie jetzt büßen. Ja, das musste es sein. Sie hatte drei zusätzliche Putzjobs angenommen und sie mühsam in ihren Stundenplan eingebaut. Als sie am Samstag zu Mr Henning kam, war sie bereits erschöpft gewesen. Glücklicherweise war er Junggeselle und ziemlich ordentlich, also war nicht viel zu tun gewesen, verglichen mit den Häusern, wo es Kinder gab. Mr Henning war extrem ordnungsliebend, sogar die Glückwunschkarten zu seinem Geburtstag hatte er weggeworfen, anstatt sie wochenlang gut sichtbar irgendwo aufzustellen, wie sie es getan hätte. Ein paar Karten hatte sie in der Küche im Mülleimer gefunden und eine im Papierkorb neben seinem Schreibtisch. Das hatte allerdings ganz schön Dreck gemacht. Winziges Silberkonfetti war herausgerieselt, als sie nachsehen wollte, von wem die Karte war.

Wie schön, dass Mr Henning eine heimliche Verehrerin hatte. Er sollte heiraten und eine Familie gründen. Schließlich hatte er eine gute Stelle. Er arbeitete bei KEY News und hatte zu entscheiden, welche Bücher und Autoren im Morgenmagazin vorgestellt wurden. Clara schaute sich die Sendung gerne an und freute sich immer, wenn sie seinen Namen im Abspann entdeckte. Aber heute

Morgen war die Sendung richtig deprimierend. All das Gerede über Milzbrand und Massenvernichtungswaffen, dabei fühlte man sich ja noch schlechter.

Sie kämpfte sich mühsam hoch, um den Fernseher auszuschalten, sank aber keuchend in die Kissen zurück. Während sie noch besorgt überlegte, dass sie heute wieder nicht zur Arbeit würde gehen können, versank sie in Bewusstlosigkeit.

4

ALS ANNABELLE sich dem Funkhaus näherte, sah sie schon die rotgelben Blitzleuchten des großen blauweißen Dekontaminationsfahrzeugs der Feuerwehr und der Streifenwagen, die auf dem Bürgersteig geparkt waren. Der ganze Bereich war mit gelbem Absperrband abgeriegelt. Sie zückte ihren KEY-Ausweis.

»Kann man das Gebäude betreten?«, fragte sie den uniformierten Polizisten, der vor den schweren Drehtüren des Senders Wache stand. Der Anblick der Gefahrstoff-Spezialisten in ihren Schutzanzügen war doch ziemlich einschüchternd.

»Können Sie, auf eigenes Risiko, aber wir halten es für unbedenklich. Das Studio ist gesperrt, so lange die Untersuchungen laufen, ebenso wie das Büro von diesem Volltrottel. Schöner Arzt.« Angewidert schüttelte der Polizist den Kopf.

Annabelle konnte seine Reaktion gut verstehen. Mehr noch, sie teilte seine Meinung. Sie kannte John Lee gut genug, um zu wissen, dass sein Motiv für die Aktion nicht der altruistische Wunsch gewesen war, die Öffentlichkeit darüber aufzuklären, dass jedermann sich Biowaffen beschaffen konnte. Er wollte die Aufmerksamkeit und den Ruhm, den dieser Publicity-Gag ihm einbringen würde. Und so wie es aussah, sollte er seinen Wunsch erfüllt bekommen. Kamerateams von ABC, CBS, NBC und CNN drängten sich vor der Absperrung.

Annabelle holte tief Luft und schob sich durch die Drehtür. Von dem Wägelchen mit Kaffee und Gebäck, das sonst jeden Morgen im Foyer bereitstand, war nichts zu sehen, und die Gänge waren längst nicht so belebt wie sonst. Hatten die Mitarbeiter des Senders Lees Beitrag im Morgenmagazin gesehen und beschlossen, heute lieber zu Hause zu bleiben?

Während sie mit dem Fahrstuhl in den siebten Stock fuhr, überlegte sie noch einmal, wie sie Yelena und Linus davon überzeugen konnte, dass sie mit der Sache nichts zu tun hatte. Als sie auf dem Weg zu ihrem Büro an Jeromes Büro vorbeikam, schaute sie kurz hinein und stellte erfreut fest, dass er wieder an seinem Platz saß. Er hatte sich zwei Tage krankschreiben lassen.

»Schön, dass du wieder da bist. Geht es dir besser?«, fragte sie.

»Ein bisschen.« Jerome blickte von dem Pressematerial eines Verlags auf, das er gerade studierte, und winkte sie herein.

»Mach die Tür zu«, sagte er leise.

Annabelle gehorchte.

»Setz dich mal kurz hin«, bat er sie und schob einen Stapel Bücher auf dem Sofa zur Seite.

»Warum so geheimnisvoll?« Sie knöpfte ihren Mantel auf und warf die Handschuhe in die Umhängetasche.

»Wusstest du, was Lee da abziehen würde?«

»Bist du verrückt? Natürlich wusste ich es nicht. Für so was hätte ich nun wirklich nicht die Nerven.«

»Wirklich?«

»Ja, wirklich«, versetzte sie nachdrücklich. »Komm schon, Jerome, du kennst mich doch. Bei der Redaktionskonferenz vor ein paar Tagen hat Lee den Vorschlag in den Raum gestellt, so nach dem Motto, was wäre, wenn man waffenfähiges Anthraxmaterial stehlen würde, zum Beweis, dass man das kann, und das in der Sendung brächte. Er war da gerade vom Dreh in dem Labor zurückgekommen. Erinnerst du dich nicht? Du warst doch dabei.«

Jerome nickte. »Ja, und unser geliebter Redaktionsleiter hat sein Veto eingelegt. Lee war nicht gerade glücklich darüber.«

»Na, offensichtlich hat er seinen verrückten Plan trotzdem durchgezogen. Aber ich wusste nichts davon.«

»Das ist gut, denn die Leute vom Gesundheitsamt und vom Katastrophenschutz sind hier und warten auf dich, und auch das FBI würde dir gerne ein paar Fragen stellen. Das gilt zweifellos auch für die Gregory.« Jerome setzte sich wieder hinter seinen übervollen Schreibtisch und wartete, bis sie diese Information verdaut hatte.

Annabelle schloss die Augen und lehnte den Kopf gegen die Rückenlehne des Sofas. »Na wunderbar. Das hat mir gerade noch gefehlt«, stöhnte sie. »Ich weiß nicht, vor welcher Befragung mir mehr graut.«

»Vor der durch die Gregory natürlich.« Jerome zuckte die Achseln und zog die Mundwinkel herunter. »Sag einfach die Wahrheit. Du wusstest nicht, was Lee da abziehen würde. Du weißt nicht, woher er das Milzbrandpulver hat.« Er hielt inne. »Stimmt doch, oder? Du weißt nicht, wie er sich das Zeug beschafft hat.« Seine Stimme erstarb, so dass es sich eher nach einer Frage als nach einer Feststellung anhörte.

»Genau, Jerome«, erwiderte sie entschieden und erhob sich. »Ich habe nichts zu verbergen, hörst du, gar nichts.«

»Freut mich zu hören, Annabelle, denn du sitzt wirklich ganz schön in der Tinte.« Er zog die Schreibtischschublade auf, holte ein weißes Plastikdöschen heraus und klappte den roten Deckel auf.

»Ich dachte, es geht dir besser«, sagte Annabelle und blieb an der Tür stehen.

»Ja, dachte ich auch, aber im Moment fühle ich mich wieder total mies.« Er schob sich eine Tablette in den Mund. »Ich werde diese Grippe einfach nicht los, mir tut alles weh. Ich hätte lieber noch einen Tag im Bett bleiben sollen, aber ich habe so viel zu tun. Ich muss die Neuerscheinungen durchgehen und die aussortieren, die wir in der Sendung nicht vorstellen werden.« Er wies auf die großen Bücherkartons, die überall herumstanden. »Apropos Bücher, hast du meine letzte Mail bekommen? Hast du das Manuskript gelesen? Du hast das verdammte Ding doch schon seit zwei Wochen. Du bist eine der besten Journalistinnen, die ich kenne, Annabelle, und mir liegt viel an deiner Meinung.«

Sie schnitt eine verlegene Grimasse und klopfte auf ihre schwere Umhängetasche. »Ich habe es hier drin. Ich habe es gestern mit nach Hause genommen, um es zu Ende zu lesen, aber ich bin nicht dazu gekommen. Die Kinder, du weißt schon, und alles …«

»Ja, ja, schon gut.« Seine Enttäuschung war offensichtlich.

»Es tut mir Leid, Jerome. Ich will es ja lesen, wirklich, und ich werde es auch tun, das verspreche ich.«

»Verstehe. Die Familie hat Vorrang.«

Am liebsten hätte Annabelle ihm tröstend die Hand auf den Arm gelegt, aber sie wusste, dass das nicht gut wäre. »Wollen wir heute zusammen mittagessen?«, fragte sie stattdessen.

»Kann ich mich nachher noch mal bei dir melden?«, fragte er. »Vielleicht gehe ich doch direkt nach der Redaktionskonferenz nach Hause. Ich fühle mich wirklich überhaupt nicht gut.«

»Klar, aber eins muss ich dir noch sagen, Jerome. Bist du dir ganz sicher, dass du nicht mehr für KEY News arbeiten willst? Denn nach dem Wenigen zu urteilen, das ich schon gelesen habe, wirst du hier nicht mehr willkommen sein, wenn das Buch veröffentlicht wird.«

5

JEDER UMSCHLAG und jedes Paket, das ins Funkhaus kam, wurde in einem abgeschlossenen Untersuchungsraum von Arbeitern mit Atemschutzmasken und säureschutzbeständigen Handschuhen geöffnet und untersucht. Damit sollte verhindert werden, dass »Anthraxbriefe« oder andere gefährliche Substanzen die New Yorker Sendezentrale verseuchten. Aber diesmal war die Bedrohung nicht mit der Post gekommen, sondern einer ihrer eigenen Leute hatte sie eigenhändig hereingetragen.

Sicherheitschef Joe Connelly war auf hundertachtzig. Von allen hirnrissigen Aktionen schoss diese den Vogel ab. Und er, Joe Connelly, musste dafür den Kopf hinhalten: Die Polizei von New York City, das New Yorker Gesundheitsamt, der Katastrophenschutz und das FBI standen bei ihm auf der Matte. Ganz zu schweigen von der Panik der KEY-Mitarbeiter, die er würde beschwichtigen müssen.

Dieser Vollidiot Lee behauptete zwar, das Röhrchen mit dem Anthraxpulver sei versiegelt gewesen, und wahrscheinlich stimmte das auch. Aber natürlich durften sie kein Risiko eingehen. Lees Büro und das Morgenmagazin-Studio waren sofort evakuiert und versiegelt worden, und eine Antiterror-Einheit der New Yorker Polizei war oben und untersuchte, ob nicht doch tödliche Sporen ausgetreten waren.

Joes Blick wanderte wachsam über die zahlreichen Videomonitore, die an der Wand der Sicherheits-Kommandozentrale angebracht waren. An jeden Monitor waren sechzehn Kameras angeschlossen, die im Zeittakt verschiedene Bereiche des Gebäudes aufnahmen. Zwar konnte nicht jeder Quadratzentimeter des Funkhauses erfasst werden, aber an allen Ein- und Ausgängen, in allen Fluren und vor jedem Fahrstuhl waren Kameras angebracht. In dem Monitor, der das Morgenmagazin-Studio aufzeichnete, waren die grobkörnigen schwarzweißen Abbilder von Männern in Schutzanzügen zu sehen, die methodisch überall Proben nahmen, von den Arbeitstischen, Papieren, Aktenordnern, Stiften. Mit ihren Helmen sahen sie aus wie Astronauten.

Die vorläufigen Testergebnisse würden in einigen Stunden vorliegen, obwohl das genauere mikrobiologische Verfahren länger dauerte. Hunderte von Menschen waren in Angst und Schrecken versetzt worden, ihr Tagesablauf war durcheinander geraten, die Kosten für den Großeinsatz würden immens sein. Und das alles nur, weil

Dr. John Lee es für nötig befunden hatte, die Öffentlichkeit aufzuklären.

Na, besten Dank, Dr. Lee.

6

LINUS NAZARETH lehnte sich in seinem Stuhl zurück, schleuderte einen Football in die Luft und fing ihn gekonnt wieder auf. Die beiden FBI-Agenten, die ihm gegenübersaßen, fanden das überhaupt nicht komisch.

»Nein, Agent McGillicuddy, Agentin Lyons, ich wusste es nicht. Ich hatte keine Ahnung, dass Dr. Lee heute in der Sendung ein Röhrchen Anthraxpulver in die Kamera halten würde. Aber ich kann auch nicht behaupten, dass ich sonderlich betrübt darüber bin. Die Öffentlichkeit hat ein Recht darauf, über Sicherheitslücken in diesem Bereich informiert zu werden.« Nach dieser kaum verhohlenen Anklage wurde die Atmosphäre im Raum noch angespannter.

FBI-Agentin Lyons hätte dem widerlichen Kerl für den höhnischen Unterton in seiner Stimme am liebsten eine Ohrfeige verpasst, aber sie erklärte nur gleichmütig: »Wir wollen wissen, wie Dr. Lee an das Milzbrandpulver gekommen ist. Dazu brauchen wir detaillierte Informationen über seinen Bericht. Wir wollen wissen, in welchem Labor gedreht wurde und mit wem er dort gesprochen hat.«

Wieder flog der Football in die Luft. »Ich bin nicht verpflichtet, redaktionelles Material herauszugeben, und ich werde es auch nicht tun.«

»Wir reden hier über eine Massenvernichtungswaffe, Mr Nazareth.«

»Das ist Ihr Problem, nicht meins. Meine Aufgabe ist es, das Recht der Öffentlichkeit auf Information zu schützen und dafür zu sorgen, dass meine Reporter ihre Arbeit tun können. Und das können sie nicht, wenn nicht gesichert ist, dass ihre Informanten geheim bleiben.«

Die FBI-Agenten schauten einander an. Bla, bla, bla. Diesen liberalen Stuss hatten sie schon öfters gehört. Mit diesem arroganten Patron würden sie nicht weiterkommen, das war klar. Sie verschwendeten hier nur ihre Zeit. Aber es gab schließlich noch andere Möglichkeiten.

Sie würden sich eine Aufzeichnung der Sendung besorgen und damit arbeiten. Sobald geklärt war, in welchem Labor gedreht worden war, konnten sie sämtliche Mitarbeiter dort einem Lügendetektortest unterziehen.

Wer der Urheber der Milzbrand-Briefbomben gewesen war, die nach dem 11. September 2001 bei CBS, NBC und ABC eingegangen waren, war viel schwerer festzustellen gewesen; schließlich wurden jeden Tag Abermillionen von Briefsachen mit der Post befördert. Diesmal dürfte es viel einfacher sein, die Spur zurückzuverfolgen.

7

»MORGEN, EDGAR. Wie geht's?« Annabelle lächelte den hoch gewachsenen Mann an, der einen Servierwagen den mit Teppichboden ausgelegten Gang hinunterschob.

»Sehr gut, Ma'am, danke der Nachfrage.«

Edgar achtete sehr auf seine Erscheinung. Stets war sein weißes Hemd frisch gestärkt, die schwarzen Hosen gebügelt und die Schuhe auf Hochglanz poliert. Stolz trug er die Anstecknadel, die ihn als »Mitarbeiter des

Monats« auswies, an der Brusttasche. Acht Jahre arbeitete er jetzt schon in der Cafeteria des Senders. Er hatte keinen einzigen Tag gefehlt und traf immer pünktlich zu Schichtbeginn ein, manchmal sogar früher. Seine unmittelbaren Vorgesetzten schätzten ihn sehr, ebenso wie die »Amerika am Morgen«-Redaktion, denen er jeden Morgen mit einem warmen, ehrlichen Lächeln Kaffee, Bagels und Donuts servierte.

Annabelle deponierte ihre Tasche auf dem Schreibtisch und dachte, dass sie sich von Edgar alle eine Scheibe abschneiden könnten. Er machte seine Arbeit gut, mit ruhiger Würde, und er belästigte niemanden mit seinen Problemen. Annabelle wusste nicht einmal genau, ob er überhaupt Sorgen hatte, aber viel verdienen konnte er nicht und allein dadurch war das Leben in der Metropole New York sicher nicht leicht für ihn. Trotzdem hatte er stets ein angenehmes Auftreten. Es gab Leute in den geheiligten Hallen des Fernsehsenders, die haufenweise Geld verdienten, sich viel mehr leisten können als Edgar und als weit erfolgreicher galten, sich aber trotzdem unentwegt beklagten.

Das Ding hat auch schon bessere Tage gesehen, dachte sie, als sie ihren marineblauen Wollmantel an den Haken hängte. Ob es nun politisch inkorrekt war oder nicht, ab morgen würde sie die Pelzjacke anziehen, die ihre Tante Florence ihr geschenkt hatte, als sie nach Florida zog. Die Jacke hing seit Jahren ungetragen im Schrank, aber schließlich hatten die armen Tiere ihr Leben und ihren Pelz schon vor über fünfzehn Jahren geopfert. Vielleicht konnte sie nach Weihnachten im Ausverkauf einen neuen Wintermantel erstehen und bis dahin würde die Biberjacke sie zumindest warm halten.

Annabelle griff nach dem Telefon, um ihre Mailbox abzuhören. Sie erstarrte, als sie die Stimme der Nachrichtenchefin hörte. »Annabelle, hier ist Yelena Gregory. Bitte rufen Sie mich sofort zurück.«

Sie holte tief Luft und wählte die Nummer der Chefredakteurin. Ihre Assistentin meldete sich. »Ja, Annabelle, Yelena würde gern mit Ihnen sprechen, aber sie ist gerade in einer Besprechung mit den Leuten vom Katastrophenschutz. Könnten Sie um Viertel vor elf hier sein?«

Selbstredend würde sie kommen. Sie musste Yelena wissen lassen, dass sie mit der ganzen Sache nichts zu tun hatte. Sie durfte auf keinen Fall ihren Job verlieren.

☆

Die Tür des Büros von Dr. John Lee war geschlossen, aber durch das Glasfenster sah Annabelle einen Mann des Dekontaminationstrupps in seinem orangegelben PVC-Schutzanzug. Lee fand sie im Vorführraum ein Stück weiter den Gang hinunter. Er telefonierte gerade, winkte sie aber herein. Sie setzte sich nicht, sondern blieb stehen, die Arme verschränkt über dem gelben Kaschmirpullover, den sie vor zwei Jahren von Mike zu Weihnachten bekommen hatte.

»Also, ich fasse nochmal zusammen.« Lee kritzelte eifrig etwas auf seinen Notizblock. »Entweder ich werde gleich wegen Besitzes einer Massenvernichtungswaffe angeklagt, oder man zerrt mich vor eine Anklagejury, die die öffentliche Anklage ablehnt oder für Recht befindet. Man wird versuchen, mich zu zwingen auszusagen, wo ich das Zeug herhabe. Und was ist, wenn ich die Aussage verweigere?«

Annabelle beobachtete den Mediziner, der schweigend lauschte.

»Und wenn der Richter mich wegen Missachtung des Gerichts verurteilt, komme ich ins Gefängnis, bis ich es mir anders überlege?« Lees Tonfall und seine Miene verrieten, dass er aufgeregt war, aber nicht sonderlich besorgt. Er genießt das Ganze!, dachte Annabelle ungläubig.

»Gut, Chris. Sie melden sich, wenn Sie mit dem Staatsanwalt gesprochen haben.« Damit legte Lee auf.

Bis zu diesem Augenblick hatte Annabelle nicht genau gewusst, wie sie sich Lee gegenüber verhalten sollte. Einerseits fand sie es empörend, dass er ihr nichts gesagt hatte; schließlich hatte sie den Beitrag geschrieben und produziert. Gleichzeitig war sie ausgesprochen froh, dass er die Sache allein durchgezogen hatte, denn so konnte sie dem FBI und der Nachrichtenchefin wahrheitsgemäß sagen, dass sie keine Ahnung gehabt hatte. Sie konnte nur hoffen, dass man ihr glauben würde. Sie beschloss ruhig zu bleiben, aber innerlich kochte sie vor Wut.

»Dein Anwalt?«, fragte sie.

»Ja, Christopher Neuman, einer der besten Anwälte von New York.«

»Den wirst du auch brauchen.«

Achselzuckend lehnte Lee sich in seinem Stuhl zurück. »So große Sorgen mache ich mir eigentlich gar nicht.«

»Interessant.«

»Chris sagt, die Staatsanwaltschaft wird keinen Märtyrer aus mir machen wollen. Schließlich bin ich der mutige Journalist, der die Aufmerksamkeit auf Lücken in der nationalen Sicherheitspolitik gelenkt hat. Macht einen schlechten Eindruck, wenn sie einen Helden vor Gericht zerren.«

»Also werden sie die Anklagejury entscheiden lassen, auf Zeit ernannte Bürger?«

»Wahrscheinlich. Selbstredend werde ich mich weigern, meinen Informanten preiszugeben«, erklärte Lee überheblich.

Und du wirst die Publicity genießen, die dir das einbringen wird, stimmt's? Ganz der aufrechte Nachrichtenmann. Bei dem Medienrummel und deiner gestiegenen Glaubwürdigkeit wird dein Agent bei den nächsten Vertragsverhandlungen ordentlich was rausschlagen.

»Und du wärst bereit, deswegen ins Gefängnis zu gehen?«

»Wenn es sein muss.«

Wenn sie auch nur für eine Minute lang geglaubt hätte, der Medizinjournalist würde tatsächlich von den Motiven geleitet, die ihn angeblich zu seinem Tun bewogen, hätte sie ihn für seine aufrechte Haltung bewundert. Aber dafür kannte sie ihn zu gut. Jede Faser ihres Seins sagte ihr, dass das alles nur ein kalkulierter Plan zur Förderung seiner Medienkarriere war.

Soweit es Annabelle betraf, konnte Dr. John Lee ruhig ein paar Tage hinter Gittern schmoren.

8

DIE UM DEN Konferenztisch versammelte Gruppe wusste, dass ihnen allen eine Redaktionssitzung bevorstand, die später jede Menge Gesprächsstoff in den Kaffeepausen und bei Tisch liefern würde. Die Redaktion des Morgenmagazins trank ihre Java-Mischung, knabberte Maismuffins, wartete auf den Redaktionsleiter und stellte

Spekulationen darüber an, wie er wohl auf den Eklat in der heutigen Sendung reagieren würde.

»Ich finde den Vorfall in höchstem Grade bedauerlich«, erklärte Gavin Winston aufgebracht. »Lee hatte kein Recht, ein derartiges Risiko einzugehen. Man sollte ihn sofort feuern.«

»Ach, ich weiß nicht, Gavin.« Russ Parrish zuckte die Achseln und zwirbelte eine seiner dunklen Locken zwischen den Fingern. »Das war doch hoch spannendes Fernsehen.«

»Typisch«, sagte der Finanz- und Börsenexperte des Morgenmagazins verächtlich. »Für dich muss alles Unterhaltungswert haben.«

»Dafür werde ich bezahlt, Gavin, schon vergessen?«

Gavin straffte den Knoten seiner Seidenkrawatte. »Nun, wir sind hier nicht in einem der Kinofilme, die du zu besprechen pflegst. Das ist echt und Milzbranderreger sind tödlich. Lee hat vielleicht Nerven. Was halten Sie denn davon, Dominick?«

Alle Blicke richteten sich auf den Chef vom Dienst, die rechte Hand des Redaktionsleiters.

»Ich bin zumindest nicht sonderlich überrascht, und ich verstehe nicht, wieso einige hier so schockiert tun. Als John letzte Woche seine Anthraxidee vorgestellt hat, muss euch doch der Gedanke gekommen sein, dass er das Pulver bereits aus dem Labor beschafft hatte.«

Niemand wagte eine Erwiderung.

»Jedenfalls«, fuhr Dominick fort, »wird das Thema jetzt in den Medien in aller Ausführlichkeit diskutiert und unsere Quoten werden steigen. Da gerade wieder einmal die Preise für Werbespots neu festgesetzt werden, wird Linus begeistert sein.«

»Die Quoten, immer nur die Quoten.« Gavin hieb mit der Faust auf den Tisch. »Verdammte Quoten.«

»Welch Sakrileg muss ich da hören?« Linus Nazareth stand in der Tür. Im Konferenzraum wurde es still. Der Redaktionsleiter nahm seinen Platz am Kopf des Tisches ein und fixierte den Wirtschaftsjournalisten.

»Kommen Sie von Ihrem hohen Ross runter, Gavin. Die Quoten entscheiden über den Marktanteil und die Werbepreise und damit auch darüber, wie viel Geld wir einnehmen. Und mit diesem Geld, verehrtes Finanzgenie, wird auch Ihr äußerst großzügiges Gehalt bezahlt. Also wollen wir doch nicht geringschätzig über die Quoten die Nase rümpfen. Denken Sie immer daran, Gavin: Mag sein, dass Gewinnen nicht alles ist. Aber es ist das Einzige, was zählt.«

Gavin lief rot an, während seine Redaktionskollegen mit gesenktem Blick dasaßen, plötzlich ganz in ihre Notizen vertieft.

»Gut. Bevor wir weitermachen, lassen Sie mich noch sagen, dass das Röhrchen luftdicht versiegelt war. Es besteht keine Gefahr, dass Sporen ausgetreten sein könnten; es muss sich also niemand Gedanken machen. Wenn trotzdem jemand prophylaktisch Antibiotika einnehmen will, bitte. Lassen Sie sich von Ihrem Arzt Cipro verschreiben.«

»Werden Sie das tun, Linus?«, fragte die Wetterfee Caridad Vega.

»Ich habe mir schon nach den Milzbrand-Briefbomben bei den anderen Fernsehsendern welches besorgt, Carrie. Aber nein, ich werde kein Cipro einnehmen. So sicher bin ich, dass wir uns keine Sorgen zu machen brauchen.« Linus lehnte sich zurück und sah alle der Reihe nach scharf an. Sein Gesichtsausdruck ermutigte nicht dazu, weitere Fragen zu stellen.

»Schön. Da das geklärt wäre, möchte ich Sie alle wissen lassen, dass das Morgenmagazin und KEY News hinter Dr. Lee stehen, der der Öffentlichkeit einen großen Dienst erwiesen hat. Das ist unsere offizielle Position. Ich persönlich wusste nichts von Johns Plan und ich würde schärfstens von solchen eigenmächtigen Entscheidungen abraten. Über alle wichtigen Fragen möchte ich informiert werden. Es gibt keine Ausnahme von dieser Regel.«

»Außer für Lee, was?«, flüsterte Jerome Annabelle ins Ohr.

Nazareths Augen wurden schmal, als er den Redakteur für Buchtipps fixierte. »Haben Sie uns etwas zu sagen, Jerome?«

»Entschuldigen Sie, Linus. Ich habe nur gerade zu Annabelle gesagt, wie schlecht es mir geht.«

»Ach so. Schön, dann fangen Sie doch heute Morgen gleich mal an. Je eher Sie uns verlassen, desto weniger Zeit haben Ihre Bazillen, sich auszubreiten.«

Jerome versuchte, den Kommentar zu ignorieren, ratterte die Liste der Autoren herunter, die für den Rest der Woche zur Verfügung standen, um ihre Bücher vorzustellen, und fasste kurz den Inhalt zusammen. Die letzte Neuerscheinung auf der Liste war die lang erwartete Abrechnung der Geliebten eines bekannten Politikers.

»In welchem Verlag erscheint das?«, fragte Nazareth.

»Bei Ephesus.« Jerome hustete.

Der Redaktionsleiter nickte. »Gut. Wir nehmen es rein.«

Jerome unterließ den Hinweis, dass bereits alles geregelt war. Bei Ephesus würde auch das geplante Buch von

Linus Nazareth erscheinen, und Jerome wusste, dass der »Trainer« sich mit seinem Verlag gutstellen wollte. Für den Insiderbericht eines Medienmanagers über das quotenträchtige Morgenmagazin von KEY News hatte der Verlag einen beachtlichen Vorschuss gezahlt, allerdings unter der Voraussetzung, dass Linus Nazareth tatsächlich jedes Wort selbst schrieb. Geplant war der Titel: *Das Einzige, was zählt – Wie man Quote macht*. Aber Linus hatte schnell gemerkt, dass es nicht so einfach war, ein Buch zu schreiben. Es erforderte eine Geduld, die der Football-Fan nicht besaß. Also hatte er sich Hilfe suchend an Jerome gewandt.

Mit sorgsam verhohlener Verachtung verfolgte Jerome, wie der Redaktionsleiter seine nächsten Opfer mit dem Vitriol seiner verletzenden Kritik überschüttete. Nach all dem selbstverherrlichenden Gelaber, das er hatte zu Papier bringen müssen, hatte Jerome sich gedacht, warum nicht mal schildern, wie es wirklich hinter den Kulissen des Morgenmagazins zugeht, und dabei gleichzeitig reich und berühmt werden. Gut, als Ghostwriter hatte er einen Vertrag mit einer Vertraulichkeitsklausel unterzeichnet. Aber nichts und niemand hinderte ihn daran, ein eigenes Buch zu schreiben.

Wäre sein Manuskript erst mal verkauft und veröffentlicht, würde er alle Brücken hinter sich verbrannt haben. Aber er hatte vor, noch einen letzten Stachel anzubringen. Die Widmung stand bereits fest.

Für »Trainer« Nazareth
Ohne ihn hätte ich dieses Buch niemals
schreiben können.

9

ERSTAUNLICH, dass der Mann immer noch auf den Beinen war. Aber die fatalen, kleinen Bakterien vermehrten sich bereits in seiner Lunge und das unvermeidliche Ende war nahe, auch wenn er es nicht wusste. Da sie sich heute zweifellos zum letzten Mal sehen würden, war die Versuchung groß, ihm noch ein paar Worte mit auf den Weg zu geben. Natürlich durfte nicht zu viel verraten werden, eine offene Drohung oder gar ein Geständnis würden Jerome sofort ins nächste Krankenhaus rennen lassen. Aber er sollte wissen, dass seine Taten Folgen gehabt hatten.

Jerome hatte sich die Jacke übergezogen und wollte gerade sein Büro verlassen, als es klopfte. Winzige Schweißperlen glänzten auf seiner Stirn und sein Gesicht war gerötet. Er sah wirklich schlecht aus. Mit gequälter Stimme sagte er: »Entschuldigung, aber kann das nicht warten? Ich fühle mich einfach grässlich, ich muss mich dringend hinlegen. Unten wartet ein Wagen, der mich nach Hause bringt.«

»Keine Sorge, es dauert nicht lange. Ich wollte nur, dass Sie etwas wissen, Jerome: Ich kann es nicht billigen, dass Sie vorhatten, der Welt alles über uns zu erzählen.«

»Wovon reden Sie überhaupt?«

»Ich habe Ihr unterhaltsames, kleines Meisterwerk gelesen. Ich hatte ja keine Ahnung, dass Sie so bösartig sein können, Jerome.«

»Also, ich weiß wirklich nicht, wovon Sie reden. Und jetzt muss ich dringend nach Hause, es geht mir nicht gut.«

»Sie hätten Annabelle bitten sollen, ein bisschen vorsichtiger zu sein. Sie hat das Manuskript einfach in ihrem Büro herumliegen lassen.«

»Dürfte ich fragen, wieso Sie in Annabelles Büro herumgeschnüffelt haben?« Jerome war fassungslos.

»Das spielt doch jetzt keine Rolle. Ich werde nicht zulassen, dass Sie den Spieß umdrehen. Wenn sich hier einer verwerflich verhalten hat, dann doch wohl Sie. Sie sollten sich schämen.«

Jerome drängte sich vorbei. »Also, ich kann nicht behaupten, dass ich das tue. Bitte treten Sie zur Seite, ich möchte die Tür abschließen. Ich gehe nach Hause.«

10

Lauren Adams stand auf dem überfüllten Bürgersteig und betrachtete ihre neuen Prada-Stiefel. Sie hatten sie zwar einen vollen Wochenlohn gekostet, aber schließlich war das eine gute Investition. Die Stiefel sagten etwas über sie aus. Jeder, auf den es ankam, würde sofort das teure Leder und die feinen Nähte erkennen und wissen, dass jemand von Rang und Namen vor ihm stand, jemand, den man ernst nehmen musste.

Sie wartete auf ihren Kameramann, der gerade den Wagen holte. Noch ein Streifenwagen hielt vor dem Funkhaus und die Videoteams der anderen Sender berichteten über die neueste Entwicklung bei KEY News.

Ein starker Wind wehte, Lauren strich sich das lange, dunkle Haar aus dem Gesicht. War sie froh, dass sie die heutige Redaktionskonferenz nicht verpasst hatte! Sie genoss die Manöverkritik nach der Sendung immer sehr. Die um den Konferenztisch versammelte Redaktion musste sich Lob und Kritik des Redaktionsleiters anhören, und wenn Linus etwas nicht gefallen hatte, nahm er kein Blatt vor den Mund. Da er seinen Zorn nie an ihr ausließ, amüsierte sie sich meistens königlich dabei. Und wenn sie direkt nach der Konferenz zusammen waren, war das immer am schönsten. Linus war dann so schön erregt.

Heute hatte er eine besonders gute Show abgezogen.

Die dunkelgraue Limousine hielt am Straßenrand und Lauren stieg ein. Angewidert zuckte sie zurück, als ihr Alpakamantel mit den Kaffeeflecken auf dem Sitz in Berührung kam.

»Wohin?«, fragte B.J. D'Elia innerlich seufzend. Ihr Divagehabe nervte ihn.

Lauren rasselte die Adresse eines bekannten Psychologen herunter. Eine gute Adresse, und es war nicht leicht gewesen, ihn zu einem Interview zu überreden. Aber sie bereitete eine Reihe über pädagogisches Spielzeug vor: Baukästen, Puzzles, Mikroskope, Taschenplanetarien und frei schwebende Globen. Das sollte in diesem Jahr der große Renner im Weihnachtsgeschäft werden, und sie brauchte noch einen O-Ton des Kinderpsychiaters über die wichtige Funktion, die solches Spielzeug auf die Entwicklung der Kinder hatte.

Sie öffnete ihre Hermès-Tasche und nahm ihren Notizblock heraus. Sie durfte nicht vergessen, beim Chemiekasten-Hersteller anzurufen und um die Zusendung eines weiteren Werbeexemplars zu bitten. Das andere war irgendwie verschwunden.

11

Weisses Pulver. Weißes Pulver. Weißes Pulver.

All das Gerede über Anthraxerreger, aber Russ Parrish konnte nur an das andere weiße Pulver denken. Das, nach dem es ihn so dringend verlangte.

Er wünschte, er hätte das Kokain nie ausprobiert. Zwar hatte er immer gehört, es wäre ein fantastisches Gefühl, so unvergleichlich schön, dass es fast unmöglich wäre, nicht abhängig zu werden. Aber irgendwie hatte er gedacht, ihm würde das nicht passieren; er würde zu den wenigen gehören, die sich beherrschen konnten.

Er hätte es besser wissen müssen. Aus zunächst unregelmäßigem Kokaingenuss, nur so zur Entspannung, war Abhängigkeit geworden. Sinnlos, es irgendwie zu beschönigen. Und es war eine teure Leidenschaft.

Russ schloss die Tür, und wieder einmal war er froh, dass er ein Büro ohne Fenster hatte. Mochten sich andere über die dunklen Löcher beklagen, die ihnen als Büro zugewiesen worden waren. (Das Gebäude, in dem sich die KEY-Sendezentrale befand, war früher eine riesige Molkerei gewesen.) Aber er war zufrieden. Manchmal wollte und brauchte er es, unbeobachtet zu sein.

Er zückte seine Brieftasche, nahm eine Kreditkarte heraus, einen brandneuen Zwanzig-Dollar-Schein und ein kleines, kunstvoll gefaltetes Kuvert. Vorsichtig öffnete er das Päckchen und klopfte das Pulver in die Knickfalte. Mit der Kreditkarte hackte er rhythmisch auf das Pulver ein, bis sich die winzigen Klümpchen aufgelöst hatten. Russ rollte den Geldschein zu einer schmalen Röhre zusammen, beugte sich herab und zog das Kokain durch die Nase hoch.

Aufblickend erhaschte er im Spiegel einen Blick auf sich selbst. Voller Selbstekel beobachtete er, wie seine Augen zu tränen begannen und sein Gesicht sich rötete. Er zupfte die Manschette unter dem Ärmel seiner weichen Lederjacke hervor und wischte sich mit dem Handrücken über die Nase. Ekelhaftes Benehmen, aber Mann, dieses unbeschreibliche Wohlgefühl!

Es war fast ein Klischee. Der Kino- und Musikkritiker, in die Sucht abgerutscht, wie viele der Hollywoodstars und Musikerlegenden, über die er berichtete. Sex, Drugs and Rock'n'Roll. Leben auf der Überholspur.

12

MAN MERKTE, dass dem süßen jungen Ding etwas unbehaglich zumute war, aber Gavin machte unbeirrt weiter. Nachdem Linus ihn heute auf der Redaktionskonferenz zusammengestaucht hatte, brauchte er dringend etwas, um sein verwundetes Ego aufzupolieren, und die hübsche Praktikantin mit ihrer faltenlosen Haut, dem engen Pullover und dem kurzen Röckchen kam da genau richtig.

Viele Studenten arbeiteten umsonst bei KEY, um Erfahrung in einem großen Fernsehsender zu sammeln. Manchmal ließen sich tatsächlich die richtigen Kontakte knüpfen und sie wurden nach dem Examen eingestellt. Zum Allermindesten gab es eine beeindruckende Station im Lebenslauf.

Die Praktikantinnen waren munter, eifrig und leicht zu beeindrucken. Jedes Semester fing eine neue Schar junger Frauen an und Gavin freute sich schon immer darauf. In diesem Herbst hatte er sich Lily auserkoren.

Lily mit dem langen blonden Haar, der Ponyfrisur und den großen braunen Augen. Bambi-Augen, unschuldig und vertrauensvoll. Ganz anders als der stählerne dunkle Blick von Marguerite, seiner zänkischen Frau.

Entschlossen unterdrückte der erfahrene Wirtschaftsjournalist den Gedanken an die Frau, an die er jetzt schon seit fünfundzwanzig Jahren gefesselt war, und konzentrierte sich ganz auf sein Gespräch mit Lily.

»Ich mache heute Nachmittag im Finanzviertel ein Interview mit dem Nasdaq-Pressesprecher, und ich habe mir gedacht, vielleicht würden Sie gerne mitkommen«, bot er ihr an. »Es wäre sicher eine gute Erfahrung für Sie.«

»O danke, Mr Winston, das wäre klasse. Es ist wirklich nett, dass Sie das für mich tun wollen.«

»Ach, nennen Sie mich doch Gavin. Sonst habe ich ja das Gefühl, dass ich Ihr Vater sein könnte.« Er lachte.

Die Praktikantin kicherte nervös. Mein Vater ist jünger als du, dachte sie.

13

ZWISCHEN DER morgendlichen Redaktionskonferenz und ihrem Termin bei Yelena schaute Annabelle kurz ihre E-Mails durch. Sie löschte eine erneute flehentliche Bitte von Jerome, doch endlich das Manuskript zu Ende zu lesen, dann rief sie zu Hause an. Sie musste es endlos klingeln lassen, bevor Mike sich meldete.

»Ich wollte gerade wieder auflegen, Schatz«, sagte Annabelle und versuchte, nicht besorgt zu klingen. »Wo warst du denn?«

»Ich hatte mich hingelegt.«

Das Herz wurde ihr schwer. Wieder verschlief Mike den ganzen Tag. Früher hatte er nicht einmal am Sonntagnachmittag ein Nickerchen gemacht. Wenn er mal nicht zur Arbeit ging, war er ernsthaft krank, und das kam sehr selten vor. Nun verbrachte er jeden Tag allein in der Wohnung, lag bei zugezogenen Vorhängen im Bett, döste oder wälzte düstere Gedanken.

Noch nicht einmal die Zwillinge konnten ihn aus seiner Depression reißen. Mrs Nuzzo sagte, die Kinder hätten es aufgegeben, bei ihrem Vater hereinzuschauen, wenn sie nachmittags aus der Schule kamen. Sie waren zu oft abgewiesen worden. Stattdessen blieben sie bei der Kinderfrau, bis ihre Mutter von der Arbeit nach Hause kam und sie ihr erzählen konnten, was in der Schule so alles passiert war.

»Sind die Kinder gut zur Schule gekommen?«

»Ja. Die armen Dinger waren ganz aufgeregt, weil sie ausnahmsweise einmal von ihrem Vater hingebracht wurden.«

»Sie haben dich lieb, Mike.« Sie war versucht, hinzuzufügen: »Und sie machen sich Sorgen um dich«, aber er sollte sich nicht noch schlechter fühlen, als er es ohnehin tat. Es war ihr mittlerweile zur Gewohnheit geworden, jedes ihrer Worte sorgsam abzuwägen, um ihn nur ja nicht aufzuregen. Sie sehnte sich nach den alten Tagen zurück, als sie sich alles hatten sagen können.

»Und wie läuft's bei dir?«

Das interessierte ihn? Ein gutes Zeichen.

»Nicht besonders gut. Ich muss gleich zu der Gregory. Sie wird uns wegen der Anthraxgeschichte die Hölle heiß machen.«

»Welche Anthraxgeschichte?«

Wieder eine Hoffnung zerschlagen.

»Weißt du nicht mehr? Ich habe es dir doch heute Morgen erzählt. Deswegen musste ich so schnell zur Arbeit und deswegen musstest du die Kinder zur Schule bringen.«

»Ach ja«, erwiderte er teilnahmslos. »Na, das wird sich schon alles regeln. Die können von Glück sagen, dass sie dich haben, Annabelle.«

Sie fühlte sich sehr allein, als sie erwiderte: »Nett, dass du das sagst, Schatz. Hoffentlich sieht Yelena das auch so.«

✯

Annabelle sah sich unauffällig im Büro der Nachrichtenchefin um. Sie hatte es noch nie betreten und irgendwie hatte sie mehr erwartet. Fernseher, jeder auf einen anderen Sender eingestellt, flimmerten hinter dem wuchtigen Schreibtisch. Gerahmte Fernsehpreise schmückten die Wände, auf dem Boden lag ein orientalischer Teppich. Es war ein Büro, das mehr nach Arbeit aussah als nach Repräsentation. Weder war der Raum besonders groß, noch war der Blick sonderlich eindrucksvoll. Wenn man aus dem Fenster schaute, sah man die Autoschlangen auf der 57th Street.

Gegenüber der Chefredakteurin saßen der Sicherheitschef Joe Connelly und Linus Nazareth. Annabelle, die sich vorkam wie ein Schulmädchen, das ins Büro der Direktorin gerufen wird, setzte sich neben John Lee auf das Sofa.

»Kommen wir sofort zur Sache«, bellte Yelena. »Wie konnte das passieren?«

Aller Augen richteten sich auf den Redaktionsleiter, aber der sah Lee an. So zwingend war sein Blick, dass die Übrigen seinem Beispiel folgten.

»Yelena«, Lee wand sich, »ich sehe ein, dass ich keine einsame Entscheidung hätte treffen dürfen. Aber ich hatte Angst, die ganze Sache könnte platzen, wenn ich jemandem erzählte, dass ich mir das Anthraxpulver besorgt hatte und plante, das Röhrchen in der Sendung zu präsentieren.«

»Also haben Sie die Entscheidung ganz allein getroffen? Ohne es mit der zuständigen Redakteurin oder mit Ihrem Redaktionsleiter zu besprechen?«, fragte Yelena skeptisch.

Annabelle spürte, wie ihr die Röte in die Wangen stieg. Alles wartete auf Lees Antwort.

»Ja. Ich habe es ganz allein entschieden. Aber zu meiner Verteidigung möchte ich vorbringen, dass die Story einfach gebracht werden musste. Die Öffentlichkeit hat ein Recht, das zu erfahren.«

Yelena kniff die Augen zusammen. »Das mag sein, wie es will. Aber Sie hatten kein Recht, etwas in dieser Größenordnung durchzuziehen, ohne es mit jemandem von weiter oben in der Hierarchie zu besprechen. Aus juristischen Gründen und um unserer Reputation willen ist KEY News jetzt gezwungen, Sie und Ihre Aktion zu verteidigen, und das widerstrebt mir ganz gewaltig. Wären wir informiert gewesen und hätten grünes Licht gegeben, hätten wir bereits eine Stellungnahme vorbereiten können. Jetzt müssen wir uns um Schadensbegrenzung bemühen. Ich persönlich könnte Ihnen den Hals umdrehen, John.«

Annabelle glaubte ein ganz leises Wimmern neben sich

zu hören. Sie konnte den Mann nicht ausstehen, aber es bereitete ihr kein Vergnügen, dieser Hinrichtung beizuwohnen.

Linus sprang in die Bresche. »Sie haben vollkommen Recht, Yelena. Wir müssen entscheiden, wie wir weiter vorgehen wollen. Ich habe dem FBI bereits gesagt, dass wir keine Auskünfte erteilen werden.«

»Und mein Anwalt meint, die Bundesstaatsanwaltschaft wird wohl keine Anklage erheben, weil sie sonst schlecht dastehen würden«, warf Lee hoffnungsvoll ein. »Sie werden nicht auf einen Journalisten einprügeln, der nur auf eine Gefährdung der Öffentlichkeit aufmerksam gemacht hat.«

»Sehen Sie sich so, John? Als mutigen Journalisten, dessen einziges Ziel der Schutz der Öffentlichkeit ist?« Der Sarkasmus in Yelenas Stimme war schneidend. Sie erhob sich und trat ans Fenster. »Komisch, aber ich habe irgendwie den Eindruck, dass Ihr Ehrgeiz dabei keine geringe Rolle spielt.«

Er hätte die Klappe halten sollen, dachte Annabelle, entschlossener denn je, nur zu sprechen, wenn sie gefragt wurde.

Wieder mischte Linus sich ein: »Machen wir uns doch nichts vor, Yelena. Ehrgeiz ist keine Schande. Jeder Reporter, der etwas taugt, will vor der Kamera stehen und seine Story rüberbringen. Das ist sein Beruf, dafür arbeitet und kämpft er. KEY News wird eher noch an Reputation gewinnen. Wir sind die Helden, die die Öffentlichkeit aufklären. So werden wir es darstellen.« Er schlug mit der Hand auf die Armlehne, um seine Worte zu unterstreichen. »Das mag ein schmutziges kleines Geheimnis sein, aber so bekommt man Einschaltquoten.«

In dem Licht, das durch das Fenster hereinströmte, hob sich Yelenas Gestalt groß und bedrohlich ab. Die anderen warteten auf ihre Reaktion.

»Ob Sie es glauben oder nicht, die Einschaltquoten interessieren mich im Moment nicht so sehr, Linus. Mein Instinkt rät mir, John zu feuern. Aber im Augenblick kann ich das nicht. Ich halte es für das Beste, dass der Sender sich hinter ihn stellt. Aber glauben Sie mir, ich tue das nicht gern.«

14

ALS DER WAGEN westlich des Hudson, in New Jersey, den Lincoln-Tunnel verließ, hatte Jerome Henning beschlossen, dem Fahrer ein neues Ziel zu nennen.

»Zum Essex Hills Hospital in Maplewood, bitte.« Er schlug vor, die Route 280 zu nehmen. Ein Glück, dass er den Fahrdienst in Anspruch genommen hatte; öffentlichen Verkehrsmittel hätte er in seinem Zustand unmöglich benutzen können.

Das Atmen fiel ihm immer schwerer, sein Brustkorb war wie zugeschnürt. So elend hatte er sich noch nie gefühlt, wenn er erkältet war oder irgendeinen Virus aufgeschnappt hatte. Er musste unbedingt zum Arzt. Da er keinen Hausarzt hatte, war es vielleicht am besten, zur Notaufnahme des nächsten Krankenhauses zu fahren. Zu blöd, dass er nicht gleich in New York ins Krankenhaus gegangen war. Er hatte immer gehört, die New Yorker Krankenhäuser seien viel besser als die in New Jersey. Er hätte Annabelle fragen sollen, was sie dazu meinte.

Er zückte sein Handy, musste sich aber furchtbar konzentrieren, bis ihm endlich ihre Büronummer einfiel. Es klingelte fünfmal, dann sprang der Anrufbeantworter an.

»Hallo, hier ist Annabelle Murphy, Gesundheitsredakteurin von ›Amerika am Morgen‹. Ich spreche gerade auf der anderen Leitung oder bin nicht an meinem Platz. Bitte hinterlassen Sie Ihren Namen, Ihre Telefonnummer und den Zeitpunkt Ihres Anrufs. Ich rufe Sie dann so bald wie möglich zurück. Sie können es aber auch auf dem Handy probieren, die Nummer lautet …«

Jerome schaffte es, nach dem Pfeifton auf den Anrufbeantworter zu sprechen. »Annabelle, ich bin auf dem Weg nach Hause, das heißt, eigentlich fahre ich ins Krankenhaus. Ins Essex Hills Hospital. Ich wollte dich fragen, was du davon hältst, aber die Ärzte in New Jersey werden mich wohl ebenso gut wieder auf die Beine bringen können wie ihre New Yorker Kollegen. Tut mir Leid, dass wir heute Mittag nicht zusammen essen können. Ich bin nach wie vor sehr an deiner Meinung über das Buch interessiert. Ich versuche es später noch einmal.«

Er hatte das Handy bereits zusammengeklappt, als ihm einfiel, dass er Annabelle ja noch hatte warnen wollen und ihr erzählen, wer da in ihrem Büro herumgeschnüffelt hatte. Sie hätte das Manuskript allerdings auch nicht einfach so herumliegen lassen dürfen. Aber er brachte nicht die Energie auf, sie noch einmal anzurufen.

15

»Glaubst du, wir sollten Nasenabstriche machen lassen?«

Wayne Nazareth wartete auf Annabelle, als sie von der

Gregory zurückkam. Wenn er noch länger hin und her tigerte, würde er noch ein Loch in den Teppich treten, dachte sie. Der schmale, ernsthafte junge Mann tat ihr Leid. Es war schlimm genug, Linus Nazareth als Chef zu haben. Wie es wohl war, ihn zum Vater zu haben, mochte Annabelle sich gar nicht ausmalen. Wayne war so ruhig, wie sein Vater extrovertiert und nassforsch war. Ein stiller, intelligenter Kopf, und er war sich sehr wohl bewusst, dass im Sender von Günstlingswirtschaft getuschelt wurde.

»Ich werde es nicht machen lassen«, erwiderte sie. »Die Nase ist das erste Verteidigungssystem des Körpers, da schwirren Tausende von Bazillen herum. Selbst wenn Anthraxerreger in der Nase nachgewiesen wurden, heißt das noch lange nicht, dass Erreger in die Lunge gelangt sind. Außerdem war das Röhrchen versiegelt. Wir haben schon nichts abbekommen.«

»Warum trugen denn die Typen in den orangegelben Anzügen Gummistiefel und Atemschutzmasken, als sie das Aufnahmestudio und Lees Büro untersucht haben?«

»Reine Vorsichtsmaßnahme, würde ich sagen. Aber Lee behauptet, er habe das Röhrchen nicht geöffnet, und das glaube ich ihm. Man kann ja einiges über ihn sagen, aber selbstmörderisch veranlagt ist er nicht.«

Wayne dachte mit zusammengezogenen Brauen über ihre Argumentation nach. Er wollte nicht als Weichei dastehen, aber er machte sich Sorgen. »Ich weiß nicht«, sagte er schließlich.

»Wayne, lass dich testen, wenn du dich dann besser fühlst. Aber diese Nasenabstriche dienen in erster Linie der Beruhigung der Öffentlichkeit, aussagen tun sie nicht viel. Ein positives Ergebnis bedeutet nur, dass du mit den

Sporen in Berührung gekommen bist. Das heißt nicht notwendigerweise, dass du infiziert bist.«

»Vielleicht sollte ich mir dann einfach Cipro verschreiben lassen«, meinte er.

Annabelle rang um Geduld. »Auch dazu würde ich nicht raten, Wayne. Dieses Antibiotikum muss sechzig Tage lang eingenommen werden und es kann ernsthafte Nebenwirkungen haben. Noch wichtiger, wenn du Antibiotika nimmst, obwohl es eigentlich nicht nötig ist, wirken sie vielleicht nicht mehr, wenn es wirklich darauf ankommt.«

Sie wusste nicht, was sie sonst noch sagen konnte, um die Ängste ihres jungen Kollegen zu beschwichtigen, und beschloss, es mit einem Ablenkungsmanöver zu versuchen. »Wenn bei dir gerade nichts Dringendes anliegt, ich könnte ein bisschen Hilfe für den Beitrag morgen brauchen. Linus will an der Anthraxgeschichte dranbleiben und ein Interview mit Lee machen.«

»Ich würde dir ja gerne helfen, Annabelle, ehrlich, aber ich stecke bis zum Hals in Arbeit. Ich muss in die Wall Street und ein Interview für Gavin machen, und dann habe ich Lauren versprochen, für ihren Beitrag zu recherchieren und Videomaterial zu besorgen.« Damit schob er sich rückwärts zur Tür hinaus.

Annabelle sah ihm nach und fragte sich, wie es wohl war, einen Bruder zu haben, einen Zwillingsbruder sogar, der seit zwanzig Jahren im Koma lag. Ein Mensch, der einem so nahe gewesen war, wie ein Mensch das nur sein kann. Sie dachte an Thomas und Tara und das besondere Band zwischen ihnen. Ihr fröstelte und sie rieb sich die Arme. Mit sechs Jahren hatte Wayne mit ansehen müssen, wie sein Bruder beim Schlittschuhlaufen im Eis einbrach und versank. Das hatte sie aus Jeromes Manuskript erfahren. Seinen Nachforschungen zufolge hatte Wayne dagestanden und um Hilfe gerufen, weil er seinen Bruder nicht allein lassen wollte. Wie musste ihm zumute gewesen sein, als ihm später klar geworden war, dass diese kostbaren Minuten das Schicksal seines Bruders besiegelt hatten. Wenn er sofort losgerannt wäre, um Hilfe zu holen, wäre eine Rettung vielleicht möglich gewesen. Es war ein schrecklicher Gedanke, und sie würde Jerome sagen, dass er dieses Kapitel besser streichen sollte.

Es war einfach zu grausam.

16

JOE CONNELLY kehrte ins Büro der Chefredakteurin zurück, um ihr die neueste Entwicklung mitzuteilen.

»Das FBI will Einsicht in John Lees E-Mails«, verkündete er.

Ausdruckslos blickte Yelena auf. »Was für eine Überraschung«, sagte sie.

»Sollen wir kooperieren?«, fragte der Sicherheitschef.

»Nein. Wenn die Bundespolizei Lees E-Mails sehen will, soll sie sich eine gerichtliche Anordnung besorgen.«

17

HEUTE WAR eindeutig Lunch im Michael's angesagt – und das nicht etwa wegen des kalifornisch-sonnigen Dekors oder der Gourmet-Speisekarte. Das Restaurant war ein bekannter Treffpunkt für Medienleute und mittags wurden hier knallharte Verhandlungen geführt.

Der Redaktionsleiter von »Amerika am Morgen« und seine Begleitung wurden an ihren Tisch geführt. Linus nahm gern einen Tisch ganz vorn, denn dann mussten alle Gäste, die das Restaurant betraten oder verließen, an ihm vorbei, nickten zur Begrüßung oder blieben stehen, um Artigkeiten auszutauschen. Obwohl er heute spät dran war, waren noch genug Fernsehschaffende anwesend und bereit, ihn mit Lob zu überschütten.

»Ein echter Knüller, diese Anthraxstory heute Morgen, Linus.«

»Fantastisch. Eine echte Sternstunde des Fernsehens.«

»Gratulation, Ihnen beiden. Das war ein echter Dienst an der Öffentlichkeit.«

Linus sonnte sich in dem Lob. Die bestellten Salate kamen.

»Sehen Sie, John, Sie sind ein Held. Vorher hätten die wenigsten dieser Leute gewusst, wer Sie sind. Aber jetzt haben Sie sich einen Namen gemacht.«

Lee trank einen Schluck Wein. »Wie ein Held fühle ich mich nach der Sache eben aber nicht gerade.«

»Ach, machen Sie sich keine Gedanken wegen Yelena. Sie wird ihre Meinung schon ändern, wenn sie merkt, dass der Sender davon profitiert.«

»Ich würde mich wohler fühlen, wenn Sie ihr die Wahrheit sagen würden, Linus.«

Der Redaktionsleiter runzelte die Stirn. »Wir waren uns doch einig, oder? Ich musste die Idee in der Redaktionskonferenz ablehnen. Wenn ich vorher zu Yelena gegangen wäre und ihr gesagt hätte, was wir vorhaben, hätte sie möglicherweise ihr Veto eingelegt. Es war gut für die Sendung und gut für Ihre Karriere, John, und etwas anderes braucht uns nicht zu interessieren.«

»Trotzdem wünschte ich, Sie hätten ihr gesagt, dass Sie eingeweiht waren.«

Wenn das Wörtchen »wenn« nicht wäre ... dachte Linus. Nein, alles war genau nach Plan gelaufen und er war sehr froh darüber.

Linus spießte ein Stückchen Hähnchenfleisch auf die Gabel. »Und John, besser keine E-Mails mehr zu diesem Thema. Man kann nicht vorsichtig genug sein.«

18

DER ARZT in der Notaufnahme horchte Jerome mit dem Stethoskop ab. »Tief einatmen«, befahl er.

Der Patient gehorchte, was zu einem heftigen Hustenanfall führte.

»Läuft Ihre Nase?«

Benommen schüttelte Jerome den Kopf. »Nein, ich habe nur Fieber, Kopf- und Gliederschmerzen, und jetzt bekomme ich kaum noch Luft. Zudem bin ich furchtbar müde.«

»Gut, wir machen ein Blutbild und eine Röntgenaufnahme des Brustkorbs.«

Das war kein gewöhnlicher grippaler Infekt.

»Und was machen Sie beruflich, Mr Henning?«, fragte der Arzt, während er etwas auf einer Karteikarte notierte.

»Ich bin Redakteur bei KEY News, beim Morgenmagazin.«

»Wirklich? Die Sendung sehe ich fast jeden Tag.«

»Ich mache die Buchbesprechungen.«

»Wie interessant.«

Aber der Arzt war in Gedanken nicht bei den neuesten Bestsellern, sondern bei der Milzbrandstory von heute Morgen, von der alle Welt redete. Nach dem 11. September 2001 hatte er sich gründlich über Bio- und Chemiewaffen informiert – aber so etwas konnte doch unmöglich direkt vor seinen Augen passieren, oder?

19

DAS FBI WAR ENDLICH dazu gekommen, Annabelle zu befragen.

»Ich sollte vielleicht besser einen Anwalt hinzuziehen«, sagte sie, nachdem sie den FBI-Agenten bedeutet hatte, sich zu setzen.

»Das steht Ihnen natürlich frei«, erwiderte die FBI-Agentin, »aber Sie werden nicht beschuldigt. Wir möchten Ihnen nur ein paar allgemeine Fragen stellen.«

»Gut.«

»Sie waren die zuständige Redakteurin von Dr. Lees Beitrag heute Morgen, stimmt das?«

»Ja, das ist richtig.«

»Und Sie wussten nichts von seiner Absicht, sich Anthraxerreger zu besorgen und in den Sender zu bringen, ist das ebenfalls richtig?«

»Ja. Er hat die Idee einmal erwähnt, aber ich hätte nie gedacht, dass er sie tatsächlich in die Tat umsetzen würde. Besonders nicht, nachdem Linus Nazareth sich eindeutig dagegen ausgesprochen hatte.«

»Wann war das?«

»Bei einer Redaktionskonferenz letzte Woche.«

Die FBI-Agentin machte sich eine Notiz.

»Haben Sie eine Ahnung, woher er die Milzbranderreger hatte?«

Annabelle überlegte kurz, bevor sie antwortete: »Wahrscheinlich aus dem Labor, in dem wir gedreht haben. Aber ich weiß es nicht genau.«

»Haben Sie Dr. Lee dorthin begleitet?«

Ausnahmsweise war Annabelle froh über den strikten Sparkurs des Senders. Beth Terry, die Aufnahmeleiterin, hatte die Reisekosten nur für den Medizinjournalisten bewilligt. Annabelle hatte die Drehgenehmigung eingeholt und ein Kamerateam engagiert, aber mitgeflogen war sie nicht.

»Nein.«

»Sie wissen also nicht, mit wem Dr. Lee dort Kontakt hatte?«

»Nein.«

Als die FBI-Agenten gegangen waren, warf Annabelle einen Blick auf ihren Monitor und klickte eine Memo von der Chefredakteurin an alle Mitarbeiter an: Die vorläufigen Untersuchungsergebnisse hatten ergeben, dass im Funkhaus keine Anthraxerreger gefunden worden waren. Mit einem Seufzer der Erleichterung hörte Annabelle den Anrufbeantworter ab, erfuhr, dass sie allein zum Mittagessen musste, und ging in die Cafeteria.

20

Normalerweise war es gar nicht so leicht, unbemerkt irgendwo hinzukommen. Aber heute waren alle mehr an den überall herumschwirrenden Gefahrstoff-Spezialisten interessiert als an Leuten, die sie jeden Tag sahen. Es war kein Problem, in Annabelles Büro zu schlüpfen und die Tür zu schließen. Leider hatte die Tür ein Fenster, aber wenn man direkt hinter der Tür stand, war man vom Gang her nicht zu sehen.

Nur eine Minute, mehr war gar nicht nötig.

Die schützenden Handschuhe wurden über zitternde Finger gezogen. Ruhig jetzt, ganz ruhig.

Sollte jemand hereinkommen, gab es eine einleuchtende Erklärung: Man war gekommen, um Annabelle das geliehene Geld zurückzuzahlen. Das stimmte sogar. Annabelle war freundlicherweise eingesprungen, als der Geldautomat unten kaputt gewesen war, und jetzt wurde ein Zwanzig-Dollar-Schein in die Tasche des abgetragenen dunkelblauen Wollmantels geschoben, der an der Tür hing. Ein Geldschein und ein Papiertaschentuch, das mit feinem weißem Pulver bestäubt war. Annabelle würde es sicher benutzen.

Es war kalt draußen, da lief einem leicht die Nase.

21

MIT DER NACHMITTAGSPOST kam eine ganz schöne Ausbeute. Vier neue Musik-CDs, drei DVDs von Kinofilmen, die Weihnachten anlaufen würden, und zwei Computerspiele – alle in der Hoffnung auf kostenlose Werbung an den Musik- und Kinokritiker des Morgenmagazins von KEY News geschickt.

Russ stopfte die CDs und DVDs in seinen Aktenkoffer, die Computerspiele legte er beiseite. Er hatte keine Lust, vor dem Computer zu hocken, dafür war ihm seine Zeit nun wirklich zu schade. Er erhielt Freikarten für

Konzerte und Broadway-Shows und Einladungen zu Cocktailpartys und Galaabenden. Wenn er mit Schauspielern, Regisseuren und den Titanen der Unterhaltungsindustrie auf Tuchfühlung gehen konnte, würde er doch nicht die Zeit zu Hause vor dem Computer vertrödeln.

Russ fuhr sich mit der Hand durch die dunklen Locken. Er würde heute früher gehen, damit er vor der Filmpremiere heute Abend noch seinen Smoking aus der Reinigung holen und zum Friseur gehen konnte. Die Premierenfeier würde im Copacabana steigen. Essen und Getränke umsonst und die Chance, neue Kontakte zu knüpfen und an Koks zu kommen. War doch nicht schlecht, oder? Mit etwas Glück konnte er um zehn wieder gehen.

Eingeladen hatten die Produzenten von *Icicle,* einem Streifen, der viele Millionen verschlungen hatte, aber nach den Auszügen, die Russ gesehen hatte, garantiert ein Flop werden würde. Die Einladung sollte ihn als Kritiker milder stimmen.

Aber es brauchte schon mehr als Essen und Drinks, damit er eine Besprechung schönte.

22

DAS BLUTBILD hatte eine erhöhte Anzahl weißer Blutkörperchen ergeben, aber keine erhöhte Lymphozytenbildung. Bei Patienten mit Infektionskrankheiten wie der Grippe gab es normalerweise einen Anstieg der Lymphozytenzahl im Blut. Das bereitete dem Arzt Sorgen, ebenso die Unregelmäßigkeiten auf dem Röntgenbild.

»Mr Henning, wir machen eine Computertomografie und legen eine Blutkultur an.«

»Sie machen mir ja Angst, Doktor«, flüsterte Jerome, der mittlerweile in einem Krankenhausbett lag. Die Schmerzen in der Brust wurden immer schlimmer.

»Keine Sorge. Wir geben Ihnen ein Antibiotikum, das wird den Bazillen schon den Garaus machen.«

Draußen auf dem Flur wies er die Schwester an: »Wir setzen ihn auf Ciprofloxacin.«

»Cipro?«

Der Arzt nickte. »Normalerweise stünde die Aussicht, dass es sich um Milzbrand handelt, eins zu dreihundert Millionen. Aber ich werde kein Risiko eingehen.«

Man musste das Gesundheitsamt informieren.

23

Was für ein Tag. Erst hatte er die Zicke Lauren Adams ertragen müssen und jetzt Gavin Winston. Hoffentlich war das Interview bald im Kasten, dann konnte er seine Kameraausrüstung einpacken und nach Hause gehen.

Es war direkt widerlich, das mit ansehen zu müssen: Während sie darauf warteten, dass ihr Interviewpartner im Presseraum eintraf, bemühte Gavin sich, die kleine Praktikantin zu beeindrucken. Das arme Mädchen wusste gar nicht, was sie tun sollte. Sie versuchte höflich zu sein, lachte über die albernen Scherze des alten Knackers und versuchte die ständigen sexuellen Anspielungen zu ignorieren. Der Kameramann überlegte ernsthaft, ob er nicht zu Yelena Gregory gehen und ihr erzählen sollte, was hier ablief.

Endlich unterbrach das Erscheinen des Nasdaq-Pressesprechers Gavins Macho-Vorstellung. Augenblicklich schaltete der Journalist um und stellte mit Ernsthaftigkeit, Sachkenntnis und journalistischer Präzision Fragen für sein Börsenbarometer. Würde der technologieorientierte Nasdaq-Sammelindex deutlich zulegen oder weiter sinken? Der Mann mochte ja ein geiler Bock sein, aber er verstand sein Handwerk.

Das Interview dauerte zehn Minuten. Als B.J. die Scheinwerfer abbaute und die Verlängerungskabel einrollte, tat er so, als höre er nicht, wie Gavin Winston die Praktikantin noch zu einem Drink einlud.

»Ach, das geht heute leider nicht, Mr Winston. Ich muss los«, antwortete die junge Frau.

Gavin ließ sich nicht entmutigen. »Es dauert nicht lange, Lily. Ich würde gerne mit Ihnen über Ihre Karrierepläne sprechen. Und bitte nennen Sie mich doch Gavin.«

24

Es hatte nur eine kleine, lästige Verzögerung gegeben, mehr nicht. Die Bundesanwaltschaft hatte ohne Schwierigkeiten eine richterliche Anordnung für die Beschlagnahme von Dr. Lees E-Mails erhalten.

Agent McGillicuddy las die Ausdrucke durch.

»Also, dass der Redaktionsleiter ein Widerling ist, wussten wir ja schon«, sagte er zu seiner Kollegin und reichte ihr den Ausdruck. »Jetzt wissen wir, dass er auch ein Lügner ist. Ein geschickter Lügner. Der Mann hat sich abgesichert, indem er Lees Plan in der Redaktionskonferenz offiziell abgelehnt hat.«

Agentin Lyons las den Schriftwechsel, aus dem klar hervorging, dass Linus Nazareth die Anthraxstory mitgeplant hatte.

»Sollten wir das nicht der Chefredakteurin und dem Sicherheitschef mitteilen?«, fragte sie.

Aber McGillicuddy, der immer noch verärgert war, weil er extra eine richterliche Anordnung hatte besorgen müssen, war nicht in der Stimmung, den Nachrichtenleuten irgendetwas freiwillig mitzuteilen. Stirnrunzelnd schüttelte er den Kopf. »Nein. Sollen sie das doch selber rausfinden.«

25

ANNABELLE HATTE eine Pizza mitgebracht, als sie nach Hause kam und Mrs Nuzzo ablöste. Die Kinder waren begeistert, aber Annabelle hatte Gewissensbisse und schälte schnell noch ein paar Karotten und schnitt Staudensellerie in Scheiben, damit die klebrige Käse-Tomaten-Mischung wenigstens durch ein paar Vitamine ergänzt wurde.

»Na, wie war's denn heute in der Schule?«, fragte sie, während sie den Kindern ein Glas Milch einschenkte.

»Können wir nicht Ginger-Ale kriegen?«, bettelte Thomas.

»Auf keinen Fall.«

»Ginger-Ale passt aber besser zu Pizza«, behauptete Tara.

»Yep, genau«, bekräftigte ihr Bruder.

»Ja, genau«, korrigierte Annabelle ihn. »Ihr bekommt aber Milch zum Essen.«

»Die Pilgerväter haben zum Essen aber keine Milch getrunken«, gab Tara zu bedenken. »Sondern Apfelmost.«

»Nächste Woche könnt ihr Pilgerväter sein. Zu Thanksgiving gibt es Apfelmost. Aber wenn ihr am Samstag Reiten gehen wollt, dann trinkt ihr jetzt besser eure Milch.«

In einer Woche war Thanksgiving und Annabelle träumte davon, sich das obligatorische Festessen von Zabar's liefern zu lassen, *dem* Gourmettempel von New York. Der Gedanke an die ganzen Einkäufe und die stundenlange Kocherei nur für sie vier war deprimierend. Vielleicht konnte sie ja dieses Jahr eine Sparversion machen und einfach eine Putenbrust in den Ofen schieben statt eines ganzen Truthahns, eine Fertigfüllung nehmen und ein Glas Preiselbeeren aufmachen. Die Kinder würden glücklich und zufrieden sein, solange es reichlich Kartoffelpüree gab, und Mike war es sowieso egal. Er aß jetzt nur selten mit seiner Familie, sondern zog sich lieber ins Schlafzimmer zurück, wo er auf dem Bett lag und ins Dunkel starrte oder fernsah.

Tara listete die Dinge auf, die sie für die Thanksgivingfeier in der Schule brauchten. »Wir sollen Kürbiskuchen mitbringen, Mama.«

Gut, das war einfach. Das konnte sie im Delikatessenladen kaufen.

»Wir sollen dir helfen, ihn zu machen«, erklärte Thomas.

Auch gut. Also Tiefkühlkost. Sie konnten die Packung zusammen öffnen und in den Ofen schieben.

Während die Kinder aßen, schaute Annabelle ins Schlafzimmer. Der Raum war dunkel.

»Mike?«, sagte sie leise.

Keine Antwort.

»Möchtest du etwas Pizza, Schatz?«

Nichts.

Sie biss sich auf die Lippen, um nicht vor Frustration zu schreien, machte die Tür hinter sich zu und ging ins Badezimmer. Sie drehte die Wasserhähne voll auf, gab Kinderschaumbad ins Wasser und starrte blind auf den weißen Schaum, der sich bildete. Die Kinder mussten gebadet werden, ihre Zähne geputzt, eine Gutenachtgeschichte vorgelesen. Und dann würde auch sie zeitig ins Bett gehen, denn sie wollte um sechs Uhr früh im Funkhaus sein, falls noch etwas für den Beitrag zu tun war. Linus wollte das Interview mit Lee als Thema des Morgens nehmen, wenn nicht noch ein unerwartetes Ereignis dazwischenkam, das vorher in die Sendung musste.

Wenn sie mit einem der anderen Reporter zusammengearbeitet hätte, wäre nicht immer so viel zu tun gewesen. Die guten Reporter waren stolz darauf, sich in das jeweilige Thema einzuarbeiten und ihre Texte selbst zu schreiben. Aber Lee stand nur gerne vor der Kamera, die Arbeit hinter den Kulissen überließ er Annabelle.

Plötzlich fiel ihr ein, dass sie sich noch gar nicht erkundigt hatte, wie es Jerome ging. Das hätte sie schon vor Stunden tun sollen. Eine schöne Freundin war sie.

Während das Wasser einlief, ging sie in die Küche, fischte das Handy aus ihrer Umhängetasche und tippte Jeromes Nummer ein.

☆

Der elektronische Klingelton klang gedämpft, denn das Handy steckte in der Tasche der Jacke, die im kleinen

Schrank des Krankenzimmers hing. Im Zimmer waren Ärzte und Schwestern damit beschäftigt, Jerome an ein Beatmungsgerät anzuschließen.

26

DAS WAR JETZT schon die zweite Fahrt in dieser Woche nach Maplewood. Bald würde sich eine Mehrfachkarte lohnen.

Dank Annabelle wusste jeder im Funkhaus, dass Jerome ins Krankenhaus eingeliefert worden war. Ein Kontrollanruf hatte das bestätigt. Also grünes Licht für eine weitere Fahrt nach New Jersey. Es musste heute Abend sein, morgen wäre es zu spät. Sobald die Ärzte feststellten, was mit Jerome los war, würden sie die anzeigepflichtige Infektionskrankheit dem Gesundheitsamt und der Polizei melden und sein Haus würde durchsucht werden.

Der Weg vom Bahnhof zum Highland Place war mittlerweile vertraut. Es waren kaum Leute auf der Straße. Wenn man selbstsicher ausschritt, als gehöre man hierher, schenkte einem niemand Beachtung, auch nicht, wenn man ein Grundstück betrat. Das Haus war dunkel, kein Licht brannte. Das erste Fenster auf der Rückseite des Hauses war verschlossen, aber das zweite ließ sich leicht öffnen.

Vertrauensselige Idioten, die Leute in den Vororten.

Es war gar nicht so einfach, durch das Fenster zu steigen. Jetzt vorsichtshalber Atemschutzmaske und Handschuhe anlegen. Das Röhrchen in der Manteltasche war sicher verpackt, aber man wusste ja nicht, wo Jerome den Umschlag seiner lustigen Geburtstagskarte geöffnet hatte.

Der gelbe Schein der Taschenlampe beleuchtete die Küche, das Ess- und das Wohnzimmer. Jetzt die Treppe hinauf, in einen kleinen Raum, der als Arbeitszimmer diente. Auf dem übervollen Schreibtisch stand ein Computer. Es dauerte nur ein paar Minuten, ihn einzuschalten, den richtigen Ordner zu finden und ihn zu löschen. Wochenlange Arbeit, Hunderte von Manuskriptseiten, durch das einfache Drücken auf eine Taste gelöscht.

Jerome musste einen Ausdruck gemacht haben – ja, da war er, in der obersten Schreibtischschublade. Das Manuskript wurde herausgenommen und durch das Röhrchen ersetzt. Die Polizei würde die Anthraxsporen finden und zu dem Schluss kommen, dass Jerome sich selbst infiziert hatte.

Niemand konnte ahnen, dass ein Teil des weißen Pulvers beiseite getan worden war – nur für den Notfall. Man brauchte ja so wenig, um so großen Schaden anzurichten.

Freitag, 21. November

27

JOE CONNELLY verbrachte die Nacht in einer der Garderoben der vom Sender produzierten Serien, denn er wollte sofort zur Stelle sein, wenn der schlimmste Fall eintrat und die vorläufigen Testergebnisse sich als falsch erwiesen. Sollte sich herausstellen, dass ein Teil des Sendegebäudes mit Anthraxsporen verseucht war, mussten sofortige Maßnahmen ergriffen werden.

Nach einer im unruhigen Halbschlaf verbrachten Nacht duschte er schnell in dem winzigen Bad, zog sich frische Wäsche und ein frisches Hemd an, Sachen, die er für den Notfall immer in seinem Büro hatte, und holte sich eine Tasse heißen Kaffee aus der Cafeteria, die er mit auf seinen Kommandoposten nehmen wollte.

Zu dieser frühen Stunde war es noch sehr ruhig, aber Edgar war bereits bei der Arbeit und belud das Kaffeewägelchen.

»Morgen.« Die Servicekraft lächelte.

»Guten Morgen, Edgar. Wie läuft's?«

»Gut, Sir. Sehr gut.«

»Freut mich zu hören.«

Edgar beobachtete, wie der Sicherheitschef das Geld für den Kaffee neben die Kasse legte, da die Kassiererin noch nicht da war.

Ein ehrlicher Mann.

Aber sie waren nicht alle so. Manche Leute dachten, sie könnten sich einfach Teebeutel, Frühstücksflocken, Mineralwasser oder Saft nehmen, ohne dafür zu bezahlen. Manche nahmen sich sogar einfach Käse vom Salatbüfett! Letzte Woche war doch tatsächlich jemand in die Küche gegangen und hatte Puderzucker in eine Tasse geschüttet. Wie immer hatte Edgar so getan, als hätte er nichts gesehen.

Er wollte schließlich keinen Ärger.

28

ANNABELLE FUHR eigentlich lieber mit der U-Bahn zur Arbeit, aber so früh am Morgen war ein Taxi sicherer und viel angenehmer, selbst wenn es teurer war.

Es war noch stockdunkel, als das Taxi vor dem Funkhaus hielt. Gerade als sie den Fahrer bezahlt hatte und aussteigen wollte, hielt eine der blauen Limousinen von Lincoln Town Car am Straßenrand. Auf dem Rücksitz würde einer der beiden Co-Moderatoren des Morgenmagazins sitzen. Da sie zu einer so unchristlichen Stunde anfangen mussten, stand ihnen per Vertrag ein Fahrer zu. Erfreut sah sie, dass ihre Freundin Constance dem Wagen entstieg.

»Bin ich froh, dich zu sehen«, sagte Annabelle und drückte Constance ein Küsschen auf die Wange.

Die Moderatorin umarmte Annabelle und strich mit der Hand über den weichen Pelz ihrer Biberjacke.

»Neue Jacke?«, bemerkte sie und kniff die Augen zusammen, um im schwachen Licht der Foyer-Beleuchtung, das durch die Glaswände auf die Straße fiel, etwas erkennen zu können.

»Ach, hör schon auf – ich rechne jeden Augenblick damit, von Tierschützern mit roter Farbe besprüht zu werden. Und nein, die Jacke ist nicht neu, sie ist fünfzehn Jahre alt. Hat praktisch schon Museumswert.«

Sie schoben sich durch die chipkartengesicherte Drehtür. Annabelle staunte immer wieder, wie schön Constance war, selbst ohne Make-up und im grellen Licht des Foyers. Ihre Alabasterhaut war makellos.

»Schade, dass du gestern nicht da warst. Wie war's in Boston?«

»Gut. Der Dreh lief bestens und ich konnte sogar noch einen späten Lunch mit meinem alten Chef einschieben. Aber ich sag dir, es ist mich hart angekommen, direkt nach der Sendung in den Flieger zu steigen. Erzähl, was habe ich alles verpasst?«

Annabelle berichtete von dem Verhör durch das FBI und der Krisensitzung bei der Gregory. »Unsere Chefredakteurin ist stinksauer, Constance. Ich möchte nicht in John Lees Haut stecken.« Stirnrunzelnd fügte sie hinzu: »In der von Yelena Gregory auch nicht, wenn ich's recht bedenke.«

29

Yelena liess das heiße Wasser auf die vor Anspannung verhärteten Muskeln prasseln. Es wäre schön, wenn sie den ganzen Tag unter der Dusche verbringen könnte, dachte sie, aber dafür war viel zu viel zu tun. Der erste Programmpunkt des Tages war, das Morgenmagazin von Anfang an zu verfolgen.

Sie zwang sich, das Wasser abzudrehen, trat auf die

weiche weiße Badematte und rubbelte ihren voluminösen Körper ab. Nur bei der Narbe ihrer Totaloperation war sie immer noch vorsichtig. Das Symbol für ihre Kinderlosigkeit. Es eilt ja nicht, hatte sie immer gedacht, ich werde Kinder bekommen, sobald es mit der Karriere gut läuft, sobald ich den richtigen Mann getroffen habe. Aber der Beruf hatte sie zu sehr in Anspruch genommen – Arbeitszeiten bis spät in die Abendstunden, Wochenend- und Feiertagsdienste –, sie war vierundzwanzig Stunden in der Pflicht. Den Männern, die sie kennen lernte, fiel es schwer, die zweite Geige zu spielen. Sie hatten es bald satt, dass ihr ständig etwas dazwischenkam, wenn durch die neuesten Entwicklungen der Weltpolitik alle privaten Pläne umgestoßen wurden. Und als sie in der Nachrichtenhierarchie aufstieg, schien sie nur noch mit Kollegen und Mitarbeitern zusammenzutreffen. Ihr einziger Versuch einer Büroromanze hatte katastrophal geendet. Pete Carlson hatte sie nur benutzt, um seine eigene Karriere voranzutreiben. Von diesem Fiasko hatte sie sich emotional noch immer nicht erholt.

Als sie vor dem Spiegel stand und Feuchtigkeitscreme auftrug, dachte sie, wie schnell doch die Zeit verging. Es waren gute Jahre gewesen, produktive Jahre, manchmal aufregende Jahre, aber voll von Erinnerungen an die Arbeit, nicht an ein ausgefülltes Privatleben. Sie war jetzt dreiundfünfzig, Kinder oder Enkelkinder würde sie niemals haben, und sie bezweifelte ernsthaft, dass sie je heiraten würde. Aber das machte nichts, sagte sie sich, denn sie hatte ja KEY News. KEY News war ihr Baby, das Kind, um das sie sich mit ihrem ganzen Intellekt und ihrer ganzen Leidenschaft sorgte.

Und jetzt war ihr Baby bedroht. Das Renommee des

Senders stand auf dem Spiel, und Yelena würde alles daransetzen, damit KEY News seinen ehrenvollen Ruf behielt, die Zuschauer interessant, präzise und aktuell zu informieren. Nichts auf der Welt war ihr wichtiger.

Jedes Unternehmen war nur so gut wie seine Mitarbeiter und für KEY mit seinem weltweiten Korrespondentennetz arbeiteten viele intelligente und kreative Köpfe. Yelena wählte die Leute sorgfältig aus, die sie einstellte; sie suchte sich die begabtesten Journalisten und lockte sie in ihre Redaktionsteams. Die Quote von »KEY aktuell« mit Eliza Blake war leicht angestiegen, keine geringe Leistung angesichts der Konkurrenz von Nachrichtenleuten wie Rather, Jennings und Brokaw. Das »Stundenglas«, jetzt nach längeren Vertragsverhandlungen von Cassie Sheridan moderiert, war die populärste einstündige Nachrichtenmagazin-Show zur Hauptsendezeit. Und »Amerika am Morgen« mit der erfolgreichen Mischung aus aktuellen Nachrichten, Verbraucherinfos, Geld und Börse, »weichen« Entertainment-Storys sowie Buch- und Filmkritiken war Spitzenreiter unter den Morgenmagazinen.

Dennoch, im Nachrichtengeschäft wimmelte es von eitlen Egomanen und nicht alle waren teamfähig. Linus Nazareth fiel ohne jeden Zweifel in diese Kategorie. Er leitete das Morgenmagazin wie seinen persönlichen Süßwarenladen, überzeugt davon, dass seine Position gesichert war, solange er Quote brachte. Yelena fand den Mann widerwärtig und respektlos. Ihr missfiel sein Draufgängertum und die Art, wie er seine Untergebenen behandelte. Sie behielt ihn hauptsächlich deswegen, weil sie nicht wollte, dass er zur Konkurrenz ging. Aber mit einem beschädigten Ruf und verlorener Glaubwürdigkeit würden ihn auch ABC, CBS und NBC nicht mehr haben wollen.

Yelena nahm den Bademantel vom Haken und schlüpfte hinein.

Wenn sie ihm genug Freiheit ließ, würde er sich schon selber einen Strick drehen.

Eine Achillesferse hatte jeder.

30

DA NOCH NICHT endgültig geklärt war, ob das »Amerika am Morgen«-Studio verseucht war, hatte man beschlossen, am Freitag aus dem »KEY aktuell«-Studio zu senden. Die Aufnahmeleitung hatte alles arrangiert.

Nachrichtentechnisch war in der Welt nicht viel passiert, also konnte Linus seinen Plan durchziehen, die Anthraxstory weiter auszuschlachten. Das Morgenmagazin begann mit einem Interview mit Dr. Lee. Annabelle verfolgte es aus dem Regieraum.

»Ja, Constance, gestern war hier der Teufel los. Aber es ist ja alles gut ausgegangen. Mein Ziel war es, die Öffentlichkeit über die Gefahren aufzuklären, die uns umgeben, und dieses Ziel haben wir, glaube ich, erreicht.«

Die Moderatorin warf einen Blick auf ihre Stichworte. »Die Behörden würden gern erfahren, woher Sie das Milzbrandpulver haben. Werden Sie es ihnen sagen?«

»Nein, ich werde die Aussage darüber verweigern. Journalisten müssen ihre Informanten schützen, sonst verlieren sie jede Glaubwürdigkeit und das Vertrauensverhältnis zwischen Journalist und Informant ist gefährdet.«

Annabelle wurde ganz übel, als sie den Mediziner so daherschwadronieren hörte. Aber ein Blick auf Linus verriet ihr, dass der Redaktionsleiter hochzufrieden war.

Hatte er ihren Blick gespürt? Schaute er deswegen in ihre Richtung?

»Kommen Sie auch zu meiner Party, Annabelle?«, rief er ihr durch den lauten Regieraum zu.

Es war, als wollte er sie absichtlich in Verlegenheit bringen. Linus mochte sie nicht besonders, das wusste sie, und er konnte unmöglich großen Wert darauf legen, sie als Gast bei sich zu Hause zu begrüßen. Aber jedem in der Redaktion war klar, dass die jährliche Feier in der Wohnung des Redaktionsleiters obligatorisch war. Keiner traute sich, nicht zu dem geselligen Beisammensein zu gehen, bei dem das Football-Spiel auf dem Großbildschirm angesehen wurde. Annabelle hatte von den Brüskierungen und miesen Aufträgen gehört, die jedem drohten, der nicht an der Football-Party teilnahm.

»Klar, Linus, ich komme gern«, rief sie zurück, richtete den Blick auf ihre Notizen und gab vor, völlig darin vertieft zu sein.

Es war das erste Mal, dass sie zu der Party eingeladen war. Viel lieber hätte sie den Sonntagnachmittag mit ihrer Familie verbracht, aber das spielte keine Rolle. Die Feier bei Linus gehörte praktisch zur Arbeitszeit.

31

Es war ärgerlich, dass er sich schminken lassen musste, aber heute war es notwendig, dachte Gavin Winston und musterte sich im Spiegel. Er sah gar nicht gut aus. Die Tränensäcke wurden immer schlimmer, und seine Haut war fleckig und fahl. Kein Wunder, so schlecht, wie er in letzter Zeit geschlafen hatte.

Gerüchte hatte es schon länger gegeben, aber heute Morgen hatte ein Bericht im *Wall Street Journal* sie bestätigt: Die Börsenaufsicht SEC ermittelte wegen Insiderhandels gegen Wellstone, Inc. Bei der rasanten Talfahrt der Lieblingsaktie der Anleger hatten Tausende von Kleinaktionären Millionen verloren. Aber die Wellstone-Manager sowie eingeweihte Freunde hatten ihre Aktien vor dem Kurssturz verkauft; sie hatten nicht nur nichts verloren, sondern einen Riesenprofit gemacht. Wieder einmal wurden die Reichen reicher, während der kleine Mann der Dumme war.

Die Maskenbildnerin trug Farbkorrektur-Grundierung unter seinen Augen auf. Gavin graute davor, in wenigen Minuten über die Wellstone-Affäre berichten zu müssen. Es war nicht schön, journalistische Grundsätze zu verletzen, indem er eine Story über etwas brachte, in das er selbst verwickelt war.

Die Make-up-Spezialistin nahm den Nylonumhang ab, der Gavins maßgeschneiderten englischen Anzug geschützt hatte. Er beugte sich vor, richtete seine Ferragamo-Krawatte und warf einen letzten prüfenden Blick in den Spiegel.

Er hatte mit seinen Wellstone-Aktien einen ganz hübschen Profit gemacht, aber das durfte niemand erfahren. Es würde gar nicht gut aussehen.

32

NACH DEM ERSTEN Nachrichtenblock kam die Übergabe an die Wetterfrau.

»Carrie, was haben wir am Wochenende vom Wetter zu erwarten?«

»Bis zum Winteranfang ist es ja noch einen ganzen Monat hin, Constance, aber wir im Nordosten müssen uns ungewöhnlich früh auf Schnee und Graupelschauer gefasst machen.« Caridad Vega wies auf die Wetterkarte, auf der Pfeile von Norden nach Süden wiesen. »Eine Kaltfront aus Kanada wird uns am Samstagabend erreichen und das für die Jahreszeit viel zu kalte Wetter wird auch am Sonntag noch anhalten. Also, Leute, holt Schals und Handschuhe raus, am besten auch gleich den Schneeschieber.«

Ob den Kindern die Winterstiefel vom letzten Jahr wohl noch passten? Wahrscheinlich nicht, dachte Annabelle.

»Im übrigen Land wird es heiter sein, bei der Jahreszeit angemessenen Temperaturen«, beendete Carrie den Wetterbericht.

Hatten die ein Glück.

33

»Ein grandioser Film.«

»Zutiefst bewegend.«

»Brillante Hauptdarsteller.«

»*Icicle* ist ein Film, von dem man noch lange reden wird.«

Annabelle, die in ihr Büro zurückgekehrt war, um sich den Rest der Sendung dort anzusehen, hörte erstaunt, wie Russ Parrish mit Superlativen nur so um sich warf.

Sonderbar. Der Film sollte doch ein absoluter Flop sein. In der heutigen Ausgabe der *New York Times* war er verrissen worden, ebenso wie in der *Washington Post* und den *Daily News*.

Annabelle griff nach der Fernbedienung und schaltete auf einen anderen Sender um. Während Russ den Film als »Muss« bezeichnete, erklärte der Filmkritiker von CBS ihn zu einem »der schlechtesten Filme, der je gedreht wurde«.

Sicher, Besprechungen waren subjektiv, persönliche Geschmacksurteile, aber wie konnte Russ' Meinung so sehr von der seiner Kollegen abweichen?

34

NOCH DREISSIG Sekunden Werbung. Constance las rasch ihren Text noch einmal durch, bevor sie wieder ins Bild kam. Sie saß sehr still, damit die Maskenbildnerin ihr das Gesicht pudern konnte. Das rote Licht über der Kamera leuchtete auf, und als die Regie ihr ein Zeichen gab, begann sie mit ihrer Anmoderation.

»Am Wochenende ist es genau vierzig Jahre her, dass John F. Kennedy ermordet wurde, als er in einer Fahrzeugkolonne durch Dallas fuhr. Es ist oft gesagt worden, dass unser Land an diesem Tag seine Unschuld verloren hat.«

Der erste Einspielfilm begann mit Archivmaterial, über das Constance vorher den Kommentar gesprochen hatte. Der junge, gut aussehende Präsident und seine elegante junge Frau stiegen aus dem Flugzeug, Jackie bekam einen Strauß Rosen, das strahlende Präsidentenpaar saß auf dem Rücksitz einer offenen Limousine. Und dann das körnige Schwarz-Weiß-Material, heranrasende Streifenwagen, Texaner, die auf dem Grashügel weinten, von dem vermutlich die Schüsse abgegeben worden waren, die vergessenen Blumen auf dem blutigen Rücksitz der Präsidentenlimousine.

Ich war damals noch nicht einmal geboren, dachte Annabelle, die gebannt auf den Bildschirm blickte und darauf wartete, dass Constance wieder ins Bild kam.

»Aber eine jüngere Generation von Amerikanern wird den 11. September 2001 als den Tag in Erinnerung behalten, an dem die Zeit der Unschuld endete. Die Schrecken dieses Tages sind nicht so leicht zu vergessen. Viele leiden noch immer unter Depressionen und Angstattacken, manche auch unter dem posttraumatischen Stresssyndrom.«

Wie Mike, dachte Annabelle bedrückt. Als ob sie daran erinnert zu werden bräuchte. Sie hatte gelesen, dass fast eine halbe Million New Yorker seit jenem Tag unter Depressionen litt. Mehr als dreitausend Menschen waren bei den Terroranschlägen umgekommen. All diese Menschen hatten Mütter und Väter, viele hinterließen Familien, Ehepartner, Söhne und Töchter, Onkel und Tanten, Cousins und Cousinen, von denen erwartet wurde, mit dem Verlust und den grausamen Erinnerungen zu leben und irgendwie weiterzumachen.

343 New Yorker Feuerwehrleute hatten den Einsatz nicht überstanden. 343 Menschen, die das größte Opfer gebracht und ihr Leben für ihre Freunde gelassen hatten. Die Überlebenden sagten, sie könnten nicht vergessen; ihre Kameraden fehlten ihnen. Schuldgefühle plagten die Retter, die davongekommen waren. Warum sie, warum nicht ich?

Diese gut ausgebildeten Männer waren früher gern zur Arbeit gegangen, hatten die Kameradschaft in der Feuerwache genossen und Befriedigung aus der wichtigen Arbeit gezogen, die sie leisteten. Jetzt wurden sie vom Gedanken an ihre getöteten Freunde verfolgt, lagen nachts wach und fragten sich, was anders hätte gemacht werden müssen. Wenn nur das Funksystem nicht zusammengebrochen wäre, weil zu viele Einheiten auf den Kanälen waren, wenn nur die Führung und die Einsatzüberwachung nicht versagt hätten, wenn nur die Gebäude nicht eingestürzt wären. Wenn nur, wenn nur, wenn nur.

Zwanzig Prozent der Amerikaner kannten jemanden, der bei den Terroranschlägen getötet oder verletzt worden war, und die Auswirkungen waren in der Gesellschaft noch deutlich zu spüren. Viele hatten als direkte Folge der Anschläge den Arbeitsplatz verloren. Die Zahl der Menschen, die zum CIA wollten, war stark angestiegen, und das Peace Corps, eine landesweite Freiwilligenorganisation, zählte wesentlich mehr Eintritte, seit Präsident Bush ehrenamtliche Arbeit zur patriotischen Pflicht erklärt hatte. Ebenso stark angestiegen waren gewalttätige Übergriffe auf Muslime.

Annabelle wusste das alles, weil sie nicht aufhören konnte darüber zu lesen. Wenn Mike sich abkapselt, dachte sie immer, ist es umso wichtiger, dass ich mich in das Thema vertiefe. Je mehr sie verstand, desto besser würde sie ihm helfen können. Aber jedes Mal, wenn sie das Gespräch auf den 11. September brachte, wenn sie ihn drängte, doch darüber zu reden, brüllte er sie entweder an oder machte dicht wie eine Auster, was sie noch mehr traf.

Auf dem Bildschirm lief mittlerweile das archivierte Band, aus dem die schlimmsten Szenen – Menschen, die aus dem Fenster eines Hochhauses sprangen, um nicht zu verbrennen – herausgeschnitten worden waren. Das gab Annabelle eine Vorstellung davon, was ihr Mann an jenem

Tag mit angesehen haben musste. Sie musste es sich vorstellen, denn Mike lehnte es ab, sie an den unaussprechlichen Schreckensbildern teilhaben zu lassen, die ihn quälten.

35

ALS DIE SENDUNG zu Ende war, ging Annabelle in die Cafeteria hinunter und schenkte sich zwei Pappbecher Starbucks-Kaffee ein. Das Milchkännchen war bereits leer.

»Entschuldigen Sie, Edgar, aber ich bräuchte noch etwas Milch.«

»Aber gern, Miss.«

Er reichte ihr eine frische Packung und wartete, während sie die weiße Flüssigkeit in den Kaffee goss.

»Vielen Dank«, sagte sie und gab ihm die Milch zurück. »Das war sehr nett von Ihnen.«

Lächelnd füllte er das Milchkännchen auf. Das war wirklich eine nette Frau. Nicht so wie manche anderen, die oft nicht mal grüßten.

Annabelle füllte gerade frischen Obstsalat in eine kleine Plastikschüssel, als eine Frau mit zwei kleinen Jungen in Skijacken durch das Drehkreuz der Cafeteria kam.

»Onkel Edgar!«, rief der Kleinere, rannte zu ihm hin und warf die Arme um seine Taille.

»Und wie geht es meinem Willie?« Breit lächelnd drückte Edgar das Kind an sich. »Herzlichen Glückwunsch zum Geburtstag, mein Junge.«

Der Ältere, er war vielleicht vier Jahre alt, hielt sich zurück und blieb neben seiner Mutter stehen, aber er lächelte. Man sah selten kleine Kinder im Funkhaus. Wenn sich doch einmal welche hereinwagten, wurden sie als Wunderdinge betrachtet und fasziniert beobachtet.

»Guckt mal da drüben, und sucht euch aus, was ihr gerne essen würdet«, sagte Edgar und wies auf das Frühstucksbüfett. »Ich toaste schon mal ein paar Bagels für euch.«

Er ging zum Grill, während die Mutter und die Kinder sich ein Tablett nahmen.

»Ich will Ananas«, erklärte der Ältere.

»Und ich Bananen«, verkündete Willie. »Und Weintraubengelee für mein Brötchen.«

Die Mutter, die Annabelles Blick spürte, sah auf und lächelte zögernd. Annabelle erwiderte das Lächeln. »Ein großes Abenteuer für die Kinder, dass sie ihren Onkel besuchen dürfen, nicht wahr? Meine Kinder sind auch immer schrecklich aufgeregt, wenn ich sie mitbringe.«

Beim letzten Besuch von Thomas und Tara hatte Constance dafür gesorgt, dass sie nach der Sendung mit ihr im Studio sitzen durften, und die Kameras hatten sie aufgenommen. Die Zwillinge sahen sich das Video von sich selbst im Fernsehen wahnsinnig gerne an. Annabelle wünschte, sie hätte Edgars Neffen das auch ermöglichen können, aber bei dem ganzen Aufruhr in der Redaktion war das im Moment leider undenkbar.

Aber sie sagte mit Wärme zu dem Dreijährigen: »Herzlichen Glückwunsch zum Geburtstag, Willie. Ich hoffe, du hast heute viel Spaß.«

✯

Annabelle wartete schon, als Constance, atemberaubend schön in vollem Make-up, in ihr Büro zurückkehrte.

»Ahhh. Genau das, was ich jetzt brauche«, stöhnte sie und nahm dankbar den brühend heißen Kaffee entgegen. Sie hob den Plastikdeckel ab und ließ sich in ihren Bürosessel fallen. »Also, wie steht es mit dir?«, fragte sie und trank vorsichtig einen Schluck.

Annabelle verdrehte die Augen. »Ich weiß nicht. Das FBI hat mir wohl geglaubt, dass ich mit Lees Plan nichts zu tun hatte. Ich kann nur hoffen, dass die Gregory mir ebenfalls geglaubt hat. Ich brauche diesen Job.«

Die Moderatorin nickte. »Zu Hause ist also alles unverändert?«

»Ich warte darauf, dass Mikes neues Medikament anschlägt. Er bekommt es jetzt auch schon seit zwei Wochen. Voraussetzung ist natürlich, dass er es auch nimmt.« Sie seufzte.

»Ich weiß nicht, wie ich es ausdrücken soll, Annabelle. Es klingt vielleicht blöd, aber ich habe das Gefühl, dass alles gut werden wird. Mike ist so ein klasse Typ. Er wird es schon schaffen, glaub mir.«

»Hoffentlich hast du Recht, denn langsam wird mir wirklich alles zu viel.« Sie spürte, wie ihr die Tränen in die Augen traten.

»Ich frage mich wirklich, wie du das alles schaffst, Annabelle. Ich bewundere dich sehr.«

Annabelle brachte ein Lachen zustande. »Du machst wohl Witze. *Du* bewunderst *mich*? Du bist doch diejenige, die eine kometenhafte Karriere gemacht hat. Das ganze Land liebt dein Gesicht und deine Persönlichkeit.«

»Ja, sicher, das ist alles gut und schön, und glaub mir, ich weiß, ich kann mich glücklich schätzen. Aber ich kann mich auch ganz auf meine Arbeit konzentrieren, ohne Ablenkung. Niemand ist von mir abhängig.«

»Und findest du das gut oder schlecht?«

Constance dachte über die Frage nach. »Weder noch. Es ist einfach so, wie es ist. Keine Ahnung, wie ich die Sache sehe, wenn ich mal meinen Märchenprinzen treffen sollte, einen Mann, den ich so sehr liebe, dass ich heiraten und Kinder haben möchte. Aber bislang ist das nicht passiert und das ist auch ganz okay so. Ich mag mein Leben. Dabei fällt mir ein …« Sie öffnete ein Pillenfläschchen und schluckte eine Tablette.

»Was nimmst du denn da?«

»Cipro. Ich habe beschlossen, es einzunehmen. Ich will kein Risiko eingehen.«

Annabelle wollte kein Urteil darüber abgeben. Wer weiß, wie sie sich fühlen würde, wenn ihr jemand ein Röhrchen Milzbranderreger unter die Nase gehalten hätte.

Sie tranken ihren Kaffee, sprachen über John Lee, was für ein Idiot er doch sei, und stellten Spekulationen darüber an, ob der Vorfall seiner Karriere wohl nützen oder schaden würde.

»Ich habe gleich einen Termin mit ihm«, stöhnte Annabelle und erhob sich vom Sofa.

»Viel Glück.« Constance griff nach dem Telefon. »Ich muss noch ein paar Anrufe erledigen. Heute gehe ich ein bisschen früher, ich fliege nachher noch nach Washington, um meine Mutter zu besuchen.«

Annabelle blieb wie angewurzelt in der Tür stehen. »Ach komm. Sag mir nicht, dass du nicht zu Linus' Feier gehen wirst.«

»Wäre das schön. Ich habe überhaupt keine Lust, aber ich muss hingehen, sonst kriegt Linus Zustände. Ich fliege Sonntag am frühen Nachmittag zurück und werde pünktlich auf der Matte stehen.«

»Das ist gut. Ich brauche dringend etwas moralische Unterstützung«, verkündete Annabelle.

Constance lächelte schief und schüttelte den Kopf. »Ich könnte auch ein bisschen Unterstützung gebrauchen. Glaubst du, es macht Spaß mit anzusehen, wie Lauren vor Linus ihre Reize spielen lässt? Sie ist hinter meinem Job her, und sie glaubt, dass sie ihn auf diese Weise kriegen kann.«

»Unmöglich, Constance, die Frau wird nie im Leben Moderatorin des Morgenmagazins«, erklärte Annabelle fest. »Sie kann dir nicht das Wasser reichen, das wissen wir doch beide.«

»Sag niemals nie, Annabelle. Wir wissen auch beide, dass beim Fernsehen schon merkwürdigere Dinge passiert sind.«

36

»DAS KANN NICHT Ihr Ernst sein.«

Joe Connelly konnte kaum glauben, was er da vom Gesundheitsamt mitgeteilt bekam. Es war nicht zu fassen. Er legte auf und verdaute die Information.

Er schob sich eine Magentablette in den Mund. Auf die Aufgabe, die jetzt vor ihm lag, freute er sich gar nicht. Er wollte es der Gregory nicht mitteilen. Sie würde toben vor Wut, und mit vollem Recht. Kein Mensch würde KEY News jetzt noch ernst nehmen. Für die Medienkritiker würde es ein gefundenes Fressen sein. Ganz zu schweigen vom Verlust der Glaubwürdigkeit beim Zuschauer.

Wie blöd konnte ein Mensch eigentlich sein? Dr. Lee

musste doch gewusst haben, dass die Wahrheit herauskommen würde.

Die Labortests hatten ergeben, dass das weiße Pulver in dem Teströhrchen, bei dem es sich laut Dr. Lee um Anthraxmaterial handelte, ganz normaler Haushaltszucker war.

37

ANNABELLE SASS gerade mit John Lee im Schneideraum, als die Chefin höchstpersönlich kam, um ihm die Neuigkeit mitzuteilen. Alle Arroganz wich aus seinem Gesicht.

»Aber das ist unmöglich«, stieß er hervor. »Irgendjemand muss einen Fehler gemacht haben.«

»Aber ganz bestimmt, John, und das ist noch eine unglaubliche Untertreibung. Jemand hat einen großen Fehler gemacht, einen unglaublich großen Fehler.« Die Chefredakteurin sprach mit leiser, ruhiger Stimme, aber Annabelle sah, dass ihre Hände zitterten.

»Mein Informant kann mich unmöglich so aufs Kreuz gelegt haben.« Der Medizinjournalist war völlig außer sich.

»Nun, jemand wurde zweifellos aufs Kreuz gelegt, und zwar KEY News. Ein renommierter, seriöser Nachrichtensender, der seit Jahrzehnten mit Erfolg bemüht ist, das Vertrauen des Publikums zu erwerben, muss jetzt berichten, dass einer seiner Journalisten einen jämmerlichen, verachtenswerten Schwindel durchgezogen hat.«

Lee war aschfahl im Gesicht. »Ich schwöre, Yelena, ich hatte keine Ahnung, dass Zucker in dem Röhrchen war. Ich hielt es für Anthraxpulver, das müssen Sie mir glauben.«

»Ich muss gar nichts. Sie sind gefeuert. Mit sofortiger Wirkung.«

38

Auf dem Schreibtisch der Aufnahmeleiterin Beth Terry standen viele Fotos von Kindern, die in die Kamera strahlten, aber es waren nicht ihre eigenen Kinder. Nichten, Neffen und Patenkinder fanden Tante Beth wunderbar, die nie einen Geburtstag, einen Feiertag oder andere besondere Gelegenheiten vergaß und immer die schönsten Geschenke schickte. Nicht etwa praktische Dinge wie Schlafanzüge oder Pantoffeln, sondern die neuesten Spielsachen und Videospiele. Wenn Tante Beth mit ihren Geschenken kam, wussten die Kinder, dass sie sich freuen konnten.

Beth war stolz auf ihre Fähigkeit, schöne Sachen zu finden. An den Wochenenden streifte sie gern durch F.A.O. Schwarz, die Legende der internationalen Spielzeugwelt, und die anderen exklusiven Geschäfte an der 5th Avenue. Sie kannte die edlen Modekaufhäuser der Oberklasse wie Bergdorf's, Bendel's, Lord & Taylor und Saks wie ihre Westentasche. Sie wusste, was es wo in welchem Stockwerk gab und wann man mit günstigen Schnäppchen rechnen konnte. Wenn einem ihrer Kollegen eine Geschenkidee fehlte oder jemand nicht wusste, wo er am besten nach einem bestimmten Kleidungsstück suchen sollte, wandten sie sich an Beth.

Sie hatte bereits mit den Weihnachtseinkäufen begonnen. Und warum auch nicht, dachte sie, rührte ihren fettarmen Vanillejoghurt um und überflog ihre Liste. Die meisten Punkte waren bereits abgehakt. Das Einkaufen war eine zerstreuende Freizeitbeschäftigung und dann hatte sie wenigstens etwas vor. Es war ja nicht gerade so, dass ihr Terminkalender am Wochenende immer voll war. Leute mit Kindern gingen zu Fußballspielen oder Schulbasaren oder machten Ausflüge, Leute ohne Kinder, aber mit Partner, konnten sich auf eine Verabredung am Samstagabend und einen langen, genießerischen Brunch am Sonntagmorgen freuen. In Manhattan gab es zwar fantastische Museen mit unermesslichen Schätzen und die besten Theater der Welt, aber zu zweit war natürlich alles viel schöner.

Vielen graute vor dem Montagmorgen, aber Beth war froh, wenn sie wieder zur Arbeit gehen konnte. Am glücklichsten und lebendigsten fühlte sie sich, wenn sie für eine reibungslose Produktion des Morgenmagazins sorgte: die Logistik koordinierte, Flüge und Hotelzimmer buchte, Tagesdispositionen machte, das Budget kalkulierte und tausend andere Aufgaben erledigte. Und, was vielleicht noch wichtiger war, am Montagmorgen sah sie Linus wieder.

Sie klammerte sich an die Hoffnung, dass es doch noch etwas mit ihnen werden könnte, obwohl sie zugeben musste, dass er nie von Heirat gesprochen hatte. Aber jedes Mal, wenn ihr Chef sagte: »Ich weiß wirklich nicht, was ich ohne dich anfangen würde, Beth« oder »Ich kann von Glück sagen, dass ich dich habe«, oder wenn er ihr bei einer Besprechung die Hand auf die Schulter legte, geriet sie ins Träumen. Mochten andere ihn fürchten, ihn kritisieren oder verachten – für Beth war Linus Nazareth der ideale Mann. Er hatte ihr eine Seite von sich gezeigt, die andere nicht kannten.

Nur zu gerne tätigte sie auch dieses Jahr wieder die Weihnachtseinkäufe für ihn. Aber trotz ihrer leeren Wochenenden würde sie auch im Internet einkaufen müssen, wenn sie alles schaffen wollte. Beth klickte sich ins Internet und ließ ihre Finger über die Tasten gleiten.

39

Yelena legte Wert darauf, gelegentlich an den Redaktionskonferenzen des Morgenmagazins teilzunehmen. Heute wollte sie hören, wie Linus seiner Mannschaft den Anthraxschwindel beibringen würde. Sie setzte sich an den voll besetzten Konferenztisch und wartete ab.

Linus kam hereingestürmt, rot im Gesicht, seinen Football in der Hand und mit aufgerollten Hemdsärmeln.

Er warf Russ den Football zu, aber der ließ ihn ungeschickt fallen. Linus stieß einen zornigen Fluch aus.

»Das ist in letzter Zeit das Problem bei dieser Sendung: kein Zusammenspiel. Aber damit ist jetzt Schluss.«

Das Team des Morgenmagazins saß schweigend da.

»Durch John Lees Faxen sind wir zum Gespött der ganzen Branche geworden. Wie zweifellos inzwischen jeder gehört hat, enthielt das Röhrchen lediglich Zucker. Sein Enthüllungsjournalismus war nichts als Schwindel. Das färbt auf uns alle ab. Wir müssen das wieder wettmachen. Ich will nicht der Trainer einer Verlierermannschaft sein.«

Niemand sagte ein Wort.

Linus griff sich den Football, den Russ auf den Tisch gelegt hatte, schleuderte ihn in die Luft und fing ihn wieder auf.

»Wir müssen für die Zuschauer vertrauenswürdig bleiben. Wir können nicht zulassen, dass sie morgens einen anderen Sender einschalten, wenn sie Nachrichten hören wollen. ›Amerika am Morgen‹ hat die Spitzenposition auf diesem Sendeplatz, und ich will, dass das so bleibt. Wir dürfen jetzt nicht nachlassen. Wir müssen noch besser werden. Am Montag werden die Leute einschalten, um zu sehen, wie wir uns schlagen, und eins verspreche ich euch: Wir werden den Zuschauern eine Woche großartiges Fernsehen bieten. Wir werden sie informieren, unterhalten und vor den Bildschirm bannen. Sie werden so zufrieden sein, dass sie ihre Fernbedienung nicht umprogrammieren und unseren Fehler vergessen.«

Er nickte der Moderatorin zu. »Constance, ich weiß, auf Sie kann ich zählen. Sie werden noch charmanter, präsenter und gewinnender sein als sonst. Und Sie, Harry, werden weiter so hervorragende Arbeit leisten.« Nach den Streicheleinheiten für die Moderatoren fuhr er fort: »Was den Rest angeht, ich erwarte zweihundertprozentigen Einsatz. Weniger werde ich nicht akzeptieren. Jeder, der nicht motiviert ist, kann sich nach einem anderen Job umsehen.«

Alle senkten den Blick.

»Gut, das wäre geklärt. Also, Dominick, welche Themen sind für nächste Woche geplant?«

Der Chef vom Dienst erläuterte den Themenschwerpunkt für die Thanksgiving-Woche: die Feiertage in New York City. Jeden Morgen würde die Sendung sich um eine andere Sehenswürdigkeit Manhattans drehen. Montag würden Constance und Harry sich aus der Radio City

Music Hall melden, am Dienstag von der Freiheitsstatue und aus Ellis Island. Thema am Mittwoch waren die kunstvollen, opulenten Weihnachtsdekorationen der großen Kaufhäuser, am Donnerstag die legendäre Thanksgiving-Parade. Was Freitag gemacht werden sollte, stand noch nicht fest.

»An dem Tag wird traditionell der größte Umsatz im ganzen Jahr gemacht. Warum drehen wir nicht in der 5th Avenue?«, schlug Dominick vor.

»Wir könnten auch einfach wieder aus dem Studio senden«, warf Gavin ein. »Am Morgen nach Thanksgiving sieht doch sowieso kein Mensch fern.«

Linus schmetterte den Football auf den Boden. »Es interessiert mich einen Dreck, ob jemand zuguckt oder nicht«, brüllte er. »Wir machen die Sendung, als würden alle Leute vor dem Fernseher sitzen. Der Tag entscheidet noch mit über die Werbepreise. Ein Nachlassen können wir uns nicht leisten.« Zum x-ten Mal zitierte er seinen Lieblingsspruch: »Mag sein, dass Gewinnen nicht alles ist, aber es ist das Einzige, was zählt.« Das Nachrichtenteam stöhnte innerlich.

Von da an wagte niemand mehr aufzumucken, es wurden nur konstruktive Vorschläge gemacht. Eine halbe Stunde später war die Redaktionskonferenz endlich zu Ende. Alle suchten ihre Sachen zusammen und wollten gehen.

»Einen Augenblick, Annabelle.« Erschreckt durch den groben Ton des Redaktionsleiters warf sie ihre Tasche um und der Inhalt verteilte sich auf dem Konferenztisch. Nervös und aufgeregt sammelte sie ihre Besitztümer wieder ein, zuallererst das mit einem Gummiband zusammengehaltene Manuskript von Jerome, während ihre Kollegen hinausströmten.

Der Redaktionsleiter warf ein letztes Mal den schweinsledernen Football in die Luft. »Da John Lee ausfällt, Annabelle, werden Sie sich nächste Woche bei den Außenübertragungen nützlich machen. Melden Sie sich bei Dominick, er wird Ihnen sagen, was Sie tun sollen.«

40

Irgendwann hörte Gavin nicht mehr zu und erging sich stattdessen in Fantasien über die Praktikantin, die still in der Ecke saß und mit großen Augen dem Getobe des Redaktionsleiters lauschte.

Das knallharte Mediengeschäft war doch nichts für die süße Lily, dachte er und malte sich aus, wie es wohl wäre, ihr weiches, schimmerndes blondes Haar zu streicheln. Sie sollte eine gute Partie machen und schöne Kinder bekommen, die genauso aussahen wie sie. Sie sollte einen Mann haben, der sie auf Händen trug und für sie sorgte; sie sollte glücklich und zufrieden in einer Villa mit weißen Staketenzäunen leben, mit einem Kombi in der Garage und einem großen Hund, der friedlich vor dem Kamin schlief.

Gavin malte sich aus, wie es wohl wäre, der Mann zu sein, der jeden Abend zu der blonden Lily heimkehrte. Wie wundervoll das wäre, einfach vollkommen. Aber leider würde Lily wohl so sein wie alle Praktikantinnen, denen er nachgestellt hatte. Diese jungen Mädchen besuchten gute Universitäten und strebten eine große Karriere in der glamourösen Welt der Fernsehnachrichten an. Das hatte Lily ihm verraten, als er sie gestern endlich überredet hatte, noch etwas mit ihm zu trinken.

Sie hatte alles geplant: Nach dem Studium würde sie bei einem kleinen Lokalsender anfangen und sich die Karriereleiter hocharbeiten, bis sie in wenigen Jahren bei einer der großen Fernsehstationen gelandet wäre. Barbara Walters, Diane Sawyer, Constance Young, Eliza Blake, nehmt euch in Acht: Lily ist hinter eurem Job her.

Gavin hatte so getan, als würde er sie ernst nehmen. Er hatte sich nicht anmerken lassen, wie naiv und nervig er ihr Geplapper fand. Ich habe keinerlei Interesse an deiner Karriere oder an dem, was du denkst, hätte er am liebsten gebrüllt. Stattdessen hatte er ernst genickt und ihr angeboten, ihr in jeder Weise behilflich zu sein.

☆

Als die endlose Konferenz endlich überstanden war, ging Gavin in sein Büro, fuhr den Computer hoch und begann zu schreiben.

Liebe Lily,
ich habe den gestrigen Abend sehr genossen. Wie schön, dass wir uns mal etwas näher kennen lernen konnten. Sie sind eine erstaunliche junge Frau, und ich bin sicher, dass große Dinge vor Ihnen liegen. Sie haben sich dafür entschieden, Ihren Weg in einer sehr harten Branche zu machen. Die Konkurrenz ist groß, und da kann es hilfreich sein, einen Mentor zur persönlichen Karriereförderung zu haben. Ich könnte diese Rolle für Sie übernehmen. Ich würde gern Ihr Mentor sein, Lily. Aber damit ich Ihnen auch richtig unter die Arme greifen kann, muss ich mehr über Ihre Stärken und Schwächen in Erfahrung bringen. Wie wäre

es, wenn wir nächste Woche einmal zusammen essen würden? Passt es Ihnen am Montagabend?
Gavin

Er gab die E-Mail-Adresse ein, die Lily für die Zeit ihres Praktikums bekommen hatte, und schickte sein Anerbieten ab.

41

ZWEI UNIFORMIERTE Sicherheitsleute standen vor John Lees gerade wieder freigegebenem Büro, bereit, ihn aus dem Funkhaus zu eskortieren. Annabelle half ihm beim Einpacken seiner persönlichen Besitztümer. Die Geschäftsleitung hatte Kartons dafür zur Verfügung gestellt.

Es war alles so furchtbar demütigend. Sie nahm sein gerahmtes Hochschuldiplom von der Wand. Eben noch tänzelt man am Empfang vorbei, ganz zu Hause in der berauschenden Welt des Nachrichtenjournalismus, und im nächsten Augenblick ist man Persona non grata, der Feind, dem der Zutritt untersagt ist. Sie hatte von ähnlichen Fällen gehört, von Leuten, die mit einem Fußtritt an die Luft befördert worden waren, aber miterlebt hatte sie es noch nie, und hoffentlich würde sie es auch nie wieder erleben. Sie konnte John Lee nicht ausstehen, aber das war etwas, das sie niemandem wünschen würde.

»Ich kann das ganze Zeug unmöglich auf einmal mitnehmen, Annabelle.«

»Ich weiß. Ich lasse dir die Kartons zuschicken, es ist schon alles geregelt. Und wenn du lieber gleich gehen möchtest – ich kann gern den Rest einpacken.«

»Gut. Danke. Aber meinen Schreibtisch will ich selber ausräumen.«

Als er den Rolodex und die Uhr einpackte, klingelte das Telefon. Annabelle tat so, als sei sie zu sehr mit der Aufgabe beschäftigt, die Bücher aus den Regalen zu nehmen, um Lees zornige Vorwürfe zu hören.

»Wird auch Zeit, dass Sie zurückrufen.« Die Stimme des Mediziners klang brüchig. »Wie konnten Sie mir das antun? Wieso, zum Teufel, haben Sie behauptet, Sie hätten mir Anthraxpulver gegeben?«

...

»Hören Sie doch auf mit dem Quatsch. Das war kein Anthraxpulver. In dem Röhrchen war Puderzucker.«

...

»Nein, das ist nicht unmöglich. Die Laborergebnisse waren eindeutig.«

...

»Aber wenn Sie schwören, dass Sie mir Milzbrandmaterial gegeben haben, wo zum Teufel ist das Zeug dann geblieben?«

42

Das Risiko war enorm gewesen, aber der Austausch hätte unmöglich zu Hause getätigt werden können. Der Gedanke an eine Verseuchung war unerträglich. Aber wenn hier im Funkhaus irgendwo Anthraxerreger gefunden wurden, würden die zuständigen Stellen sie Dr. Lee zuschreiben und das Zeug beseitigen.

Ja, es war eine gute Idee gewesen, alles hier im Sender zu erledigen. Alles war unglaublich glatt gelaufen. Was für ein Glückstreffer, das Röhrchen so mühelos in der Schublade in John Lees Büro zu finden. Eine Internetrecherche ergab problemlos einen Schnellkurs für die Handhabung des tödlichen weißen Pulvers. Dann mussten nur noch im Spezialgeschäft für Arbeitsbekleidung die Atemschutzmasken und die Handschuhe gekauft werden. Selbst der Chemie-Experimentierkasten für Kinder, ein Werbeexemplar, war genau zur richtigen Zeit eingetroffen. Die kleinen Glasröhrchen darin sahen genauso aus wie das Röhrchen in Lees Schreibtisch.

Das Funkhaus war ein Riesengebäude mit unterirdischen Lagerräumen und vergessenen Abstellkammern. Eine dieser Kammern diente jetzt als verstecktes Labor.

Nur eine Schwachstelle gab es, etwas hätte anders gemacht werden müssen. Es wäre besser gewesen, den Zucker im Supermarkt zu besorgen, statt ihn aus der Cafeteria mitgehen zu lassen. Dieser Fehler konnte durchaus alles ruinieren.

Und noch eine letzte Kleinigkeit galt es zu erledigen. Das Manuskript durfte nicht in Annabelles Tasche bleiben. Sonst bestand die Gefahr, dass sie nach Jeromes Tod mit der bösartigen Enthüllungsgeschichte zu einem Verleger ging oder das Material benutzte, um selbst ein Buch zu schreiben.

43

DIE PRESSEABTEILUNG gab Yelenas öffentliche Erklärung heraus und eine halbe Stunde später konnte Annabelle auf ihrem Bildschirm die Agenturmeldung von Associated Press lesen.

Untersuchungen des New Yorker Gesundheitsamtes haben ergeben, dass das angebliche Anthraxpulver, das in der Donnerstagsausgabe des Morgenmagazins von KEY News präsentiert wurde, in Wirklichkeit Puderzucker war. Der Sender distanziert sich von dem Schwindel und reagierte mit der sofortigen Entlassung des verantwortlichen Medizinjournalisten Dr. John Lee.

Kurz, aber alles andere als schmerzlos.

Immerhin wusste Annabelle nun, welche Auswirkungen das Ganze auf sie haben würde, zumindest für den Augenblick. Linus hatte sie dem Team zugeteilt, das nächste Woche die Außenübertragungen produzieren würde. Drehortbesichtigungen und Motivsuche würden kein Problem sein, Annabelle kannte ihre Stadt sehr gut. Aber es gab eindeutig Schöneres, als in aller Herrgottsfrühe im eiskalten Hafen von New York herumzustehen – was ihr am Dienstagmorgen blühte.

Ungeduldig warf sie einen Blick auf die Uhr. Hoffentlich war es bald eins. Sie hatte sich lange nicht mehr mit Constance zum Mittagessen getroffen und sie freute sich darauf. Sie würden in ein kleines griechisches Restaurant gehen, nur ein paar Schritte entfernt, und dort würden sie ungestört reden können, außer Hörweite der KEY-News-Meute.

Als sie gerade in ihre Jacke schlüpfte, klingelte das Telefon, und sie nahm den Hörer ab. »Annabelle Murphy.«

»Hier ist das Essex Hills Hospital. Jerome Henning hat Sie als die Person genannt, die im Notfall zu benachrichtigen ist.«

»Ja?«, fragte sie beklommen. Ihre Gedanken überschlugen sich. Das konnte nichts Gutes bedeuten. Jeromes Eltern waren gestorben, als sie noch zusammen gewesen waren, und er hatte sonst nur einen Bruder, der an der Westküste lebte. Es rührte sie, dass Jerome sie als den Menschen angegeben hatte, der im Notfall zu benachrichtigen war.

»Ein Moment, bitte, der Doktor würde gern mit Ihnen sprechen.«

O mein Gott. Jerome. Annabelle spürte, wie ihr die Röte in die Wangen stieg. Eine schöne Freundin war sie, dass sie nicht noch einmal versucht hatte, sich nach ihm zu erkundigen. Aber es war so viel passiert und sonderlich besorgt war sie auch nicht gewesen. Irgendeine Virusinfektion oder die Grippe, hatte sie gedacht, das ging in dieser Jahreszeit doch immer um.

Ungläubig hörte sie, was der Arzt ihr jetzt mitteilte.

»Mr Hennings Zustand ist kritisch. Wir haben ihn an ein Atemgerät angeschlossen, aber ganz ehrlich gesagt, die Prognose ist eher ungünstig.«

Annabelle versuchte, ruhig zu bleiben. »Aber was hat er denn?«

»Wir haben es bereits dem Gesundheitsamt gemeldet, und Sie haben ebenfalls ein Recht, es zu erfahren: Das Blutbild deutet auf Milzbrand hin.«

44

»Fiona Simon auf Leitung drei«, meldete seine Sekretärin.

Linus drückte auf die erleuchtete Taste seiner Telefonanlage. »Fiona«, rief er. »Wie geht's denn so?«

»Bestens, Linus. Die Frage ist, wie geht es Ihnen?«

»Ach, Sie meinen diese Anthraxsache?« Er versuchte angestrengt, unbekümmert zu klingen. »Keine Sorge, die Aufregung legt sich schon wieder.«

»Die Geschichte ist in aller Munde, Linus. Wir sollten sie in das Buch aufnehmen. Was halten Sie davon?«

Linus war beunruhigt. Dieses Fiasko wollte er nun auf keinen Fall verewigt haben.

»Ist es dafür nicht schon zu spät?« Er suchte nach einem Ausweg. »Das Buch ist doch schon lektoriert und alles.«

»Das ist wahr. Die Leseexemplare sind fertig, ich wollte sie Ihnen gerade zuschicken. Aber wir könnten ohne weiteres noch ein Kapitel dranhängen, bevor das Buch endgültig in Druck geht.«

Er musste Zeit gewinnen. Eine direkte Absage wollte er seiner Lektorin nicht erteilen. Er hatte bereits einmal abgelehnt, als sie gemeint hatte, die herzzerreißende Geschichte von Seths Unfall müsse doch unbedingt mit rein, das würde die Leser brennend interessieren.

»Ich denke darüber nach, Fiona. Wann bekomme ich die Leseexemplare zu sehen?«

»Ich schicke sie Ihnen per Boten. Ins Büro?«

»Nein, besser zu mir nach Hause.« Er rasselte seine Central-Park-West-Adresse herunter.

Schön. Er würde die Bücher am Sonntag an seine Mitarbeiter verteilen können.

☆

»Rufen Sie Russ Parrish an und sagen Sie ihm, ich will ihn sofort sprechen«, bellte Linus seiner Sekretärin zu.

Der Film- und Musikkritiker erschien kaum zwei Minuten später.

»Machen Sie die Tür zu«, befahl Linus, »und setzen Sie sich.«

Russ gehorchte.

»Erstens, Sie können von Glück sagen, dass ich Sie nicht heute Morgen vor allen anderen zur Schnecke gemacht habe.«

Russ sah den Leiter der Redaktion beunruhigt an. »Aber weswegen denn?«, brachte er heraus.

»Wegen dieser lächerlichen Filmkritik vorhin.«

»Ich weiß nicht, wovon Sie sprechen, Linus.«

»Ach, wissen Sie das nicht? Wie war das noch mal? Grandios? Brillante Hauptdarsteller? Das ist doch Bockmist, das wissen wir beide. Ich habe auch eine Kopie von dem Film. *Icicle* ist Schrott.«

»Das ist Ihre Meinung, Linus«, verteidigte Russ sich. »Ich sehe das eben anders.«

»So, Sie sehen das anders«, äffte Linus ihn sarkastisch nach. »Das kann natürlich passieren, obwohl ich doch stark hoffe, dass mein Filmkritiker einen besseren Geschmack hat. Aber der Punkt ist der: Die Zuschauer sehen sich unsere Tipps an, damit sie wissen, ob es sich lohnt, für einen Film Geld auszugeben. Wenn Sie sie in die Irre führen, hören sie nicht mehr auf Sie, und das ist schlecht für die Sendung. Und was schlecht für die Sendung ist, fliegt raus.«

Russ wartete stumm und sehnte sich verzweifelt nach der Sicherheit seines Büros und dem Trost des weichen weißen Pulvers.

»Also, Russ«, fuhr der Redaktionsleiter fort, »noch so eine Kritik und Sie sind weg vom Fenster.«

45

In Anbetracht dessen, was im Moment bei KEY News los war, würde es mit Sicherheit höhnische Kommentare über die E-Mail geben, die Yelena im Begriff war abzuschicken. Aber sie wollte zu diesem Thema offiziell Stellung beziehen. Es war kein Zustand, dass so viele Mitarbeiter während der Arbeitszeit Privates erledigten.

Von: Yelena Gregory
An: alle Mitarbeiter
Die Nutzung der KEY*-News-Computer für private Zwecke ist nicht zulässig. Zur angemessenen und legitimen Nutzung der Bildschirmarbeitsplätze gehören: journalistische Recherchen, das Lesen aktueller Berichte, das Sichten von Überspielungen und andere in einem Nachrichtensender anfallende Tätigkeiten.*
Nicht dazu gehören private Einkäufe im Internet. Da die Feiertage näher rücken, möchte ich das allen Mitarbeitern noch einmal ausdrücklich in Erinnerung rufen.

Yelena las ihr Rundschreiben noch einmal durch und klickte auf »Senden«.

46

Bevor sie ins Krankenhaus fuhr, ging Annabelle zur Chefredakteurin, um sie über Jeromes Krankheit zu informieren. Aber die hatte es bereits gehört. Der Sicherheitschef Joe Connelly war bei ihr. Das Gesundheitsamt von New Jersey hatte das New Yorker Gesundheitsamt informiert und dieses wiederum hatte die Sicherheitsabteilung des Senders alarmiert.

»Gut, das war's. Alle ›Amerika am Morgen‹-Büros werden geräumt und auf Milzbranderreger untersucht, und bei sämtlichen Mitarbeitern werden Nasenabstriche genommen«, entschied Yelena. »Es ist mir egel, wenn jemand diese Maßnahmen für übertrieben hält. Ich werde kein Risiko eingehen.«

Der Sicherheitschef nickte. »Wir können die Nasenabstriche im Anbau bei der Cafeteria machen lassen.«

»Gut.« Yelena seufzte. »Zumindest ist heute Freitag. Wenigstens etwas. Das Morgenmagazin wird erst am Montag wieder ausgestrahlt. Bis dahin werden die Untersuchungen hoffentlich abgeschlossen sein und wir können Entwarnung geben.«

47

»WAG ES JA NICHT, heute nach Hause zu kommen, Gavin. Ich will nicht, dass du mir hier irgendwas anschleppst«, kreischte seine Frau ins Telefon.

»Marguerite, selbst wenn ich Erreger eingeatmet haben sollte – Milzbrand ist nicht ansteckend. Eine Übertragung von Mensch zu Mensch ist ausgeschlossen.«

»Aber du könntest was von dem Zeug an der Kleidung haben.«

»Dann bring mir ein paar Sachen in die Garage, und ich zieh mich um, bevor ich ins Haus komme.«

»Kommt nicht in Frage, Gavin.« Sie blieb eisern. »Man sollte doch annehmen, dass du deine Frau schützen willst.«

Es hatte gar keinen Sinn, mit Marguerite zu streiten oder vernünftige Argumente vorzubringen, wenn sie sich etwas in den Kopf gesetzt hatte. Gavin hatte im Lauf seiner endlosen Ehe gelernt, dass es besser war, ihr einfach ihren Willen zu lassen. Er mochte der Mann sein, bei dem sich die Fernsehzuschauer über das Neueste aus Wirtschaft und Börse informierten, er mochte der Mann sein, der das Geld der Winstons lukrativ angelegt hatte, aber zu Hause hatte seine Frau das Sagen. Sonst machte sie ihm das Leben zur Hölle.

Es war noch nicht einmal so, dass Marguerite versucht hätte, ihre gemeinsamen Kinder zu schützen. Sie hatten keine Kinder, nur diesen verdammten Hund – Gigi. Marguerite liebte den Pudel abgöttisch, aber das jämmerliche Ding erinnerte Gavin eher an eine Ratte. Er würde sicher keine Tränen vergießen, wenn der Köter ein paar Milzbranderreger einatmete.

Gereizt klappte er das Handy zu und stellte sich hinten in der Schlange an, um seinen Nasenabstrich machen zu lassen.

Kein Wunder, dass er anderswo nach menschlicher Wärme suchte.

48

Das sanfte, rhythmische Pulsieren des Atemgeräts erfüllte das Krankenhauszimmer. Annabelle durfte nur ein paar Minuten zu Jerome herein.

Er würde nicht wieder gesund werden.

Sie schaute ihn an, wie er so still unter der dünnen Baumwolldecke lag, und dachte daran, wie er noch gestern gewesen war; so eifrig bestrebt zu hören, was sie von seinem kostbaren Manuskript hielt. Er hatte so lange daran gearbeitet. Eine Art Therapie, hatte er gesagt, damit er etwas hatte, worauf er sich konzentrieren konnte, und um seinem Ärger über den Wahnsinn in der Redaktion Luft zu machen. So könne er sich auf eine Veröffentlichung freuen und sich von dem jahrelangen Sehnen nach Annabelle ablenken.

Sie hatte ihn hastig unterbrochen und das Thema gewechselt. Sie war mittlerweile verheiratet und liebte ihren Mann und ihre Kinder mehr, als sie es je für möglich gehalten hätte. Obwohl sie im Moment zugegebenermaßen eine schwierige Zeit durchmachten. Nur manchmal, wenn Mike nachts schlaflos durch die Wohnung wanderte und sie allein im Bett lag, hatte sie sich gefragt, wie ihr Leben wohl aussehen würde, wenn sie Jerome geheiratet hätte.

Das Erste, was ihr dann immer einfiel, war, dass sie die Zwillinge nicht hätte. Allein deshalb bereute sie ihre Entscheidung nicht, ganz gleich, wie es mit Mike weitergehen würde.

Sanft strich sie Jerome das braune Haar aus der Stirn. So jung war er, so intelligent, so stark, doch diese Krankheit würde er nicht besiegen können.

Jerome hatte sich für unverwundbar gehalten. Er war immer bereit gewesen, Risiken einzugehen, wollte etwas erleben. Sie hatte ihn im Videoarchiv des Senders kennen gelernt, kurz nachdem sie bei KEY News angefangen hatte, und vom ersten Tag an hatte Annabelle sich von seiner fast grenzenlosen Energie angezogen gefühlt, den wissbegierigen, dunklen Augen und dem unbefangenen Lächeln.

Jerome war ein Szene-Surfer. Das war seine Stärke und

zugleich seine Schwäche. Es machte Spaß, mit ihm zusammen zu sein; er war so abenteuerlustig, so voller Neugier, so begeistert dabei, etwas Neues auszuprobieren. Sie waren immer in die neuesten Restaurants aller möglichen Nationalitäten gegangen oder hatten interessante Ausflüge für ihre freien Tage geplant.

Aber als sie gemerkt hatte, dass er Drogen nahm, war sie auf Distanz gegangen. Sie war nicht prüde und trank selbst gern mal ein Gläschen, aber Kokain machte ihr Angst. Dabei konnte nichts Gutes herauskommen. Jerome hatte ihr versprochen aufzuhören und schließlich hatte er sein Versprechen auch gehalten – aber erst, als Annabelle sich von ihm getrennt hatte.

Und dann lernte sie einen anderen Mann kennen – wieder bei der Arbeit. Sie hatte eine Reportage über Brandschutz in New York City gemacht, und Mike gehörte zu den Feuerwehrleuten, die sie interviewt hatte. Gutmütig hatte er für die Kamera den Gebrauch des kleinen Handfeuerlöschers demonstriert, die Schutzkleidung und das Pressluftatemgerät vorgeführt, und sie fühlte sich sofort zu ihm hingezogen. Die Ernsthaftigkeit, mit der er seine Erklärungen vorbrachte, gefiel ihr, seine tiefe Überzeugung, dass seine Arbeit wichtig war. Es war deutlich zu spüren, wie viel ihm daran lag, Menschen zu helfen. Annabelle hatte es total erwischt.

Sie gab ihm ihre Visitenkarte und sagte, er solle sie doch anrufen, wenn ihm noch etwas einfiele, das in die Reportage aufgenommen werden sollte. Am nächsten Tag rief er tatsächlich an, aber nicht, um weitere Informationen für ihren Beitrag beizusteuern, sondern um sie zum Essen einzuladen. Von da an waren sie fast unzertrennlich gewesen.

Jerome hatte es sehr schwer genommen.

Wie war nur alles so kompliziert geworden, so verkorkst? Der wichtigste Mann in ihrem Leben war in der dunklen Hölle der Depression gefangen, und ihr Exfreund, an dem sie immer noch sehr hing, rang mit dem Tod.

Annabelle versuchte zu begreifen, wie das passiert sein konnte. Sie rief sich ins Gedächtnis zurück, was sie über das Einatmen von Anthraxsporen wusste. Jerome war Anfang der Woche krank geworden, dann hatte er sich besser gefühlt und gestern war es ganz schlimm geworden. Er zeigte die klassischen Symptome. Aber die Inkubationszeit betrug mindestens zwei Tage, und das hieß, er musste sich spätestens Ende letzter Woche infiziert haben. Nicht gestern, als alles in heller Aufregung war, weil Dr. Lee Milzbrandpulver in die Kamera gehalten hatte – das sich als Haushaltszucker entpuppt hatte.

Aber wenn Lee die Wahrheit sagte und sein Informant im Labor ihm tatsächlich tödliche Krankheitserreger gegeben hatte – wo waren die jetzt? Was war damit passiert? Und wie und wo war Jerome damit in Kontakt gekommen?

Und war es dann nicht denkbar, dass sich noch andere infiziert hatten?

49

Eigentlich hatte sie vorgehabt, direkt vom Krankenhaus nach Hause zu fahren, aber jetzt wurde ihr klar, dass das nicht ging. Sie musste zum Sender zurück, damit der Nasenabstrich gemacht werden konnte, der für alle

Mitarbeiter des Morgenmagazins Pflicht war. Kurz erwog sie, Yelenas Anordnung zu ignorieren, aber es wurde sicher eine Liste geführt, und wenn sie nicht erschien, würde Yelena sie herunterputzen. Darauf hatte sie keine Lust und außerdem konnte es ja auch nicht schaden, sich untersuchen zu lassen.

Es war bereits dunkel, als sie den Fahrdienst vor dem Funkhaus entließ. Ein beißend kalter Wind wehte vom Hudson hoch, durch den zugigen, breiten Korridor der 57th Street. Annabelle ging durch die Drehtür, dankbar, wieder im Warmen zu sein, schob ihre Ausweiskarte in den elektronischen Scanner, wartete auf das Pfeifsignal und lief die Treppe hinunter in die Cafeteria.

Sie musste nicht warten. Die Kollegen waren offenbar bestrebt gewesen, den Nasenabstrich während der Arbeitszeit machen zu lassen, und Freitagabend wollten natürlich alle so früh wie möglich gehen.

»Bin ich die Letzte?«, fragte Annabelle die Krankenschwester.

Die studierte die ausgedruckte Liste vor sich. »Nein, ein paar fehlen noch.«

Annabelle stand pflichtgemäß still, als ihr der Holzstab in die Nase geschoben wurde. Hoffentlich erwies sich das alles als absolute Zeitverschwendung.

☆

Draußen fischte Annabelle ihre Handschuhe aus der Tasche und überlegte, ob sie ein Taxi herbeiwinken sollte. Es wäre angenehm und bequem, aber bei dem Freitagabendverkehr in Richtung Downtown würde das Taxi nur im Schritttempo vorankommen und das Taxameter würde nur so ticken. In Anbetracht ihrer angespannten Finanzlage machte sie sich lieber auf den Weg zur U-Bahn.

Auf der 57th Street stauten sich immer noch die Autos, die zum West Side Highway wollten, und in der anderen Richtung sah es nicht viel besser aus. Ein Stück weiter kreuzte die 57th Street die 5th Avenue, und viele zog es zum Broadway und dem funkelnden Lichtermeer der festlich geschmückten Einkaufsmeile. Annabelle, die ordentlich ausschritt, war fast schneller als der schneckenartig dahinkriechende Verkehr. Sie kam an Restaurants vorbei, Boutiquen und Wohnblocks. Leute kamen und gingen, alle mit eigenen Sorgen und Problemen. Annabelle war mit den Gedanken bei Jerome, und als sie die zweite Querstraße erreicht hatte, spürte sie die Kälte nicht mehr.

Sie holte ihre Monatskarte aus dem Extrafach in ihrem Portemonnaie und zog sie an der Schranke im U-Bahnhof durch den Lesestreifen. Der Bahnsteig war gedrängt voll. Der Sog des einfahrenden Zuges ließ die herumliegenden Papier- und Plastikabfälle hochflattern. Alles schob sich vorwärts, als die Türen aufgingen. Erst aussteigen lassen, dachte Annabelle. Als sie gerade in die Bahn steigen wollte, wurde sie plötzlich vorwärts gestoßen, und jemand entriss ihr ihre Umhängetasche.

Sie fuhr herum und suchte im Rushhour-Gedränge nach dem Täter, sah aber nur noch jemanden im dunklen Mantel mit hochgezogener Kapuze in Richtung Treppe laufen. Dann knallten die Zugtüren zu und Annabelle war hilflos im Abteil gefangen.

50

WEIHNACHTEN STAND vor der Tür und wegen der Sparmaßnahmen im Sender waren bezahlte Überstunden selten geworden. Edgar ergriff daher jede Gelegenheit, länger arbeiten zu können. Seine Schwester hatte zwei kleine Kinder und ihr Mann hatte sich aus dem Staub gemacht. Edgar war jetzt die männliche Bezugsperson für die beiden Jungen und er genoss es, den Weihnachtsmann für sie zu spielen. Seine Neffen sollten ein schönes Weihnachtsfest haben, auch wenn ihr Vater ein mieser Kerl war. Aber dieser Traum kostete Geld, und als sich jemand von der Nachtschicht krankmeldete, erbot Edgar sich, noch eine Schicht dranzuhängen.

Abends war es in der Cafeteria meistens ruhig. Die Journalisten der Abendschicht bestellten sich lieber eine Pizza oder etwas vom Chinesen. Heute war mehr los als sonst, wegen der Nachzügler, die den Nasenabstrich noch nicht hatten machen lassen. Auch Edgar stellte sich an. Er war oft in den Räumen des Morgenmagazins gewesen und schließlich war die Untersuchung umsonst. Warum ein unnötiges Risiko eingehen?

Um neun packten die Testleute ihre Sachen ein und verschwanden. Um zehn wurde der Grill abgestellt und der Koch ging nach Hause. Er überließ es Edgar, die Kaffeekannen auszugießen, die Arbeitsflächen abzuwischen und alles abzuschließen.

Als Edgar in die Küche kam, sah er, dass in einem der großen Spülbecken noch ein Topf zum Einweichen stand. Er wollte nicht, dass die Morgenschicht von diesem Anblick begrüßt wurde; also krempelte er die Ärmel hoch.

Heißes Wasser prasselte in das Spülbecken. Der Wasserstrahl und das Klappern des Topfes, den Edgar gründlich schrubbte, machten genug Lärm, um alle warnenden Geräusche zu übertönen.

Er spülte gerade den Topf aus, als er einen stechenden Schmerz zwischen den Schulterblättern spürte.

51

Annabelle hatte die Kinder ins Bett gebracht und die Küche aufgeräumt, und jetzt freute sie sich auf ein schönes, heißes Bad. Sie wünschte, sie hätte irgendeinen exotischen, luxuriösen Badezusatz, aber das Kinderschaumbad würde reichen müssen.

Sie zuckte vor Schmerz zusammen, als sie aus dem Frotteemantel schlüpfte. Der Handtaschenräuber hatte ihr die Tasche mit ziemlicher Gewalt entrissen, Arm und Schulter taten ihr weh. Glücklicherweise war ihr Portemonnaie nicht in der Umhängetasche gewesen. Das hätte ihr gerade noch gefehlt, sämtliche Kreditkarteninstitute benachrichtigen und einen neuen Führerschein beantragen zu müssen.

Wahrscheinlich verfluchte der Täter längst seine Wahl. Die Tasche war bestimmt schon in irgendeinem Mülleimer gelandet. Es waren nur Papiere darin gewesen, für niemanden von Wert, außer für Jerome und sie. Beim Gedanken an Jeromes kostbares Manuskript, das jetzt in irgendeiner Mülltonne in einer dunklen Gasse lag, schloss sie die Augen und ließ sich tiefer in das heiße Wasser sinken.

Zumindest würde sie ihm den Verlust nicht mehr beichten müssen.

Es klopfte leise an die Badezimmertür.

»Komm rein«, rief sie und rechnete damit, eins der Kinder zu sehen, das ein Glas Wasser wollte oder einen schlimmen Traum gehabt hatte. Aber stattdessen stand Mike in der Tür. Sie sah ihn fragend an.

»Ich wollte nur mal sehen, wie es dir geht.«

»Es tut ein bisschen weh, aber es ist nichts passiert.«

Der hoch gewachsene Mann setzte sich auf den Wannenrand.

»Ich weiß nicht, was wir tun würden – was ich tun würde, wenn dir etwas zustoßen sollte, Annabelle.« Tränen traten ihm in die Augen und er strich sanft mit dem Handrücken über ihre Wange.

Das war das erste Mal seit langer Zeit, dass er ihr ein wenig Zuneigung zeigte. Er war so in seine trüben Gedanken versunken gewesen, unfähig, irgendetwas wahrzunehmen außer den schrecklichen Bildern, die ihn quälten. Für ihre Bedürfnisse und die der Kinder konnte er kein Interesse aufbringen. Seit dem 11. September lebten sie in verschiedenen Welten: Annabelle war der praktischen Realität verhaftet gewesen, sie hatte sich um die Kinder gekümmert, den Haushalt gemacht, war zur Arbeit gegangen, hatte die Rechnungen bezahlt. Mikes Welt war geprägt von der Erinnerung an das Blutbad, an Tod und Hilflosigkeit.

»Mir passiert schon nichts, mein Schatz. So leicht wirst du mich nicht los.« Sie führte seine Hand an die Lippen.

Vielleicht war das ein gutes Zeichen. Vielleicht fing er sich ja wieder. Vielleicht kam der Mike zurück, den sie kannte. Er fehlte ihr so.

»Ein paar Kollegen von der Wache waren heute hier«, erzählte er.

Annabelles Gesicht erhellte sich. »Wirklich? Wie schön.«

Mike runzelte die Stirn. »Nein, schön ist es nicht. Es heißt, die Feuerwache soll dichtgemacht werden. Sparmaßnahmen. Sie wollen sich dagegen wehren, und sie wollen, dass ich mitmache.«

»Und was hast du gesagt?« Mit angehaltenem Atem wartete Annabelle auf seine Antwort.

»Ich hab gesagt, ich denk darüber nach.«

Zumindest hatte er nicht sofort abgelehnt. Noch ein gutes Zeichen. Vielleicht schlug das neue Mittel ja tatsächlich an.

52

Es war nach Mitternacht, aber Linus schenkte sich noch ein Glas Wodka ein. Er war überhaupt nicht müde und es hatte gar keinen Sinn, jetzt schon ins Bett zu gehen; er würde sich sowieso nur schlaflos herumwälzen.

Er ging in die Bibliothek und spielte mit dem Gedanken, Lauren anzurufen, entschied sich aber dagegen. Ihr Freund kam übers Wochenende aus Chicago. Lauren und Linus hatten eine stillschweigende Übereinkunft: Während der Woche konnten sie flirten, so viel das Herz begehrte, aber wenn der Schönling von Investmentbanker nach New York kam, hatte Linus nicht zu stören. Außerdem, wie würde es denn aussehen, wenn er so spät noch anrief? Sie würde noch denken, er sei einsam.

Lauren war eine kluge Frau, sie hatte die Situation von Anfang an richtig eingeschätzt. Linus war mit seiner Arbeit verheiratet, alles andere war für ihn nur Zeitvertreib.

Sein Status als Witwer machte ihn zu einem gesuchten Gast bei Dinnerpartys, denn so viele allein stehende Männer gab es nicht. Aber jeder Versuch, ihn zu verkuppeln, war bislang gescheitert. Er genoss das Katz-und-Maus-Spiel beim Flirten und Ausgehen, aber eine zweite Ehe war das Letzte, was er wollte.

Warum sollte er auch wieder heiraten, dachte er, schob die Videokassette in den Recorder und machte es sich auf dem blutroten Ledersofa bequem. In seiner ersten Ehe hatte er alles gehabt, was ein Mann sich nur wünschen konnte. Suzanne war attraktiv, energiegeladen und klug, wenn auch ein wenig zu sensibel. Ihre Familie war millionenschwer; der Vater besaß jede Menge Grundbesitz in Manhattan. Linus saß immer noch in der Wohnung, die sein Schwiegervater ihm geschenkt hatte, damals, damit sie aus dem Villenvorort herauskamen. Damit sie leichter vergessen konnten. Eine Wohnung über drei Ebenen in den Majestic Apartments, mit Blick auf den Central Park. Der alte Mann hatte sich auch in seinem Testament großzügig gezeigt. Er hatte so viel Geld hinterlassen, dass sein geliebter Enkelsohn für den Rest seines Lebens gepflegt werden konnte, und zwar zu Hause, nicht in irgendeinem unpersönlichen Heim, wo sie keine Kontrolle darüber hatten, wie man ihn behandelte.

Die ersten Jahre ihrer Ehe waren gute Jahre gewesen. Die Zwillinge wurden fast genau ein Jahr nach der Hochzeit geboren, und Suzanne war vollauf zufrieden damit gewesen, zu Hause zu bleiben und sich um Haushalt und Kinder zu kümmern, während Linus beim Fernsehen Karriere machte. Dass er ständig auf Abruf bereitstand und viel unterwegs war, schien sie nicht zu belasten. Für sie drehte sich alles um die Familie, die Kinder waren der Mittelpunkt ihres Lebens.

Und dann war ihre ganze Welt mit einem Schlag zusammengebrochen. Sie hat sich nie richtig davon erholt, dachte Linus, beugte sich hinunter und streichelte das dichte Fell des Irischen Setters, der zu seinen Füßen saß. Sie hatte mechanisch ihre Pflichten erfüllt, kümmerte sich um Wayne und pflegte den im Koma liegenden Seth, der am Leben war und doch nicht am Leben, engagierte sich in der Schule und versuchte, Geburtstage und Feiertage festlich zu gestalten. Aber Linus hatte sie nie wieder lachen sehen. Gelächelt hatte sie, das ja, aber nie herzhaft und aus voller Seele gelacht.

Es war, als hätte sie durchgehalten, so lange es nötig war. Aber nachdem Wayne aufs College gekommen war, gab sie einfach auf. In der stillen Wohnung hatte sie viel zu viel Zeit zum Grübeln. In jenem Herbst saß sie stundenlang am Fenster und schaute hinaus, ohne die wunderbare Farbenpracht der Bäume im Central Park wahrzunehmen. Ende November war sie tot.

Auf dem Totenschein stand Herzversagen. Wie passend: Ihr Herz hatte einfach aufgegeben.

Neun Jahre war das jetzt her.

Linus schüttete seinen Wodka herunter und zwang sich, sich auf den riesigen Bildschirm zu konzentrieren, auf dem er gerade Lees Beitrag über Anthrax noch einmal abspielte. Als Lee das Röhrchen in die Kamera hielt, fühlte Linus wieder die Wut in sich aufsteigen, die er empfunden hatte, als er erfuhr, dass es sich bei dem Pulver um Zucker handelte. Der Mann war ein Vollidiot. Ein dämlicher, arroganter Trottel.

Er, Linus Nazareth, hatte wie ein Esel dagestanden.

Und damit war noch nie jemand ungestraft davongekommen.

☆

Schlaftrunken schüttelte Linus den Kopf. Ein Geräusch im Flur hatte ihn aufgeweckt.

»Wayne?«

»Ja, ich bin's.«

»Komm doch mal her, mein Junge.«

Sein Sohn blieb in der Tür der Bibliothek stehen. Er hatte den Mantel noch nicht abgelegt und der heftige Wind draußen hatte sein Haar zerzaust. Seine Augen waren gerötet.

»Na, hast du dich gut amüsiert?«

Wayne zuckte die Achseln. »Geht so.«

»Wo warst du denn?«

»Ach, ich war mit ein paar Freunden unterwegs.«

»Ja? Kenne ich sie?«

»Glaub nicht.« Aus Wayne war nie viel herauszubekommen.

»Na, jedenfalls bin ich froh, dass du mal weggegangen bist. Das solltest du öfters machen, Wayne. Du bist ein junger, freier Mann, du solltest auch mal Spaß haben.«

»Klar. Ich geh jetzt ins Bett.«

Linus hörte ihn die Wendeltreppe hinunterschlurfen und wartete ein paar Minuten, bevor er ebenfalls nach unten ging. Der alte Hund folgte ihm. Linus passierte die geschlossene Tür von Waynes Zimmer und blieb vor der nächsten Tür stehen.

Als er den dämmrigen Raum betrat, knipste die Nachtschwester ihr Leselicht aus.

»Wie geht es ihm?«, fragte er und blickte zu dem Bett hin, das auf der anderen Seite des Raumes stand. Die schmale Gestalt darauf war fast unsichtbar unter den warmen Decken, in die sie eingepackt war.

»Wie immer, Mr Nazareth.«

Was hatte er zu hören erwartet? Es gab nie irgendwelche Veränderungen. Seth schlief, Tag für Tag, Monat um Monat, Jahr um Jahr. Nichts änderte sich.

Wie sein Sohn wohl gewesen wäre? Diese Frage stellte Linus sich jetzt seit über zwanzig Jahren. Wäre er Konzertpianist geworden oder ein Footballstar? Schriftsteller oder Arzt? Pfarrer oder Polizist?

Hätten sie einander nahe gestanden, wäre ihr Verhältnis besser gewesen als sein Verhältnis zu Wayne? Hätten sie dieselben Interessen und Leidenschaften gehabt? Wäre Seth ein Sohn gewesen, auf den Linus hätte stolz sein können?

Er versuchte, die Stimmung wehmütiger Trauer abzuschütteln. Es hatte keinen Sinn, sich diese Fragen zu stellen. Seth war, wie er war. Linus musste alle seine Hoffnungen in Wayne setzen.

Samstag, 22. November

53

Seit der Sender beschlossen hatte, am Wochenende Zeichentrickfilme für Kinder zu senden statt des aktuellen Morgenmagazins, sah Annabelle sich das CBS-Frühstücksfernsehen an. Sie überließ die Kinder ihren Pfannkuchen und ihrem Orangensaft, ging ins Wohnzimmer, schaltete den Fernseher ein und stellte den Ton leise. Sicherlich würde über das Milzbrandopfer bei KEY News berichtet werden, und sie wollte nicht, dass Thomas und Tara das aus dem Fernsehen erfuhren. Wenn es nötig werden sollte, würde sie es ihnen selbst erklären.

Annabelle rieb sich die schmerzende Schulter, setzte sich aufs Sofa und wartete mit schwerem Herzen. Und tatsächlich brachte der Moderator die Nachricht als Aufhänger.

»Wir erinnern uns, am Donnerstag zog der Medizinjournalist Dr. John Lee im Morgenmagazin von KEY News plötzlich ein Röhrchen hervor, das angeblich Milzbrandpulver enthielt. Er wollte damit aufzeigen, wie leicht tödliche Biowaffen zu beschaffen sind. Aber Untersuchungen des Gesundheitsamtes ergaben, dass es sich keineswegs um Anthraxmaterial handelte. Der Sender beendete augenblicklich das Arbeitsverhältnis mit dem Journalisten.

Jetzt hat sich eine erschreckende Wendung ergeben.

Ein bei KEY News tätiger Journalist, der sechsunddreißigjährige Jerome Henning, ist an Milzbrand erkrankt. Sein Zustand ist kritisch. Das Krankenhaus hat für heute Vormittag eine Pressekonferenz angesetzt. Die Polizei ermittelt.

Redaktionsräume und Studio des Morgenmagazins von KEY News wurden sofort evakuiert und versiegelt, und bei allen Mitarbeitern wurden Nasenabstriche genommen, um festzustellen, ob sie ebenfalls mit der tödlichen Substanz in Berührung gekommen sind.«

Die Schlafzimmertür ging auf und Mike schlurfte ins Wohnzimmer. Sein Bademantel stand offen und enthüllte die zerknitterten Boxershorts und das T-Shirt darunter. Seine Augen waren blutunterlaufen und die Stoppeln auf seinem Kinn konnten praktisch schon als Bart durchgehen. Seit einer Woche hatte er sich nicht mehr rasiert. Das wusste sie so genau, weil sie die Tage gezählt hatte.

»Morgen, Schlafmütze«, sagte sie zärtlich.

Er grunzte eine Erwiderung.

»Es gibt Pfannkuchen, Papa«, rief Tara aus der Küche. »Willst du auch einen?«

Mike reagierte nicht.

»Schatz, Tara redet mit dir«, drängte Annabelle. »Möchtest du Pfannkuchen?«

»Verdammt, Annabelle, lass mich doch einfach in Ruhe.«

Die leise Hoffnung, die sie gestern erfüllt hatte, wurde von der rauen Wirklichkeit erstickt. Ein Schritt vorwärts, zwei Schritte zurück.

Das würde wieder ein heiterer Tag im Hause Murphy werden.

54

DIE SCHERENGITTERTÜR, die den Zugang zur Cafeteria versperrte, war heruntergelassen, aber nicht abgeschlossen. Der Cafeteria-Mitarbeiter, der am Samstagmorgen als Erster eintraf, fragte sich, wer da wohl gestern vergessen hatte abzuschließen.

Geschäftig machte er Licht, warf den Grill an und kochte Kaffee. Er setzte einen Topf Hafergrütze auf und schnitt zwei Dutzend Bagels auf. Dann ging er in den begehbaren Kühlschrank, um Eier und eine Großpackung Frischkäse zu holen.

»O Mann, Edgar!« Er pfiff durch die Zähne, kniete sich hin und schüttelte den leblosen Körper, der auf dem eisigen Boden lag.

»Wach auf, Mann, wach auf.« Aber trotz seines panischen Drängens wusste der Kollege sehr gut, dass es zu spät war.

55

SIE STIEGEN IN die U-Bahn, Richtung Uptown, die Kinder ganz zappelig vor Aufregung. Heute war der Tag, auf den sie monatelang gewartet hatten: ihre erste Reitstunde in der Claremont Riding Academy. Dort konnten Kinder ab sechs Jahren auf ruhigen Anfängerpferden lernen, im Schritt zu gehen, zu traben und zu galoppieren. Reiten sollte Geduld und Konzentration fördern, zudem Koordinationsvermögen, Kraft und Beweglichkeit. Und die Kinder entwickelten Verantwortungsgefühl, wenn sie sich um ihre Reittiere kümmerten. Annabelle gefiel am besten, dass es ihnen mit Sicherheit Spaß machen würde.

Als ihre Eltern, die in Florida wohnten, im Sommer angerufen hatten, um zu fragen, was die Zwillinge sich zum Geburtstag wünschten, hatte Annabelle Reitstunden vorgeschlagen. Sie hatten erst für Ende November einen Termin ergattern können und sie würde die Kinder jetzt nicht enttäuschen.

Annabelle, die vor den Zwillingen stand, wünschte, Mike hätte die Zwillinge zu ihrer Reitstunde bringen können. Früher hätte er sich so etwas um keinen Preis entgehen lassen. Dann hätte sie Jerome noch einmal besuchen können.

Obwohl er von ihrem Besuch sowieso nichts mitbekommen hätte. Die Tränen stiegen ihr in die Augen und sie wischte sie rasch ab. Sie wollte nicht, dass die Kinder etwas erfuhren; sie hatten in letzter Zeit genug Grund zur Sorge gehabt, da wollte zumindest sie so normal wie möglich wirken.

Annabelle blickte auf die Uhr. Jeromes Bruder hatte mit dem Red-Eye aus Los Angeles rüberfliegen wollen, wahrscheinlich war er bereits im Krankenhaus.

»Ich will ein Mädchenpferd«, verkündete Tara.

»Eine Stute, Tara.« Annabelle sprach mit erhobener Stimme, damit die Kinder sie in der ratternden U-Bahn auch verstehen konnten.

»Und ich will ein Jungspferd.« Thomas folgte dem Beispiel seiner Schwester.

»Einen Hengst. Aber darauf würde ich nicht bestehen, Thomas. Als Anfänger setzt man sich besser auf eine Stute, die sind sanfter.«

Der Junge verdaute die Information, hin- und hergerissen zwischen Stolz und Vorsicht.

»Keine Sorge, auch Stuten sind erstklassige Reitpferde«, versicherte Annabelle ihrem Sohn.

Als sie die kurze Strecke von der Haltestelle zum Stall gingen, schoben die Kinder ihre Hände in die behandschuhten Hände der Mutter. Wie überall in Manhattan war der Platz knapp und der Stall erstreckte sich wie ein Wohnhaus über mehrere Stockwerke. Im Erdgeschoss befand sich die Reithalle, die Ställe für die Pferde waren oben und im Keller. Als sie zu ihrer ersten Einzel-Reitstunde eintrafen, sprach der Mann am Empfang in eine Wechselsprechanlage und binnen Minuten führten Reitknechte zwei gepflegte Pferde die Rampe herunter.

Der tröstliche Geruch nach Pferdestall erfüllte die Luft, und Annabelle schaute mit freudigem Stolz, dem ein Anflug von Besorgnis beigemischt war, zu, wie die Zwillinge den Ring betraten, um ihre erste Reitstunde zu bekommen. Eine getigerte Katze, die neben den Pferden winzig wirkte, schlenderte nonchalant durch die Reitbahn. Mit großen Augen lauschten Thomas und Tara den Instruktionen ihrer Reitlehrer. In diesem Augenblick war für Annabelle die Welt wieder in Ordnung.

»Annabelle? Was machen Sie denn hier?«

Annabelle drehte sich um und erblickte Lauren Adams in karamellfarbenen Reithosen, gewienerten schwarzen Stiefeln und einer samtbezogenen Reitkappe. Annabelle kam sich plötzlich ganz schäbig vor in ihrem vier Jahre alten Wintermantel. Einer der Ärmelaufschläge begann sogar schon auszufransen. Hätte sie doch bloß die Pelzjacke angezogen.

»Oh, hallo, Lauren. Wie geht's?«

»Bestens. Ich wusste gar nicht, dass Sie reiten.«

»Die Kinder bekommen ihre erste Reitstunde.« Annabelle wies auf die Bahn.

»Ach, wie schön. Das ist was fürs ganze Leben. Ich habe auch als Kind mit dem Reiten angefangen. Obwohl ich mittlerweile eine Stadtpflanze bin, komme ich jedes Wochenende, um im Park auszureiten. Das lasse ich mir nicht nehmen, selbst dann nicht, wenn mein Freund in New York ist.«

Annabelle hatte die Reiter auf dem Reitweg Bridal Path im Central Park schon öfters gesehen und hatte immer gedacht, wie souverän sie wirkten. Aber so war Lauren: als hätte sie ein Recht auf alles. Zumindest wirkte sie immer so.

»Wie schön. Sie haben wirklich Glück.«

»Glück hat damit nichts zu tun. Ich räume dem Ausreiten eben oberste Priorität ein. Ich brauche diese Zeit für mich selbst und das habe ich mir auch verdient.«

Annabelle verzichtete darauf, Lauren zu erklären, dass ihre Bemerkung nur oberflächlicher Smalltalk gewesen war. Außer der Arbeit hatten sie und die Lifestyle-Reporterin nicht viel gemein und Freundinnen würden sie wohl nie werden.

Annabelle wechselte das Thema. »Furchtbar, das mit Jerome, nicht?«

»Kann man wohl sagen. Meiner Ansicht nach kommt eine Riesenklage auf KEY News zu. Ich habe mir schon überlegt, ob ich mich nicht nächste Woche krankmelden soll, jedenfalls so lange, bis alles gereinigt wurde und garantiert keine Gefahr mehr besteht.«

Es dreht sich immer alles nur um dich, nicht wahr, Lauren, dachte Annabelle und wandte sich ab, um ihren Kindern zuzuschauen.

»Sehen wir uns morgen bei Linus' Party?«, fragte Lauren.

Annabelle stieß einen genervten Seufzer aus. Linus' Party. Wie konnte Linus seine blöde Party abhalten, während Jerome im Sterben lag?

»Weiß ich noch nicht genau. Findet sie denn überhaupt statt?«

»Aber ja. Ich hab gestern noch mit ihm gesprochen, bevor ich Feierabend gemacht habe. Er sagt die Party nicht ab. Das Leben geht schließlich weiter. Kommen Sie doch, Annabelle. Amüsieren Sie sich auch mal. Ich freue mich schon auf morgen.«

Da bist du wahrscheinlich die Einzige.

56

LINUS ERWACHTE SPÄT. Der Wodka hatte einen dumpfen, hämmernden Kopfschmerz hinterlassen, und Linus stolperte in sein Badezimmer, öffnete das Medizinschränkchen und griff nach dem Aspirin. Er schluckte drei Tabletten, dann drückte er Pfefferminzzahnpasta auf die elektrische Zahnbürste. Während er sich die Zähne putzte, starrte er geistesabwesend ins offene Medizinschränkchen.

Irgendwas war anders. Er hätte schwören können, dass die Sachen anders standen.

Er versuchte, sich zu erinnern. Aftershave, Mundwasser, Rasierer, Rasiercreme. Alles da. Auch die Magentabletten und das Viagra.

Das Cipro. Das Cipro fehlte.

Nachdem bei den anderen großen Fernsehsendern

Milzbrand-Briefbomben eingegangen waren, hatte er sich das Antibiotikum besorgt. Es sei drei Jahre haltbar, hatte der Apotheker gesagt. Er hatte noch nicht mit der prophylaktischen Einnahme begonnen und er hatte es auch nicht vor – es sei denn, beim Nasenabstrich wurden Anthraxerreger nachgewiesen. Die Nebenwirkungen waren heftig, wie es hieß: Erbrechen, Durchfall, Kopfschmerzen, Schwindel. Und das sechzig Tage lang. Darauf konnte er gut verzichten.

Aber jetzt war das Cipro weg.

Wayne musste ihm zuvorgekommen sein. Der kleine Hypochonder.

Er wünschte, sein Sohn hätte mehr Mumm. Wayne war schon eine schwere Enttäuschung.

57

»Dürfen wir, Mama?«, bettelte Tara.

»Ach ja, bitte, Mama«, rief Thomas.

Warum nicht den Vormittag zu einem vollen Erfolg machen? Zum Kuckuck mit ausgewogenen Mahlzeiten und verdorbenem Appetit auf das Mittagesssen. Das Leben war kurz genug. Wenn Jerome auf sein Leben zurückblicken könnte, würde er sich bestimmt nicht wünschen, weniger Süßigkeiten gegessen zu haben.

»Gut«, erwiderte Annabelle.

Die Zwillinge schrien wie aus einem Mund: »Ja!«, und rannten über die Bleecker Street zur Magnolia Bakery.

Im Schaufenster des winzigen Ladens strich eine junge Frau dicke Zuckerglasur – rosa, grün und gelb – auf runde Minikuchen. Pfirsichfarbene und blaue Zuckerstreusel sowie Zuckerblumen standen zum Verzieren bereit. Drinnen lockten Kekse, Blaubeermuffins und Sahnetörtchen in Glasvitrinen.

»Ich will einen von den grünen Minikuchen«, sagte Thomas.

»Und ich einen rosanen«, erklärte seine Schwester.

Annabelle nahm noch ein Dutzend von den Keksen mit Schokostückchen, die Mike so gern mochte, und ein paar Erdnussecken für sich. Sie bezahlte, und kaum waren sie zur Tür heraus, bettelten die Kinder darum, ihren Kuchen gleich essen zu dürfen.

»Gehen wir doch auf den Spielplatz und picknicken«, schlug Annabelle vor.

Thomas und Tara waren gleich bereit. Der Bleecker-Spielplatz am Abingdon Square war einer ihrer Lieblingsorte. Die drei setzten sich auf eine Bank und ließen sich von der Mittagssonne wärmen. Annabelle holte die kleinen Kuchen aus der Papiertüte und verteilte sie.

Thomas bemühte sich vergebens, die Papiermanschette abzuziehen.

»Zieh die Handschuhe aus, Schatz. Ich halt sie für dich.«

Das Kind gehorchte und reichte seiner Mutter die roten Fäustlinge, und sie stopfte sie in die Manteltasche. Annabelle nahm sich eine der leckeren Erdnussecken und sah mit Vergnügen zu, wie die Kinder ihren Kuchen verspeisten. Zuckerguss klebte an ihren Lippen und an den rosigen Wangen.

Ein bisschen Spaß hatte noch niemandem geschadet.

58

Yelena Gregory, FBI-Agenten, Vertreter des New Yorker Gesundheitsamtes und die Mordkommission, alle auf einmal. Keine Spur von einem ruhigen Samstag. Joe Connelly überlegte, welche dieser formidablen Kräfte ihm am meisten Kopfschmerzen bereiteten.

Yelena war sichtlich bemüht, die Fassung zu bewahren. »Ein Mord im Funkhaus hat es in der Geschichte des Senders noch nie gegeben«, murmelte sie, während sie zusahen, wie Edgars Leiche, mit einem Tuch bedeckt, auf einer Bahre aus der Cafeteria gerollt wurde. »Und in einem Krankenhaus in New Jersey liegt ein potenzielles zweites Opfer.« Sie sah den Sicherheitschef durchdringend an. »Die KEY-Aktien sind gestern gefallen und am Montag wird der Kurs bestimmt noch mehr nachgeben. Was sollen wir nur machen?«

»Wir tun, was wir können, Yelena. Im Grunde können wir nur abwarten und die Polizei ihre Arbeit machen lassen.«

Joe wusste sehr gut, dass der Nachrichtenchefin die Idee nicht sonderlich zusagte, sich einfach zurückzulehnen und abzuwarten. Sie war es gewohnt, Anweisungen zu geben, die sofort befolgt wurden und schnelle Resultate brachten. Über das, was hier geschah, hatte sie wenig Kontrolle, und das konnte ihr nicht gefallen.

»Alle verlassen sich auf Sie«, erinnerte er die Chefredakteurin. »Sie müssen die Mitarbeiter beruhigen und ihnen versichern, dass alles wieder gut werden wird.«

Ein schiefes Lächeln spielte um Yelenas Mundwinkel. »Und wie soll ich das machen, wenn ich nicht weiß, ob ich das selber glaube?«

59

Am Highland Place Nr. 31 war Großeinsatz. Vor dem viktorianischen Haus parkte ein Spür- und Messtrupp-Fahrzeug der Feuerwehr, flankiert von Streifenwagen der Polizei. Nachbarn, die sehen wollten, was los war, wurden in ihre Häuser zurückgeschickt. Die Straße war an beiden Enden abgesperrt, weder Fahrzeuge noch Fußgänger durften passieren.

In Jerome Hennings Haus durchsuchten Männer in voller Schutzbekleidung methodisch alle Räume. Eine behandschuhte Hand griff nach einem Röhrchen, das in einer Schreibtischschublade im ersten Stock lag.

☆

Der Anruf eines Nachbarn bei der Hotline der Nachrichtenredaktion brachte einen Satelliten-Übertragungswagen des Garden State News Network nach Maplewood. Da die Highland Place Street gesperrt war, parkte der SNG-Lastwagen in einer Parallelstraße.

»Ich schau mal, was ich rauskriegen kann.« Der Reporter überließ es dem Kameramann und dem Assistenten, alles für die Live-Übertragung vorzubereiten. Das war unbefugtes Betreten, der wusste es, aber er schlug sich trotzdem zielstrebig durch den Garten des Hauses, das hinten an Nr. 31 grenzte. An der Buchsbaumhecke, die die beiden Grundstücke voneinander trennte, wurde er von einem Polizisten aufgehalten, laut dessen Namensschild von dem Streifenpolizisten Andrew Kenny.

»Keinen Schritt weiter, Freundchen.«

»Presse. Garden State News Network. Ich mache hier nur meine Arbeit, Officer Kenny.«

»Ja, das ist mir klar. Aber Sie müssen trotzdem zurückgehen.«

»Können Sie mir irgendetwas sagen?«

»Tut mir Leid, nichts zu machen. Und jetzt Abmarsch«, befahl der Polizist.

Der Fernsehreporter wandte sich zum Gehen und überlegte schon, was er als Nächstes versuchen sollte, als die Hintertür des Hauses Nr. 31 aufgerissen wurde.

»He, Andy«, brüllte jemand. »Wir haben das Anthraxpulver gefunden. In einer Schreibtischschublade.«

60

THOMAS ZOG DIE Handschuhe wieder an, die in Annabelles Manteltasche gesteckt hatten.

»Deine Handschuhe sehen wirklich schon ziemlich schäbig aus«, bemerkte Annabelle. Im Daumen war ein Loch, durch das die Haut des Jungen durchblitzte. »Wir müssen dir unbedingt neue kaufen.«

Auf dem Nachhauseweg kamen sie an einem Straßenhändler vorbei, der bunte Wollmützen, Schals und Handschuhe anbot. Normalerweise steckte Annabelle solche Sachen gern in den Nikolausstiefel, aber in der »Warum warten, das Leben ist kurz«-Stimmung, in der sie war, fand sie, es wäre doch schön, wenn die Zwillinge mit neuen Handschuhen und passenden Schals zur Thanksgiving-Parade am Donnerstag gehen könnten.

Thomas suchte sich eine grün gestreifte Mütze und grüne Fäustlinge aus, Tara wollte purpurrote.

So schäbig, wie die alten Handschuhe waren, lohnte es sich nicht, sie zu waschen und in die Altkleidersammlung zu geben.

»Wirf sie einfach in den Abfalleimer«, instruierte sie ihren Sohn und wies auf einen Abfallbehälter an der Ecke der Perry Street.

61

»Ich gehe ins Chumley's, was mit den Kumpels trinken«, verkündete Mike.

Annabelle, die gerade Wäsche zusammenlegte, blickte auf und stellte erfreut fest, dass ihr Mann sich tatsächlich rasiert hatte. Er hatte sich die Haare gewaschen und sich die Fingernägel geschnitten, und er trug den marineblauen Rundhalspullover, der seine blauen Augen so schön betonte, und dazu ausgeblichene, aber gebügelte Jeans. Die Jeans saß ein bisschen lockerer als vorher, aber sonst sah er fast so aus wie früher – und er sah wirklich verflixt gut aus.

»Wirklich?«, fragte sie überrascht und fügte schnell hinzu: »Viel Spaß, Schatz.«

Sie wusste gar nicht mehr genau, wann Mike zuletzt etwas mit seinen Freunden unternommen hatte. Früher war ihm die Kameradschaft auf der Wache sehr wichtig gewesen, aber in den letzten Monaten hatte er wenig Interesse an der verschworenen Gemeinschaft der Feuerwehrleute gezeigt. Seine Kollegen riefen oft an, um sich nach ihm zu erkundigen und zu fragen, ob er nicht einfach mal vorbeikommen wolle; aber meistens weigerte er sich, ans Telefon zu kommen, und Annabelle musste sich irgendwelche Ausflüchte ausdenken. Dass er sich jetzt mit ihnen auf ein Bier traf, war ein gutes Zeichen.

»Soll ich das Essen warm halten?«

»Nein, lass nur, ich werd' unterwegs schnell was essen. Ich hab richtig Lust auf einen Burger.«

Appetit. Noch ein gutes Zeichen.

Er drückte ihr tatsächlich einen Kuss auf die Wange, bevor er ging. Heiteren Herzens legte Annabelle die Wäsche in den Schrank. Die Zwillinge spielten zufrieden in ihrem Zimmer mit Legosteinen – sie bauten ihre ureigene, spezielle Version eines Schlosses – und ihr Mann ging mit ein paar Kumpels einen trinken. Fast war alles wieder ganz normal.

Durch diesen Gedanken gestärkt, wappnete sie sich für einen Anruf im Krankenhaus.

Jeromes Zustand war immer noch kritisch.

62

Gavin begutachtete die auffallende Rothaarige, die gerade an dem Amaryllis-Arrangement vorbeischritt, das die Bar des Ritz-Carlton schmückte. So eine hätte er gern im Bett.

Die Frau musste seinen Blick gespürt haben, denn sie drehte sich um und sah ihn direkt an. Lächelnd hob er seinen Cognacschwenker und prostete ihr zu. Sie wandte sich ab.

Was für eine Blamage. Nur weg hier. Er stürzte seinen Brandy hinunter und warf zehn Dollar Trinkgeld auf den kleinen Bartisch. Wenn Marguerite ihm nicht verboten hätte, nach Hause zu kommen, wäre er jetzt nicht in dieser Situation. Er saß in einem Hotel, nur fünf Blocks von Ground Zero entfernt, und baggerte eine Frau an, die bestimmt gute dreißig Jahre jünger war als er.

Na, das zumindest konnte ihm niemand verübeln. Nach einer Minute mit der verrunzelten Harpyie Marguerite würde jeder richtige Mann verstehen, wieso er gezwungen war, sich nach etwas anderem umzusehen.

Zum Teufel mit Marguerite. Wenn die alte Hexe so um ihre Sicherheit besorgt war, würde er es sich in seinem luxuriösen Exil wenigstens so richtig gut gehen lassen. Er hatte gehört, dass das neue Ritz-Carlton Battery Park herausragend sein sollte, nicht zu übertreffen. Er hatte das Hotel, das mitten im Financial District lag, schon längst mal testen wollen. Der Service war auf die exklusive Klientel der Hochfinanz abgestellt. Ein Elektronik-Butler stand jederzeit bereit, um bei Computerproblemen zu helfen, ebenso ein Bade-Butler, der einem das Bad einließ, wenn einem danach war, in einem entspannenden Schaumbad zu versinken. Gavins Zimmer, im Art-Déco-Stil eingerichtet, ging auf den Hudson und den New Yorker Hafen hinaus. In jedem Zimmer stand ein Fernrohr, damit die Gäste in das spektakuläre Panorama eintauchen konnten. Im exklusiven Marmorbad lagen luxuriöse Hautlotions, Cremes und flauschige Handtücher bereit. Im Schrank hingen zwei dicke Frotteemäntel, in die die Gäste sich nach der Massage hüllen konnten – man konnte sich den Masseur aufs Zimmer bestellen. Selbst die Kopfkissen waren die feudalsten, auf die er je sein Haupt gebettet hatte.

Leider konnte er die Spesenrechnung nicht beim Sender vorlegen. Er würde seinen Wochenendaufenthalt hier wohl selbst bezahlen müssen. Aber das war es wert – und schließlich konnte er es sich leisten.

Gavin, der unschlüssig in der eleganten Hotelhalle stehen geblieben war, stellte fest, dass er Hunger hatte. Er würde nach oben in die zweite Bar fahren, noch einen Drink nehmen und sich etwas Leichtes zu essen bestellen. Im vierzehnten Stock stieg er aus dem Fahrstuhl und suchte sich einen Tisch am Fenster, um den Blick auf die angestrahlte Freiheitsstatue zu genießen, während er auf sein Essen wartete.

»Gavin Winston? Was machen Sie denn an einem Samstagabend hier?«

Gavin erhob sich und schüttelte seinem Börsenmakler die Hand. »Das könnte ich Sie auch fragen, Paul.«

»Ach, Sie wissen schon, Geschäfte, immer Geschäfte. Ein freies Wochenende kenne ich gar nicht. Sind Sie alleine hier?«

Gavin zögerte. Er wollte den Mann nicht zu sich an den Tisch bitten, aber das ließ sich wohl nicht vermeiden.

»Setzen Sie sich doch. Was trinken Sie?«

»Gut, auf einen Schnellen. Glenlivet, on the Rocks.«

Nach wenigen Schlucken wandte sich das Gespräch Wellstone und den Ermittlungen der Börsenaufsicht zu.

»Sind Sie nicht ein wenig nervös, Gavin? Sind wir doch alle.«

»Nervös muss man nur sein, wenn man etwas zu verbergen hat, Paul.«

63

BETH DREHTE SICH vor dem bodenlangen Spiegel, der an der Tür ihres Kleiderschranks angebracht war. Sie wusste noch nicht genau, ob sie ihr neues Outfit morgen zu Linus' Party anziehen würde. Es stand ihr, keine Frage; der kakaobraune wadenlange Samtrock ließ sie größer und schlanker wirken, aber möglicherweise war er doch zu konservativ für Linus' Geschmack. Er sollte sie bemerken. Aber schließlich war es eine Football-Party, da konnte sie schlecht im Cocktailkleidchen hereintänzeln.

Beth hielt die Luft an und zog den Bauch ein. Was Lauren Adams wohl tragen würde? Irgendwie schaffte sie es immer, genau das Richtige anzuziehen. Kunststück, schließlich hatte sie Größe 36.

Beth zog den neuen Rock aus, drapierte ihn auf dem Bett und holte die Nagelschere vom Frisiertisch. Sorgfältig schnitt sie das Etikett ab. Gut, sie hatte Größe 46, aber daran wollte sie nicht jedes Mal erinnert werden, wenn sie sich anzog. Und falls jemand anders ihr den Rock ausziehen sollte, wollte sie erst recht nicht, dass dieser Jemand das peinliche Etikett entdeckte.

Sie hatte es versucht, wirklich. Sie ging zu den Treffen der Weight Watchers, zählte ihre Punkte, führte über alles Buch, was sie aß, und nahm öfter mal die Treppe, statt mit dem Fahrstuhl zu fahren. Es war nicht leicht, aber sie wusste genau: Wenn sie nur die Extrapfunde loswerden würde, konnte sie Linus herumkriegen. Dann würde er sie wieder als Frau wahrnehmen, nicht nur als fähige Mitarbeiterin.

Zehn Pfund hatte sie bereits abgenommen. Zwanzig Packungen Butter. Ihre Weight-Watchers-Betreuerin sagte immer, sie sollten es sich bildlich vorstellen. Aber es lag noch ein weiter Weg vor ihr und die Feiertage standen vor der Tür. Normalerweise brach an Thanksgiving eine sechswöchige Schlemmerphase an. Wie sollte sie bloß dieses Jahr die Feiertage überstehen? Sie musste den Blick eben fest auf das Ziel richten und durfte sich nicht ablenken lassen. Sie durfte einfach nicht vergessen, was sie mit ihrer Hungerkur erreichen wollte: Linus.

Ihr Magen knurrte. Sie wickelte sich in einen weiten Bademantel, ging durch den Flur in die kleine Küche und öffnete den Gefrierschrank. Sie wählte ein Lean-Cuisine-Fertiggericht – ein winziges Salisbury-Steak und ein Klecks Kartoffelpüree. Fünf Punkte.

Während die Mikrowelle summte, notierte Beth die Punktzahl und berechnete, wie viel sie heute noch essen durfte. Eine Tüte fettarmes Popcorn und eine Diätcola für den Fernsehabend waren noch drin. Hoffentlich reichte das, um sie einen weiteren einsamen Samstagabend überstehen zu lassen.

Das Diätgericht war im Nu verschlungen. Beth kratzte den Rest Soße von dem Plastikteller und fragte sich, ob Milzbrand wohl zu Gewichtsverlust führte.

Wäre vielleicht einen Versuch wert.

64

Mike war immer noch nicht nach Hause gekommen, als Annabelle die Elf-Uhr-Nachrichten einschaltete. Langsam fing sie an, sich Sorgen zu machen. Aber die Spitzenmeldung des heutigen Abends lenkte sie ab.

»Die Einwohner von Maplewood, New Jersey, leben in Angst, seitdem das Gesundheitsamt bestätigte, dass im Haus des dort ansässigen Fernsehjournalisten Jerome Henning Anthraxpulver gefunden wurde. Henning, Redakteur bei KEY News, wurde mit Lungenmilzbrand ins Krankenhaus eingeliefert. Sein Zustand ist kritisch.

Bei der Durchsuchung seines Hauses wurde am heutigen Nachmittag ein weißes Pulver gefunden, das sich als Milzbrandpulver erwies. Am Donnerstag hatte ein Journalist live im Studio des KEY-News-Morgenmagazins ein Röhrchen präsentiert, das angeblich Milzbranderreger enthielt. Untersuchungen ergaben jedoch, dass es sich bei der Substanz lediglich um Puderzucker handelte. In den Redaktionsräumen und dem Studio des Morgenmagazins konnte keine Verseuchung nachgewiesen werden, aber jetzt wird das ganze Funkhaus noch einmal gründlich untersucht.

Polizei und FBI bemühen sich um eine Lösung des Anthraxrätsels. Heute Morgen nahm der Fall noch eine traurige Wendung: Im begehbaren Kühlschrank der KEY-News-Cafeteria wurde die Leiche des zweiundvierzigjährigen Mitarbeiters Edgar Rivers entdeckt. Rivers wurde erstochen.«

Annabelle konnte erst gar nicht glauben, was sie da hörte. Mit fassungslosem Entsetzen nahm sie die Worte des Nachrichtensprechers auf. Sie hatte Edgar nicht gut gekannt, sie hatten sich nie länger miteinander unterhalten, aber sie mochte ihn, rein gefühlsmäßig, und freute sich immer, wenn sie ihm auf dem Flur oder in der Cafeteria begegnete. Er war ein vertrauter Bestandteil ihres Arbeitslebens, und die Nachricht, dass er tot aufgefunden worden war, keine fünf Meter von der Stelle entfernt, wo sie sich so oft lächelnd gegrüßt hatten, erschütterte sie und machte ihr Angst.

Edgar. Der immer freundliche Edgar, der morgens so fröhlich Kaffee und Erfrischungen brachte, immer mit einem warmherzigen Lächeln, immer in einem frisch gestärkten und gebügelten Hemd und sorgfältig geputzten

Schuhen. Es war nicht zu verkennen, wie stolz er auf seine Arbeit war. Und was würde aus den süßen, kleinen Jungen werden, die ihren Onkel so offensichtlich anbeteten?

Wer konnte diesem armen, lieben Mann etwas antun wollen? Hing der Mord an Edgar irgendwie mit Jeromes Krankheit zusammen? War sie gestern vielleicht gar nicht irgendeinem beliebigen Handtaschenraub zum Opfer gefallen? Hatte der Täter genau gewusst, auf was er aus war?

Annabelle ließ sich tiefer ins Sofa sinken und spürte plötzlich wieder deutlich den Schmerz in ihrer Schulter. Hastig griff sie zum Telefon, um Constance anzurufen, aber dann fiel ihr ein, dass ihre Freundin ja noch in Washington war, wo sie ihre Mutter besuchte, und erst morgen Nachmittag zurück sein würde, rechtzeitig zu der Party bei Linus.

Sie wünschte, Mike würde bald nach Hause kommen. Es verursachte ihr ein unbehagliches Gefühl, dass sie die einzige Erwachsene in der Wohnung war.

65

ER BRAUCHTE DRINGEND ein neues CD-Gestell. In den großen Wandvitrinen war kein Platz mehr für seine stetig wachsende Sammlung, die peinlich genau nach Musikrichtungen geordnet war: Pop, Jazz, Country, Rap. Es war eine eindrucksvolle Musikkollektion, auf die er sehr stolz war. Aber durch die Musik-CDs, ganz zu schweigen von DVDs und Videos, nahm das Chaos langsam überhand.

Mehr Aufbewahrungsraum für seine Kleidung brauchte er auch. Ein Fernsehjournalist musste sich gut anziehen, und Russ tat sein Bestes, um sich positiv von den Film- und Musikkritikern der konkurrierenden Sender abzuheben. So etwas wie marineblaue Blazer oder Fliegen gab es bei ihm nicht. Er hatte ein kleines Vermögen in Wildleder, Kaschmir und italienische Seide investiert, und es tat ihm jedes Mal in der Seele weh, wenn er eins der kostbaren Kleidungsstücke in den vollen Kleiderschrank stopfen musste.

Höchste Zeit für einen Umzug. Und jetzt konnte er sich das auch leisten. Er wartete nur darauf, dass im Haus eine größere Wohnung frei wurde. Wenn er Glück hatte, würde die alte Schachtel von nebenan ausziehen; dann konnte er ihre Wohnung dazukaufen und die Trennwände einreißen lassen.

Ständig beschwerte sich die alte Zicke über den Lärm. Die Musik wäre zu laut, behauptete sie, sie könne nicht schlafen, wenn er so spät noch laute Musik höre. Und feige war sie auch noch. Sie sprach ihn nie direkt darauf an, sondern schob nur anonyme Protestbriefe unter der Tür durch. Ja, die Tussi würde er liebend gern loswerden.

Von dem Gedanken beflügelt, strich Russ eine Linie ein, schob die neue Matchbox-Twenty-CD in die Stereoanlage und drehte voll auf. Den Text mitsummend und den Takt mitklopfend, sah er seine Post durch. Rechnungen, Rechnungen, Rechnungen. Er warf sie ungeöffnet beiseite.

Ganz unten im Stapel fand er endlich das, wonach er gesucht hatte. Er riss den weißen Umschlag auf und lächelte.

Es war schön, eine zweite regelmäßige Einkommensquelle zu haben, aber in Zukunft würde er vorsichtiger sein müssen. Linus war auf dem Kriegspfad.

66

Annabelle hatte die Schlafzimmertür einen Spaltbreit offen stehen lassen, damit sie Mike kommen hörte.

Die Kuckucksuhr, die die Kinder so liebten, schlug eins.

Sie spielte mit dem Gedanken, in der Kneipe anzurufen, widerstand der Versuchung aber. Mike würde es nicht gefallen, wenn sie ihm hinterhertelefonierte wie einem kleinen Kind.

Sie wälzte sich schlaflos im Bett herum und dachte an Jeromes Manuskript. Jetzt wünschte sie, sie hätte es sofort ganz durchgelesen, als sie es bekam. Dann wüsste sie jetzt, wer alles ein Interesse daran haben könnte, ihm zu schaden. Oder hatte er sich wirklich aus Versehen selbst infiziert? Wie war das Anthraxpulver in sein Haus gekommen?

Morgen würde sie die Polizei anrufen und den Diebstahl des Manuskripts melden. Sicher hatte Jerome noch irgendwo einen Ausdruck, und wenn nicht, musste das Buch ja auf der Festplatte sein. Das würde der Polizei die Ermittlungen sicher erleichtern.

Im Flur waren Schritte zu hören. Annabelle knipste die Nachttischlampe an. Mike stand leicht schwankend in der Schlafzimmertür.

»Na, war's nett?«

»Ja, wir hatten unseren Spaß.« Er lächelte.

Mein Gott, er *lächelte*.

»Wie geht's den Kollegen?«

Mike zog sich den Pullover über den Kopf. »Du kennst sie ja, sie sind immer für ein paar Lacher gut.«

In letzter Zeit eher weniger, dachte Annabelle.

»Das freut mich, Mike. Es ist schön, dass es dir gut geht.«

Hoffentlich hält es an, dachte sie. Am liebsten hätte sie ihm erzählt, was sie in den Nachrichten gehört hatte, und ihm ihren Verdacht mitgeteilt, dass das gestohlene Manuskript etwas mit Jeromes Amthraxvergiftung zu tun haben könnte, vielleicht sogar mit Edgars Ermordung. Aber sie wollte es nicht riskieren, den schönen Augenblick zu verderben.

Er kam zu ihr und setzte sich aufs Bett. Als er sich herabbeugte, um sie zu küssen, konnte sie das Bier in seinem Atem riechen, ein durchaus nicht unangenehmer Geruch.

»Du fehlst mir, Annabelle.«

Selbst wenn seine Leidenschaft vom Alkohol beflügelt war – was machte das schon. Annabelle schloss die Augen und reagierte hungrig, als seine starken Arme ihren Körper umfassten. Es war schon so lange her, und sie hatte nicht die Absicht, sich diese Gelegenheit entgehen zu lassen. Es war ein Zeichen des Lebens und genau das brauchte sie jetzt.

Sonntag, 23. November

67

Nach der Messe in der St. Patrick's Cathedral kniete Beth am Schrein der barmherzigen Gottesmutter nieder und zündete eine Kerze an. Sie dachte an Jerome. Vielleicht sollte sie auch für ihn eine Kerze anzünden, aber sie brachte es nicht über sich. Nach der Geschichte mit Jerome hatte die Abwärtsspirale in ihrem Leben angefangen. Sie sollte ihm vergeben, das wäre christlich gewesen, aber sie konnte es nicht.

Sich selbst konnte sie ebenso wenig vergeben.

Die Votivkerze flackerte hinter dem roten Glas, wie jeden Sonntag. Beth starrte in die Kerzenflamme und betete für ihr ungeborenes Kind.

Es wäre jetzt sieben Jahre alt.

Wie hatte sie das nur tun können? Der Gedanke verfolgte sie noch immer. Sie hatte es nicht gewollt, aber sie war zu schwach gewesen und hatte sich zu große Sorgen darum gemacht, was wohl die Leute denken würden. Ihre Mutter wäre am Boden zerstört gewesen, wenn sie erfahren hätte, in welcher Lage sich ihre Tochter befand. Beth hatte es nicht über sich gebracht, ihr zu sagen, dass sie von einem Mann schwanger war, der nicht die Absicht hatte, sie zu heiraten.

Sie hätte dem Druck widerstehen müssen, sie hätte das Baby bekommen sollen, mit Vater oder ohne. Selbst wenn sie das Kind nicht hätte behalten können – es gab so viele Menschen, die das Baby gern adoptiert hätten, die sich verzweifelt nach einem Kind sehnten und ihm alles gegeben hätten.

Was spielte es schon für eine Rolle, dass das Kind in einem Akt der Verzweiflung empfangen worden war? Sie hatte genau gewusst, dass Jerome sie nur benutzte, um über Annabelle hinwegzukommen. Aber sie hatte gehofft, dass ein Kind ihn an sie binden würde. Genau das Gegenteil war der Fall gewesen. Danach hatte er nichts mehr mit ihr zu tun haben wollen, er war ihr aus dem Weg gegangen, wann immer er konnte.

Aber letztendlich war sie diejenige, die die Abtreibung hatte vornehmen lassen. Es war ganz allein ihre Verantwortung, und die Last der Schuld war mehr, als sie ertragen konnte.

Sie hatte eigentlich kein Recht, diese Kirche zu betreten. Sie war eine Mörderin.

68

Das sah Clara gar nicht ähnlich. Sonst wartete sie immer schon geduldig vor der Tür, wenn Evelyn sie zum Kirchgang abholte. Jeden Sonntagmorgen stand sie in ihrem Feiertagsstaat an der Straße, damit ihre Freundin nicht erst klingeln musste. Den Rest der Woche, wenn sie die Häuser anderer Leute putzte, mochte Clara alte Sachen tragen, aber am Tag des Herrn, an dem sie betete und Gott Dank sagte, trug sie ihre besten Kleider.

Evelyn blickte auf die Uhr. Wenn Clara nicht bald auftauchte, würden sie zu spät zum Gottesdienst kommen.

Nicht, dass Evelyn das so viel ausgemacht hätte, aber Clara saß gern frühzeitig auf ihrem Platz, damit sie die Prozessionshymne mitsingen konnte. Mit ihrem starken polnischen Akzent sang sie mit heller, klarer Stimme und aus vollem Herzen.

Schnee fiel auf die Windschutzscheibe und Evelyn setzte den Scheibenwischer in Gang. Vielleicht war es Clara zu kalt geworden, und sie war wieder hineingegangen, um im Warmen zu warten. Sie verrenkte sich den Hals, um zum Fenster ihrer Freundin hinaufzuspähen. Aber hinter den Spitzengardinen rührte sich nichts.

Evelyn öffnete die Wagentür und spürte die beißende Kälte an ihren nylonbestrumpften Beinen. Sie hätte eine Hose anziehen sollen. Aber Clara fand, Frauen sollten zum Gottesdienst ein Kleid tragen, und Evelyn tat ihrer konservativen Freundin den Gefallen.

Sie drückte auf die Klingel: einmal, zweimal, dreimal.

Clara hätte bestimmt angerufen, wenn sie wegfahren wollte oder etwas Besonderes vorhatte. Jeder Ausflug war eine große Sache für sie, und alles, was irgendwie von ihrem gewohnten Tagesablauf abwich, wurde gründlich geplant. Also, wo war sie?

Langsam begann Evelyn, sich Sorgen zu machen. Vielleicht war Clara in ihrer Wohnung, konnte aber nicht an die Tür gehen. Vielleicht war sie im Bad gestürzt. Oder ein Einbrecher hatte ihr etwas angetan. Clara lebte allein in ihrer Wohnung, niemand würde es merken, wenn irgendetwas nicht stimmte.

Es war an Evelyn, sicherzugehen, dass nichts passiert war.

Sie spürte den Hausmeister auf, berichtete ihm von ihrer Sorge und bat ihn, Claras Wohnungstür zu öffnen.

»Vielleicht sollten wir lieber die Polizei rufen«, meinte er.

»Verschwenden wir besser keine Zeit«, drängte Evelyn. »Die Polizei würde sich sowieso an Sie wenden, damit Sie die Tür aufmachen.«

In der drei Kilometer entfernten katholischen Kirche endete gerade die Prozessionshymne, als Evelyn und der Hausmeister Claras steifen, leblosen Körper entdeckten.

69

Die Zwillinge kamen hereingestürmt, um ihre Eltern zu wecken.

»Es schneit, Mama!«, verkündete Tara, die in heller Aufregung war.

»Dürfen wir den Schlitten aus dem Keller holen?« Thomas hüpfte auf das Elternbett.

Annabelle hielt die Augen fest geschlossen. Sie wollte nicht aufwachen, und als ihr wieder einfiel, warum sie so tief und fest geschlafen hatte, streckte sie die Hand nach Mike aus. Er lag noch neben ihr.

»Komm schon, Mama, steh auf.«

Für Kinder war Schnee wie Weihnachten, aufregend und magisch – atemberaubend. Was war nur mit den Jahren aus ihr geworden? Mittlerweile dachte Annabelle bei Schnee zuerst an Winterstiefel, Schneeanzüge und nasse Handschuhe, die auf der Heizung getrocknet werden mussten. Ich sollte dringend mal an meiner Einstellung arbeiten, dachte sie und machte Anstalten, sich aus dem Bett zu wälzen.

»Bleib liegen, Schatz. Ich mach das schon.«

War doch schon Weihnachten? Mike zog bereits den Bademantel an und schlüpfte in seine Mokassins.

»Mir ist nach armen Rittern und Würstchen. Wie steht's mit euch?« Er klatschte in die Hände und die Zwillinge trotteten hinter ihm her, aber nicht, ohne vorher ihre Mutter fragend anzusehen. Sie waren zwar noch klein, aber sie fühlten sehr wohl, dass dies nicht der Vater war, den sie in den letzten Monaten gekannt hatten. Das war ihr alter Papa, und sie wussten nicht genau, ob sie dem Frieden trauen konnten. Auch Annabelle wollte ihre Hoffnungen nicht gleich zu hoch schrauben.

Ein Schritt nach dem anderen, sagte sie sich und dachte daran, wie Mike sie gestern Morgen angefahren hatte. Es hatte lange gedauert, bis er an jenem dunklen Ort angelangt war, und der Weg hinaus konnte sich als ebenso lang erweisen.

✯

Annabelle blieb noch eine Weile unter der warmen Daunendecke liegen, atmete den Duft brutzelnder Würstchen ein, der aus der Küche kam, und lauschte dem munteren Geplauder der Zwillinge. Sie hätte ohne weiteres den ganzen Tag in der gemütlichen Wohnung zubringen können, während draußen leise der Schnee auf die Straßen fiel. Sie hatte überhaupt keine Lust, heute Nachmittag zu der Party zu gehen. Sie hatte überhaupt keine Lust, aufzustehen und das zu tun, was getan werden musste.

Aber es war am besten, es gleich hinter sich zu bringen, und als Erstes würde sie den Sicherheitschef des Senders anrufen. Joe Connelly würde ihr sagen können, wem bei der Polizei sie den Diebstahl des Manuskripts melden sollte. Sie rief in der Zentrale an und ließ sich mit der Sicherheitsabteilung verbinden. Die Leute, die heute Dienst hatten, konnten dann ja Joe zu Hause anrufen und ihn bitten, sie zurückzurufen, dachte sie. Aber der Sicherheitschef ging selbst ans Telefon. »Connelly.«

»Joe, hier ist Annabelle Murphy. Vom Morgenmagazin.«

»Annabelle – was kann ich für Sie tun?«

Sie berichtete von dem Manuskript und der geraubten Umhängetasche. »Jerome hat wirklich ganz schön vom Leder gezogen. Ich habe nur einen kleinen Teil des Manuskripts gelesen, aber er war ziemlich offen. Rücksichtslos offen. Wenn Jerome so über mich geschrieben hätte – ich weiß nicht. Mir kam nur der Gedanke, dass das irgendwas mit seiner Anthraxinfektion zu tun haben könnte, vielleicht sogar mit dem Mord an Edgar.«

»Sie haben vollkommen Recht, Annabelle. Die Polizei und das FBI sollten das erfahren. Ich ruf da an. Man wird sicher mit Ihnen sprechen wollen.«

70

Die Lieferanten des Cateringservice waren bereits mit dem Essen für die Party eingetroffen: ein großer, spiralförmig aufgeschnittener gekochter Schinken, Rinderfilets in Scheiben, knuspriges Baguette, warmer Kartoffelsalat, würziger Chili, Tortillas, mit Käse überbacken, Kästen mit Bier und Wein. Gemüsebeilagen und grüne Salate hatte er sich geschenkt. Zu diesem Anlass gab es immer richtiges Essen, etwas für den herzhaften Appetit.

Linus war in der Küche und sah zu, wie die Caterer das Büfett aufbauten, als das Telefon klingelte. Sobald der Anrufer sich meldete, schnitt er eine Grimasse.

»Ach John, hallo«, erwiderte er ohne jeden Enthusiasmus in der Stimme.

»Na, alles bereit für die Party?«

»Fast.«

Es entstand eine kleine Pause, dann platzte der ehemalige Gesundheitsexperte des Morgenmagazins mit seiner Frage heraus: »Es ist mir ein bisschen peinlich, Linus, aber ich wollte nur sichergehen, dass ich auch wirklich noch willkommen bin.«

Sein früherer Chef zögerte keine Sekunde. »Es ist auch für mich etwas peinlich, John, aber unter den gegebenen Umständen werden Sie mir wohl zustimmen, dass es besser wäre, wenn Sie nicht kämen.«

»Das darf einfach nicht wahr sein! Sie lassen mich einfach hängen, obwohl wir die Sache gemeinsam geplant haben!«

»Ich schätze es gar nicht, wenn man mich zum Narren hält. Das wissen Sie, John.«

»Und wie, glauben Sie, fühle ich mich? Ich bin doch jetzt eine Lachnummer. Kein Sender wird mich einstellen. Und wenn sich herausstellt, dass sich das Anthraxmaterial, mit dem Henning sich infiziert hat, zu dem Labor zurückverfolgen lässt, in dem wir gedreht haben – und damit auf mich –, ist die Kacke am Dampfen.«

»Das ist Ihr Problem, nicht meins.«

»Nun, wenn ich Yelena sage, dass Sie sehr wohl eingeweiht waren, Linus, haben Sie auch eins.«

Linus' Gedanken überschlugen sich. Er nahm sich eine Scheibe gekochten Schinken von dem Silbertablett, steckte es sich in den Mund und verließ die Küche, um das Gespräch außer Hörweite der Servicekräfte fortzusetzen.

»Das würde ich an Ihrer Stelle nicht tun, John. Jedenfalls nicht, wenn Sie weiterhin im Medienbereich arbeiten wollen. Ich habe viele Kontakte, und nachdem sich die Aufregung etwas gelegt hat, kann ich Ihnen vielleicht einen neuen Job besorgen. Aber wenn Sie mich da mit reinziehen, werde ich dafür sorgen, dass niemand Ihnen auch nur die geringste Chance gibt.«

71

SIE WÜRDEN EINE Obduktion bei der armen Clara machen.

Das hätte ihr gar nicht gefallen, aber Evelyn konnte nichts tun, um es zu verhindern.

Sie fuhr langsam, denn die Straßen waren spiegelglatt. Alles sah so schön und rein aus, die riesigen grauen Bäume waren weiß bepudert, die Rasenflächen mit weichem Schnee bedeckt. Clara hätte ihre Freude an diesem frühen Wintereinbruch gehabt, sie liebte Schnee.

Evelyn nahm eine Hand vom Lenkrad, um sich die Tränen aus den Augenwinkeln zu wischen. Die Stille im Wagen war unerträglich; normalerweise hätte sie sich auf dem Nachhauseweg angeregt mit Clara unterhalten. Evelyn stellte das Radio an.

»Jingle Bells.« Jetzt schon. Lächerlich. Sie suchte einen anderen Sender. Da gab es gerade Nachrichten.

»Das Anthraxopfer, der sechsunddreißigjährige Jerome Henning, arbeitet bei KEY News. Sein Zustand ist kritisch.«

Henning. Das war doch der Mann, für den Clara arbeitete. Sie erzählte ständig von ihm und er hatte ihr schon des Öfteren Eintrittskarten für alle möglichen Veranstaltungen besorgt. Er sollte sich eine Familie zulegen, sagte sie immer.

Wenn er Milzbrand hatte – konnte es da nicht sein, dass Clara sich ebenfalls infiziert hatte?

Sobald ich zu Hause bin, rufe ich die Polizei an, dachte Evelyn. Und plötzlich geriet ihr Wagen ins Schleudern und prallte gegen einen Telegrafenmast.

72

DIE REISSVERSCHLÜSSE DER Schneeanzüge wurden hochgezogen, die Füße in Stiefel gesteckt. Annabelle wickelte den Kindern Schals um den Hals und rückte die Skimützen zurecht. Mike wollte mit den Zwillingen nach draußen gehen, um einen Schneemann zu bauen.

Sie wollte auf keinen Fall zu viel von Mike verlangen und würde deshalb auch nicht versuchen, ihn zu überreden, sie nachher zu der Party zu begleiten. Dass er die Kinder mit rausnahm, um mit ihnen im Schnee zu spielen, war genug Grund zur Dankbarkeit.

Sie hatte bereits Mrs Nuzzo angerufen und ihr für heute Nachmittag abgesagt. Mike würde sich heute nicht im Schlafzimmer einschließen, sondern auf die Kinder aufpassen, während sie zu der Party ging. Das hatte er versprochen. Es war schön, ein paar Dollar sparen zu können.

»Viel Spaß, ihr drei«, rief Annabelle ihrer Familie nach, schloss die Wohnungstür und lehnte sich mit einem

Seufzer dagegen. Sie wusste genau, wie sie diese Atempause nutzen würde. Nachdem sie Wasser für einen Tee aufgesetzt hatte, holte sie Block und Kugelschreiber, setzte sich an den Küchentisch und formulierte einen Stichwortzettel.

Was ich noch von Jerome Hennings Manuskript
in Erinnerung habe:

1. Linus Nazareth
- Redaktionsleiter des Morgenmagazins
- Egomane, getrieben vom Ehrgeiz für seine Sendung
- bereit, für eine höhere Quote alles und jeden zu benutzen
- Beispiele für niederträchtige, vernichtende Kritik an verschiedenen Redaktionsmitgliedern

2. Wayne Nazareth
- Produktionsassistent
- gequält von einem Kindheitstrauma; sein Zwillingsbruder liegt seit zwanzig Jahren im Koma. Jerome hat in alten Lokalzeitungen Berichte über den Unfall aufgestöbert
- zweimal von der Uni geflogen; danach verschaffte sein Vater ihm eine Stelle im Morgenmagazin. Lebt noch zu Hause. In Jeromes Schilderung erscheint er als erbärmlicher Wicht.

Der Teekessel pfiff schrill. Annabelle stand auf, goss kochendes Wasser auf einen Teebeutel und kehrte zu ihrem Stichwortzettel zurück.

3. Lauren Adams
- Redakteurin für Lifestyle-Berichte und Einkaufstipps
- Jerome schildert sie als eine Frau mit viel Stil, aber wenig Substanz
- ist hinter Constance Youngs Posten als Moderatorin der Sendung her und flirtet mit dem Redaktionsleiter, um ihr Ziel zu erreichen

4. Gavin Winston
- Börsen- und Finanzexperte
- pompös, verkniffen und angewidert von Nazareths rüdem Benehmen; sehnt sich nach den alten Zeiten zurück, als die Nachrichten noch von kultivierteren Leuten gemacht wurden
- Schürzenjäger, macht sich an jede Praktikantin heran
- verschleierte Hinweise auf unsaubere Aktiengeschäfte

5. John Lee
- Redakteur für Medizin und Gesundheit
- nur an sich selbst und seinem eigenen Vorteil interessiert
- versucht, sich zu einer »TV-Persönlichkeit« hochzustilisieren und Kapital in Gestalt von Buchverträgen und noch besseren Honoraren aus seinen Fernsehauftritten zu schlagen

Mit diesem Porträt hatte Jerome den Nagel auf den Kopf getroffen. Annabelle dachte an die zahllosen Gelegenheiten zurück, bei denen Lee am Telefon lukrative Nebenbeschäftigungen ausgehandelt hatte, während sie den Großteil der Arbeit tat.

6. Russ Parrish
- Film- und Musikkritiker
- stammt aus ärmlichen Verhältnissen, hat sich aber mittlerweile an das Luxusleben gewöhnt; kokainabhängig
- geht gern zu Konzerten und Filmpremieren, reißt sich die Werbegeschenke unter den Nagel, die an die Redaktion geschickt werden

Annabelle trank den Tee, las ihre Stichworte noch einmal durch und wünschte erneut, sie hätte das Manuskript ganz gelesen. Die Stichwörter würde sie morgen im Büro abtippen und der Polizei übergeben. Vielleicht hatte ja keiner dieser Leute etwas mit dem tödlichen Chaos bei KEY News zu tun, aber sie musste der Polizei alles sagen, was sie wusste. Wenn dieser Alptraum enden sollte, brauchte die Polizei jede Hilfe, die sie kriegen konnte.

73

»Mein Finger tut weh, Papa.«

Thomas hatte seinen durchweichten Fäustling ausgezogen und hielt seinem Vater die rosige Hand hin. Mike ergriff sie, musterte sie und küsste die winzige Schnittwunde am Zeigefinger.

»Du hast dich nur ein bisschen geschnitten, Thomas, das ist alles. Wenn wir nach Hause kommen, tun wir Jod drauf und ein Pflaster. Weißt du noch, wie es passiert ist?«

Der Junge nickte ernst. »Beim Basteln, als wir Federn für unsere Truthähne ausgeschnitten haben. Ich hab mich am Papier geritzt.«

»Mach dir keine Sorgen, Junge. Der kalte Schnee muss die Stelle geöffnet haben, aber das heilt schon wieder, du wirst sehen.«

Dann machten Vater und Kinder sich daran, ihren Schneemann fertig zu bauen.

74

»SOLL ICH DICH nach LaGuardia bringen?« Lauren hoffte, dass er ihr Angebot nicht annehmen würde.

»Nein, sei nicht albern, mein Engel. Wir verabschieden uns hier.«

Sie schaute ihm zu, während er seine Toilettenartikel in den Kulturbeutel räumte, froh und erleichtert, dass er schon mit der Nachmittagsmaschine nach Chicago zurückfliegen würde. Wenn die Flüge am Abend nicht restlos ausgebucht gewesen wären, hätte sie entweder auf die Party verzichten oder ihn mitbringen müssen – beides alles andere als ideal. Lauren setzte große Hoffnungen auf den heutigen Nachmittag.

»Gott sei Dank ist es ja nur für ein paar Tage, mein Herz. Zu Thanksgiving sind wir wieder zusammen.« Lauren küsste ihn auf den Nacken.

Er drehte sich um und nahm sie in die Arme, Sehnsucht in den intelligenten blauen Augen. O ja, sie hatte ihn genau da, wo sie ihn haben wollte. Aber Linus wollte sie auch haben. Zwar begehrte sie ihn nicht auf dieselbe lustvolle Weise wie ihren attraktiven Investmentbanker, aber Macht war ein starkes Aphrodisiakum. Und Linus hatte die Macht, sie eine steile Karriere machen zu lassen.

Sobald sie Constance Young als Moderatorin abgelöst hatte, konnte sie ihn ja fallen lassen, wenn sie wollte. Wieder feuern würde er sie bestimmt nicht, aus Angst, sie könnte ihn wegen sexueller Belästigung anzeigen. Er stände wie ein Trottel da, und Lauren kannte ihn gut genug, um zu wissen dass Linus alles tun würde, um das zu vermeiden.

75

Linus eine Flasche guten Wein mitzubringen, war zwar so, als würde man Eulen nach Athen tragen, aber Gavin würde nie mit leeren Händen bei einer Feier erscheinen. Das gehörte sich einfach nicht. So war er erzogen worden. Man hatte ihm auch beigebracht, pünktlich zu sein. Das war ein Zeichen von Respekt für den Gastgeber. Daher war er heute der Erste.

Obwohl er seit vielen Jahren in jedem Herbst in dieser Penthouse-Wohnung gewesen war, war er immer noch beeindruckt davon. Ein Apartment über drei Ebenen am Central Park West, das war bestimmt gut zwölf Millionen wert. Linus verdiente nicht schlecht, aber diese Wohnung hatte er nicht der Arbeit bei KEY News zu verdanken. Er hatte in den Geldadel eingeheiratet.

An der Wohnungstür im 31. Stock wurde er von Wayne begrüßt.

»Mein Vater ist noch unter der Dusche. Kommen Sie doch mit hoch und trinken Sie etwas.«

Sie durchquerten das geräumige Wohnzimmer und stiegen die Wendeltreppe zum Hauptgeschoss des Penthouse hinauf. Von dem gut geschnittenen Wohn- und Essbereich hatte man eine fantastische Aussicht über New York. Durch die riesigen Fenster schaute man direkt auf den Central Park und den See, im Süden ragte die New Yorker Skyline empor, im Norden sah man auf das Jacqueline-Kennedy-Onassis-Reservoir.

Gavin blickte auf die Straße hinunter und bemerkte: »Als Kinder müssen Sie einen herrlichen Blick auf die Thanksgiving-Parade gehabt haben. Die kommt ja direkt hier vorbei.«

»Nicht so gut, wie man annehmen könnte«, erwiderte Wayne. »Wir sind zu hoch oben, da sieht man nur die Luftballons. Santa Claus war nichts als ein verwischter, rotweißer Fleck.«

Ein Bediensteter näherte sich und fragte Gavin, was er trinken wolle.

»Ihre Frau konnte wohl nicht mitkommen?« Wayne bemühte sich verzweifelt, Konversation zu machen, und wünschte, sein Vater würde bald heraufkommen.

»Nein, sie fühlt sich nicht wohl«, log Gavin. Marguerite hasste solche Veranstaltungen, was ihm ganz recht war. Besonders heute. Sollte sie doch in Connecticut hocken und ihren heiß geliebten Köter verhätscheln.

Es klingelte an der Tür, und Wayne entschuldigte sich, um den nächsten Gast zu begrüßen.

☆

Es ging ihm furchtbar schlecht. Sein Kopf schmerzte und ihm schwindelte. Angestrengt hielt er sich am Treppengeländer fest. Dieses Cipro haute einen wirklich um. Den ganzen Tag schon rannte er ununterbrochen ins Badezimmer und wusste nicht, ob er sich über die Schüssel beugen oder sich draufsetzen sollte.

Wie sollte er nur diese blöde Party durchstehen?

Vielleicht konnte er sich nachher unauffällig davonstehlen und in sein Zimmer zurückziehen. Seine Abwesenheit würde bestimmt niemandem auffallen.

Manchmal beneidete Wayne seinen Bruder, obwohl er wusste, wie abartig das war. Seth lag in seinem Zimmer im Bett, Tag für Tag, bestens versorgt: Er wurde gefüttert, warm gehalten und gebadet. Man schnitt ihm seine Haare und Fingernägel, zog ihm Pyjamas aus feinster Baumwolle an und hüllte ihn in Decken aus weicher Wolle. Er wurde mit beruhigender Musik berieselt, obwohl nur Gott wusste, ob Seth Beruhigung brauchte. Wayne bezweifelte es.

Seth musste sich keine Gedanken darüber machen, was er mit seinem Leben anfangen wollte oder darüber, was andere Leute von ihm hielten. Sein Ruf, beruflich oder persönlich, konnte ihm egal sein. Niemand erwartete irgendetwas von ihm. Er war nie eine Enttäuschung für seinen Vater.

Wayne hasste sich selbst, wenn er so dachte. Sein Bruder sah nie die leuchtende Schönheit eines Sonnenaufgangs oder Sonnenuntergangs. Er hatte nie eine Frau geküsst oder ein kaltes Bier genossen. Er war nie mit dem Auto durch die Gegend gefahren, den warmen Sommerwind im Gesicht, das Radio voll aufgedreht, während er mit der Hand den Takt auf dem Lenkrad schlug. Seit seinem sechsten Lebensjahr war er nie mehr zu Baseballspielen, Fußball- und Footballspielen gegangen, war nie im Ferienlager gewesen und nie zum Ponyreiten. Für ihn hatte es keine Geburtstagsfeiern gegeben, keines der kleinen Dinge, die jeder Tag brachte: scharf gewürzte Hotdogs und knusprige Pommes, Drachensteigen im Central Park, Rodeln, Baden im Meer. Sein Leben war ihm gestohlen worden.

Aber er hatte auch nicht mit ansehen müssen, wie ihre Mutter an seinem Krankenbett saß und weinte. Er musste nicht den gequälten Ausdruck auf dem Gesicht des Vaters ertragen, wenn er ins Zimmer kam, um nach seinem verlorenen Sohn zu sehen. Er hatte nicht ständig versuchen müssen, die Eltern für alles zu entschädigen. Er hatte nicht jämmerlich versagt.

Und er musste auch nicht mit der Schuld leben.

Wayne setzte ein künstliches Lächeln auf, öffnete die Tür und hieß den nächsten Gast willkommen.

76

»Im Kühlschrank ist Lasagne. Du brauchst sie nur noch aufzuwärmen, Mike.«

»In Ordnung, Annabelle. Keine Sorge, wir kommen schon klar. Geh nur und amüsier dich gut.«

Er war heute aktiver gewesen als seit langer Zeit, und Annabelle fand, dass er müde aussah. Vielleicht war es doch zu viel für ihn, Abendbrot für die Kinder zu machen, sie zu baden und ins Bett zu bringen. Sie wollte ihn nicht allein lassen, aber sie musste zu dieser verdammten Party gehen.

»Mrs Nuzzos Nummer hängt an der Pinnwand. Ruf sie ruhig an, wenn du nicht zurechtkommst, Schatz.«

»Annabelle«, sagte er leicht genervt, »es geht mir gut.«

»Ich weiß, Liebling, das weiß ich doch.« Sie küsste ihren Mann auf die Wange und schlüpfte in ihre Biberpelzjacke.

»Tara, Thomas, ich geh jetzt«, rief sie.

Die Kinder kamen aus ihrem Zimmer gesaust und umarmten sie zum Abschied.

»Du siehst hübsch aus, Mama«, erklärte Thomas.

Annabelle lachte. »Danke für das Kompliment, mein Herr.« Sie hob ihren kleinen Jungen hoch und drückte ihn an sich. Die Kinderarme, die ihren Hals umschlangen, würden ihre Frisur zerzausen, aber das war ihr egal. »Seid lieb zu Papa, ihr beiden.« Sie drehte sich zu ihrem Mann um. »Ich bleib nicht lange. Ruf mich auf dem Handy an, wenn irgendwas ist.«

77

ALSO, *HIER* SOLLTE er sich nach einer neuen Wohnung umsehen.

Russ stand auf dem Gehweg und blickte an der prachtvollen, vornehmen Art-Déco-Residenz empor. Das war doch etwas ganz anderes als das kleine Reihenhaus in Baltimore, in dem er aufgewachsen war.

Er hasste es, dorthin zurückzukehren, aber diese Woche, zu Thanksgiving, würde es sich nicht vermeiden lassen. Er hatte es versprochen und seine Mutter rechnete mit seinem Besuch. Bestimmt war sie schon beim Kochen.

Aber er hatte sie schon darauf vorbereitet, dass er nicht über Nacht bleiben würde. Er würde Donnerstag direkt nach der Sendung runterfahren und noch am Abend wieder nach New York aufbrechen. Nur eine Stippvisite. Am Freitagmorgen hatte er eine Filmbesprechung.

Seine Mutter musste ja nicht wissen, dass es ein vorproduzierter Beitrag war. Sollte sie doch denken, es würde live aus dem Studio gesendet. Den Unterschied würde sie nie merken, genauso wenig wie die meisten Zuschauer.

Nein, den Freitag würde Russ in den Hamptons verbringen, der Sommerfrische der Prominenten am äußersten Zipfel von Long Island, wo er übers Wochenende die Gastfreundschaft eines Filmproduzenten genoss. Da draußen würde es zwar kalt sein, aber wie er gehört hatte, war die Villa von dem Mann einfach fantastisch. Jede Menge Platz und riesige Glaswände, die einen atemberaubenden Blick auf den Atlantik boten. Dienstpersonal, das einem jeden Wunsch von den Augen ablese. Und die Chance, neue Geschäftsbeziehungen zu knüpfen.

Wenn alles gut lief, würde Linus vielleicht bald einen neuen Nachbarn haben.

78

SEIN ANWALT WAR übers Wochenende weggefahren. Das FBI nicht.

»Ohne meinen Anwalt sage ich gar nichts und er ist erst morgen wieder erreichbar.«

John Lee bemühte sich um Ruhe und Konzentration. Die Bundespolizei im Haus zu haben, die einem unterstellte, man könne mit einem Milzbrandanschlag zu tun haben, würde wohl jeden in Angst und Schrecken versetzen. Aber er durfte nicht in Panik geraten.

»Ihr Komplize im Labor hat mittlerweile gestanden,

dass er Ihnen Anthraxpulver gegeben hat. Sie haben es hinausgeschmuggelt, damit haben Sie selbst vor laufender Kamera geprahlt. Selbstverständlich besitzen wir eine Kopie des Bandes«, erklärte Special Agent McGillicuddy. »Und nun liegt einer Ihrer Kollegen mit Lungenmilzbrand im Krankenhaus. Sein Zustand ist kritisch, sehr wahrscheinlich wird er daran sterben. Ja, Dr. Lee, ich würde Ihnen unbedingt raten, Ihren Anwalt anzurufen.«

»Aber das Röhrchen, das ich den Zuschauern gezeigt habe, enthielt doch nur Zucker«, wandte Lee ein. »Und ich habe in den Nachrichten gehört, dass in Jerome Hennings Haus Anthraxpulver gefunden wurde. Er könnte sich also ohne weiteres selbst infiziert haben.«

»Das wird sich zeigen, Dr. Lee. Die mikrobiologischen Tests laufen noch. Es wird sich zeigen, welche Merkmale dieses Anthraxmaterial aufweist. Vielleicht sollten Sie sich zur Zusammenarbeit mit uns entschließen, bevor es einen Todesfall gibt.«

Agentin Lyons sah den Mediziner scharf an. »Sagen Sie uns, warum Jerome Henning das Anthraxpulver hatte, Dr. Lee. Waren Sie und Henning Komplizen?«

Lee räusperte sich und schluckte. So konnte das nicht weitergehen. Er ging zur Tür und öffnete sie.

»Bitte gehen Sie. Ohne meinen Anwalt sage ich nichts mehr.«

79

Beth stand vor der Platte mit den Käse-Tortillas und rang mit sich. Ein paar Bissen von dem leckeren Zeug würde sie Unmengen von Punkten kosten. War es das wert?

»Käse ist die Verführung der Dicken.« Als ihr dieser ständige Spruch ihrer Weight-Watchers-Betreuerin einfiel, wandte sie sich ab und suchte vergeblich nach einer Gemüseplatte. Diese Party würde eine Herausforderung werden, das merkte sie schon. Alles, was Linus hatte auftischen lassen, war unglaublich kalorienreich. Sie hätte vorher etwas essen sollen.

Linus beachtete sie überhaupt nicht. Mit allen anderen redete er, unterhielt sie mit seinen Geschichten. Wie konnte sie nur mit ihm ins Gespräch kommen?

Football. Linus war ein absoluter Football-Fan. Beths Interesse an diesem brutalen Sport hätte zwar nicht geringer sein können – ein Haufen riesiger Kerle rangelte verbissen um einen blöden braunen Ball, so sah sie es –, aber trotzdem hatte sie heute Morgen extra den Sportteil der Zeitung studiert, damit sie etwas zu dem Thema beisteuern konnte. Die New York Giants spielten gegen die Houston Texans. Das sollte Linus freuen, denn es wurde ein klarer Sieg der Giants erwartet.

Beth wartete ab, und als Linus sich noch ein Bier holte, ergriff sie die Gelegenheit beim Schopfe. »Die Giants müssen diesmal offensiver spielen, ihr Angriffspotenzial nutzen und auf ihre Abwehr achten, findest du nicht auch, Linus?«

»Stimmt genau.« Er schien beeindruckt. »Und sie müssen Laufbereitschaft zeigen.«

So beeindruckt, dass er den Wunsch gehabt hätte, das Gespräch fortzusetzen, war er offenbar auch wieder nicht, denn er drehte sich um und hielt schnurstracks auf die Treppe zu. Dort hatte Lauren Adams gerade ihren großen Auftritt.

Sie sieht aus wie Audrey Hepburn, dachte Beth neidisch und musterte die gertenschlanke Gestalt in dem schlichten schwarzen Kleid. Das Haar hatte sie zu einem Knoten geschlungen. Fehlten nur noch die Zigarettenspitze und die langen Handschuhe, dann war der Look perfekt.

Linus scharwenzelte um sie herum.

Beth machte sich auf die Suche nach den mit Käse überbackenen Tortillas.

80

ANNABELLE, DIE AN ihrem Chablis nippte, hatte Beth Terrys traurigen Blick aufgefangen. Jeder in der Redaktion wusste, dass sie eine Schwäche für Linus hatte. Ebenso offensichtlich war, dass sein Interesse an der Aufnahmeleiterin rein beruflicher Natur war.

Beth tat ihr Leid. Sie war damals nicht da gewesen und Jerome hatte nie davon gesprochen, aber Annabelle hatte gehört, dass er mit Beth zusammen gewesen war, kurz nachdem Annabelle und Mike geheiratet hatten. Büroaffären blieben bei KEY News selten geheim, sämtliche Romanzen wurden im Flüsterton herumerzählt.

Annabelle hatte den Verdacht, dass Beth die Trennung nie so recht verkraftet hatte. Damals war sie richtig schlank gewesen, und die Kilos, die sie seitdem zugelegt hatte, deuteten auf jede Menge Frustessen hin.

Ob Jerome in seinem Enthüllungsbuch auch etwas über Beth geschrieben hatte?

Hoffentlich nicht. Es war eine Sache, zu Papier zu bringen, was sich hinter den Kulissen einer Fernsehsendung tat. Etwas vollkommen anderes war es, die ganz persönlichen Dinge öffentlich zu machen, die zwischen einem Mann und einer Frau abliefen. Das war verabscheuungswürdig.

81

IM ESSEX HILLS HOSPITAL war Jerome Henning nicht allein.

Sein Bruder und zwei Krankenschwestern standen an seinem Bett, als der Arzt das Atemgerät abschaltete.

Todeszeit: 17.34.

82

WÄHREND DER SHOWEINLAGE in der Halbzeit, fand Linus, sollte er im Mittelpunkt der Aufmerksamkeit stehen.

»Ich habe eine kleine Überraschung für alle«, verkündete er. »Jeder Anwesende bekommt ein Leseexemplar von *Das Einzige, was zählt – Wie man Quote macht*, frisch aus der Druckerei.«

Die Gäste gaben ein beifälliges Gemurmel von sich und applaudierten höflich. Während die Taschenbücher verteilt wurden, stieß Constance Annabelle in die Rippen. »Na toll. Statt Weihnachtsgeld kriegen wir Linus' Buch.«

Vom Cover strahlte sie der Redaktionsleiter siegessicher an. Annabelle strich über das Hochglanzpapier. »Also, das ist doch viel besser als Geld, gar kein Vergleich. Würde doch jeder so sehen, oder?«, flüsterte sie zurück.

Man begann in den Büchern zu blättern; alle suchten nach dem eigenen Namen und denen der Kollegen.

»Was für ein Ekelpaket.«

Annabelle drehte sich zu dem angeheiterten Gavin Winston um, der hinter sie getreten war.

»Psst«, flüsterte sie warnend und hielt den Finger vor den Mund.

Gavin machte eine abwehrende Handbewegung. »Ach, der hört mich schon nicht«, meinte er. »Unser Redaktionsleiter ist zu beschäftigt damit, wie ein Pfau umherzustolzieren.« Er schlug das Buch bei der Einleitung auf und begann mit leicht nuschelnder Stimme vorzulesen: »Ich bin ein Mann des Fernsehens, daher hatte die Vorstellung, ein Buch zu schreiben, zunächst etwas Einschüchterndes für mich. Aber die Arbeit daran hat mir dann doch viel Spaß gemacht, denn jedes einzelne Wort ließ viele lebhafte Erinnerungen in mir aufsteigen.«

Gavin hickste. »Entschuldigen Sie, Annabelle. Ich sag Ihnen was: Wenn Linus dieses Werk selbst verfasst hat, bin ich Marie Antoinette.«

83

Yelena war hundemüde. Seit Tagen hatte sie kaum geschlafen, und am liebsten hätte sie sich mit einem schönen Drink in die Badewanne gelegt und ihre Sorgen für eine Weile vergessen. Sie hatte nicht die geringste Lust, zu der Party zu gehen, aber sie wusste, Linus würde beleidigt sein, wenn sie nicht auftauchte. Aber der Gedanke, von seinem Hund abgeleckt zu werden, war im Augenblick mehr, als sie ertragen konnte.

Ach, zur Hölle mit ihm. Er würde eben Verständnis aufbringen müssen.

Sie schenkte sich gerade einen Scotch ein, als Joe Connelly anrief. Der arme Kerl hatte das ganze Wochenende das Funkhaus nicht verlassen.

»Was gibt's denn, Joe?«, fragte sie müde.

»Schlechte Neuigkeiten, fürchte ich. Yelena, Jerome Henning ist gerade gestorben. Sieht so aus, als hätten wir es jetzt mit zwei Morden zu tun.«

84

»ALSO, KINDER.« Mike verlegte sich aufs Handeln. »Wenn ihr jetzt in die Badewanne steigt, könnt ihr noch einen Disney-Film sehen, bevor ihr ins Bett müsst.«

Die Methode hatte Erfolg. Während Thomas und Tara in der Badewanne herumplantschten, ging er in die Küche, um das Schlachtfeld dort aufzuräumen. Die Tür zum Bad hatte er offen stehen lassen. Annabelle sollte in eine saubere, aufgeräumte Wohnung zurückkehren. Er kam sich selber ein bisschen wie ein Kind vor, das möchte, dass seine Mutter stolz auf es ist. Aber wenn er aufrichtig war, fand er es sehr angenehm, zur Abwechslung mal wieder etwas Produktives zu tun. Es war schön, aktiv zu sein.

Wenn das die Wirkung des neuen Medikaments war – und das musste es sein, denn sonst hatte sich nichts geändert –, würde er es auf jeden Fall weiternehmen. Nicht, dass er aufgehört hätte, sich wegen der Dinge Gedanken zu machen, die ihn in den letzten Monaten so belastet hatten, aber die scharfen Ecken und Kanten schienen irgendwie abgemildert zu sein. Das Unerträgliche war erträglich geworden, die Last auf seiner Seele leichter.

Besser mit Psychopharmaka leben als in der Depression, fürs Erste zumindest. Er musste eben einen Tag nach dem anderen angehen und das Beste hoffen.

Er ging ins Badezimmer zurück, half den Zwillingen beim Abtrocknen und beim Anziehen der Schlafanzüge.

»Nicht vergessen, Papa. Ich brauch noch mehr Jod für meine Stelle.«

Das Antiseptikum wurde auf den Kinderfinger gesprüht und Thomas bestand noch auf einem bunten Pflaster.

»Fertig, Sportsfreund. Alles klar.«

»Ich hab dich lieb, Papa.« Thomas schlang die Arme um Mike.

»Ich dich auch, mein Junge.« Er drückte seinem Sohn einen Kuss auf den Scheitel. »Ich hab dich auch lieb.«

☆

Die Mikrowelle piepste. Mike riss die Popcorntüte auf und schüttete den Inhalt in eine große Keramikschüssel. Die Zwillinge waren begeistert, als er das Popcorn vor sie auf den Couchtisch stellte.

»Genau wie im Kino, Papa!«, rief Tara.

»Sogar noch besser. Ihr könnt im Schlafanzug kommen und es setzt sich niemand vor euch, der die Sicht versperrt.« Mike quetschte sich zwischen die Kinder auf das Sofa.

Gerade als die Titelmusik des Films ertönte, klingelte das Telefon.

»Mist«, murrte er, stand auf und ging am Wandapparat in der Küche ran.

»Ist Annabelle Murphy da?«, fragte eine Männerstimme.

»Sie ist im Augenblick nicht hier. Mit wem spreche ich?«

»Hier ist Peter Henning.«

»Oh, Peter. Ich bin Mike, Annabelles Mann. Wie geht es Ihrem Bruder?«

Mit tonloser Stimme überbrachte der Anrufer die Nachricht. »Jerome ist vor anderthalb Stunden gestorben.«

85

LINUS, DEN BLICK auf Laurens reizvolles Hinterteil gerichtet, folgte ihr die Wendeltreppe in den 33. Stock hinauf. Endlich war er mit ihr allein!

Von der Bibliothek mit ihren hohen Decken trat man auf eine Dachterrasse hinaus, von der man einen atemberaubenden Ausblick über den Central Park und die New Yorker Skyline hatte. Nach Osten konnte man über den Park sehen, nach Westen bis zum Hudson und nach Süden bis zum fernen Hafen.

Wenn dieser Ausblick und der Reichtum, auf den er hindeutete, Lauren nicht antörnte, dann wusste er auch nicht.

☆

O Gott, etwas ist mit den Kindern, dachte Annabelle panisch, als sie ihr Handy vibrieren fühlte. *Bitte, Mike, hab keinen Rückfall.* Sie klappte das Telefon auf.

»Was ist passiert?«, fragte sie und bemühte sich, über den Partylärm hinweg etwas zu verstehen. »Sekunde, ich kann dich nicht hören.« Sie ging ins Badezimmer und schloss die Tür hinter sich.

»Tut mir Leid, dass ich dich auf der Party störe, Schatz, aber ich dachte, du würdest es wissen wollen. Jeromes Bruder hat gerade angerufen. Jerome ist gestorben, Annabelle.«

✯

Der Wagen setzte Yelena vor den Majestic Apartments ab. Sie musste die Truppe persönlich vom Tod ihres Kollegen in Kenntnis setzen, das war sie den Leuten schuldig.

Im Fahrstuhl klingelte ihr Handy.

Es war wieder Joe Connelly. Diesmal mit den Untersuchungsergebnissen.

»Anthraxsporen wurden nur an einer Stelle gefunden. Der Rest ist sauber.«

»Und wo?«, fragte die Nachrichtenchefin.

»In Annabelle Murphys Büro.«

86

John Lee sass in seiner Wohnung und starrte auf den Fernseher, ohne etwas wahrzunehmen. Er wusste nicht, wer hier gewann oder verlor, und es war ihm auch egal. Er wusste nur, dass er nicht die Absicht hatte, allein mit dem schwarzen Peter in der Ecke stehen zu bleiben.

Der Redaktionsleiter war über den Anthraxplan informiert gewesen, und es war einfach nicht fair, dass er seine Beteiligung jetzt leugnete und ihn, John Lee, zum Sündenbock machte.

Empört stellte der Mediziner den Fernseher aus.

Ob er nun willkommen war oder nicht, er würde zu der Party gehen.

87

Der Redaktionsleiter sollte wohl der Erste sein, der vom Tod Jeromes erfuhr. Aber Annabelle konnte ihren Chef nirgends finden. Sie hatte es soeben Constance erzählt, als sie die Gregory erblickte, die gerade den Mantel ablegte.

»Yelena, ich muss mit Ihnen sprechen.«

»Und ich mit Ihnen, Annabelle«, erwiderte Yelena mit einem misstrauischen Blick auf den Irischen Setter. Hoffentlich würde er sie nicht beschnüffeln. »Gehen wir irgendwo hin, wo wir ungestört sind.«

Vor dem Badezimmer hatten schon drei Leute gewartet, als Annabelle nach dem Gespräch mit Mike wieder herauskam. Das schied also aus. Im Wohnzimmer lief das Spiel in höchster Lautstärke und in der Küche drängten sich die Gäste.

»Gehen wir doch nach unten«, schlug Annabelle vor.

Yelena nickte und folgte Annabelle die Wendeltreppe hinunter.

Das untere Wohnzimmer, das von der Familie benutzt wurde, war leer.

Mit einer Entschuldigung zog Yelena ein Taschentuch aus der Handtasche und schnäuzte sich.

»Erkältet?«, fragte Annabelle.

»Nein, eine Allergie. Aber es ist nichts. Worüber wollten Sie mit mir sprechen?«

»Jeromes Bruder hat angerufen. Jerome ist vor kurzem gestorben.«

»Ich weiß. Das Krankenhaus hat die Polizei informiert und die hat es Joe Connelly gesagt. Es tut mir Leid, Annabelle. Ich weiß, dass Sie und Jerome …«, Yelena hielt kurz inne, »… Freunde waren.«

Also war der Chefredakteurin bekannt, dass sie einmal liiert gewesen waren. Das überraschte Annabelle nicht. Auf den Büroklatsch konnte man sich verlassen, der versagte selten.

»Ja, das waren wir.« Sie spürte, wie ihr die Tränen in die Augen stiegen.

Die Frau tätschelte Annabelles Hand. »So Leid es mir tut, aber es gibt noch mehr schlechte Nachrichten.«

Was denn noch? Was konnte da sonst noch sein? Annabelles Kehle schnürte sich zusammen, als sie darauf wartete, dass Yelena fortfuhr.

»In Ihrem Büro wurden Anthraxsporen gefunden, Annabelle.«

☆

Annabelle starrte blicklos hinter Yelena her, die die Treppe wieder hinaufstieg.

Sie durfte nicht in Panik geraten.

Ihr erster Gedanke galt ihrer Familie. Gott sei Dank war die Kontamination im Büro, meilenweit entfernt von ihrer Wohnung in Greenwich Village. Ein Nasenabstrich war bereits gemacht worden, und man hätte sie sicher sofort benachrichtigt, wenn dabei Anthraxerreger nachgewiesen worden wären. Sie musste Ruhe bewahren. Aber sie wollte jetzt sofort nach Hause.

Wo hatte man bloß die Mäntel hingelegt?

Sie verließ das Wohnzimmer, ging den Flur entlang und schaute in ein Zimmer: ein leeres Schlafzimmer. Sie machte die nächste Tür auf.

»Oh, entschuldige. Bitte entschuldige.«

»Schon gut, Annabelle, du kannst reinkommen.«

Auf einem Stuhl neben dem Bett saß Wayne.

»Ich hab nur kurz die Krankenschwester abgelöst«, erklärte er.

Annabelle nickte. Sie wollte weg von diesem gequälten jungen Mann und seinem zerstörten Zwillingsbruder. Sollte sie ihm von Jeromes Tod erzählen? Wenn sie es nicht tat, würde er das sicher befremdend finden, und vielleicht war er gekränkt, wenn er merkte, dass sie ihm die traurige Nachricht verschwiegen hatte, die sich zweifellos oben wie ein Lauffeuer verbreitete.

»Wayne, Jerome ist gerade gestorben«, sagte sie leise.

Er wirkte nicht sonderlich überrascht und tief zu treffen schien ihn die Neuigkeit auch nicht, dachte sie, und sie hatte mit einer sensibleren Reaktion gerechnet als der, die jetzt kam:

»Mir kann nichts passieren, ich nehme Cipro.«

88

Mit steigender Verärgerung durchkämmte Yelena das Penthouse.

Wieso war der Gastgeber nirgends zu finden? Wo steckte Linus, wenn sie ihn mal brauchte? Sie standen in der Verantwortung, das Team des Morgenmagazins brauchte dringend eine Rückversicherung. Sie sollten gemeinsam vor die versammelte Mannschaft treten. Ein toter Kollege, ein kontaminiertes Redaktionsbüro und ein Mord im Funkhaus: Dazu mussten sie als Vorgesetzte Stellung nehmen. Verdammt, wo steckte der Mann nur?

Blieb nur noch der oberste Stock.

Sie stieg die Treppe hinauf und klopfte an die geschlossene Tür.

Keine Reaktion.

Yelena drückte die Klinke hinunter. Langsam gewöhnten sich ihre Augen an die Schummerbeleuchtung. Die funkelnde Skyline von Manhattan verbreitete gerade genug Licht, um sie etwas erkennen zu lassen, was sie lieber nicht gesehen hätte.

Linus wälzte sich von Lauren hinunter, während die Lifestyle-Reporterin hastig versuchte, ihren Körper mit den Armen zu bedecken.

»Ziehen Sie sich was über«, pfiff Yelena ihn an. »Es gibt Arbeit.«

89

Dr. Lee kam gerade noch rechtzeitig, um sich die Beschwichtigungen der Redaktionsleitung anzuhören.

»Es gibt keinen Grund zur Panik. Niemand ist in Gefahr.«

»Es wird alles Menschenmögliche getan.«

»Die Sonderkommission des FBI wird die Sache sicher bald aufklären.«

Gavin Winston rief: »So wie die Fälle der Anthrax-Briefbomben bei CBS und CBN, was?«

»Der Fall lag vollkommen anders.« Yelena versuchte, den Ärger in ihrer Stimme zu unterdrücken. »Das waren Briefe mit Anthraxsporen, die mit der Post geschickt wurden. Woher das Material stammte, konnte nie eindeutig geklärt werden. Aber wir nehmen an, dass Jerome sich mit den Erregern infiziert hat, die Dr. Lee in den Sender gebracht hat.«

Lee, der ganz hinten stehen geblieben war, drückte sich gegen die Wand, froh, dass alle Augen auf Yelena gerichtet waren.

»Ist doch egal, wo das Zeug her ist, oder?«, warf Russ Parrish ein. »Ob es nun mit der Post kommt oder durch die Tür, es ist und bleibt tödlich.«

»Sämtliche Redaktionsräume sind gründlich untersucht worden, Russ«, erklärte Yelena mit fester Stimme. »Und Milzbrandpulver wurde nur an einer einzigen Stelle gefunden, nämlich in Annabelle Murphys Büro. Es wird bereits dekontaminiert.«

Alle Blicke richteten sich auf Annabelle. Sie stand an der Treppe, bereits in ihrer Pelzjacke, denn sie hatte sich gerade verabschieden wollen. Nach dem Ausdruck auf den Gesichtern ihrer Kollegen zu urteilen, schienen die meisten zu denken: besser sie als ich.

Einige musterten sie auch mit neu erwachtem Argwohn.

»Also ich finde, wir sollten alle Cipro nehmen«, verkündete Lauren. »Sicher ist sicher.«

Zustimmendes Gemurmel.

»Allen, die prophylaktisch Antibiotika nehmen wollen, wird Cipro zur Verfügung gestellt«, sagte Yelena resigniert. »Damit besteht auch keinerlei Grund mehr, morgen der Arbeit fernzubleiben.«

☆

Es war höchst interessant, fast amüsant, zu sehen, wie irrational diese Leute reagierten, die schließlich in einem Gewerbe arbeiteten, in dem es um Fakten ging. Die Gäste verließen die Party en masse; sie fühlten sich bedroht und drohten ihrerseits.

»Eins sag ich dir, wenn ich Milzbrand kriege, verklage ich den Sender auf Schadensersatz.«

Der Angesprochene reagierte mit Galgenhumor. »Wenn du lange genug lebst, um die Klage einzureichen.«

Eine andere Stimme rief: »Auf Wiedersehen, Annabelle. Pass auf dich auf.«

»Mach dir keine Sorgen, mir geht's gut. Bis morgen.«

Hatten die Sporen sich denn immer noch nicht festgesetzt, um in Annabelles rosigen Lungen ihr böses Werk zu tun? Wann zeigte sie endlich die ersten Symptome?

Montag, 24. November

90

Mike schlief weiter, als der Wecker klingelte, aber er wachte auf, als Annabelle über ihre Schuhe stolperte, die sie gestern Abend im Zimmer verstreut hatte.

»Entschuldige, Schatz, ich wollte dich nicht wecken«, flüsterte sie.

Er knipste die Nachttischlampe an und langsam gewöhnten sich ihre Augen an das Licht.

»Du willst doch nicht etwa zur Arbeit gehen?« Er blinzelte sie ungläubig an.

»Was soll ich denn machen, Mike«, jammerte sie. »Yelena hat gestern deutlich genug zu verstehen gegeben, dass alle pünktlich zu erscheinen haben.«

»Aber in den Büros der anderen sind keine Milzbrandsporen gefunden worden.«

»Soll ich deswegen zu Hause bleiben? Ich kann mich nicht krankmelden, mir fehlt nichts.«

»Bist du dir da so sicher?«

»Wenn der Nasenabstrich positiv gewesen wäre, hätten sie sich schon gemeldet. Aber wenn es dich beruhigt, rufe ich nachher gleich an, um sicherzugehen.«

Wahrscheinlich hatte er Recht. Und selbst wenn nicht, sie sollte sich bemühen, seine Sorgen so gut wie möglich zu zerstreuen. Es ging ihm viel besser und sie wollte nicht gleich wieder die Pferde scheu machen.

»Ja, das würde mich durchaus beruhigen. Und du solltest dir auf jeden Fall Cipro besorgen«, erklärte er.

Annabelle stöhnte. »Das Zeug ist grässlich, Mike. Ich bin nicht scharf auf Kopfschmerzen, Übelkeit und Durchfall.«

»Besser als Lungenmilzbrand, mein Herz.«

91

ANNABELLE WAR IM Lauf der Jahre oft in der Radio City Music Hall gewesen. Als sie ein kleines Mädchen gewesen war, hatte ihre Mutter sie immer zur Oster-Show mitgenommen. Annabelle hatte den glamourösen Tänzerinnen zugesehen und, wie viele kleine Mädchen, davon geträumt, selbst einmal zu den Rockettes zu gehören. In diesem Jahr hatte sie Karten für das »Christmas Spectacular« ergattert, zu dem sie mit ihren Kindern gehen wollte. Jedes Mal, wenn sie den riesigen Konzertsaal betrat, war sie überwältigt von der majestätischen Größe des Theaters mit seinen über sechstausend Plätzen.

Obwohl es erst fünf Uhr morgens war, erstrahlte der Saal in hellem Licht. Scheinwerfer leuchteten die Bühne aus, auf der die Rockettes ihre raffinierten Choreographien zeigen würden. Techniker und Kameraleute bauten alles zur Aufzeichnung der Vorstellung auf. Annabelle hielt nach der Aufnahmeleiterin Ausschau und entdeckte sie an der Seite der Bühne.

»Da bin ich, Beth.«

Die Aufnahmeleiterin schaute von ihrem Klemmbrett auf. »Ah, gut. Ich hatte schon Angst, Sie würden sich auch krankmelden.«

»Was? Wer ist denn nicht gekommen?«

»Ein gutes Drittel des Teams, unter anderem Gavin und Lauren. Linus überlegt gerade fieberhaft, womit wir die Lücken füllen sollen.«

Also fing die Anthraxbedrohung an, alle in Angst und Schrecken zu versetzen, dachte Annabelle. Sie war ja selbst versucht gewesen, sich krankzumelden, aber sie wollte nicht als Angsthase dastehen. Obwohl ... wenn irgendjemand Grund zur Sorge hatte, dann doch wohl sie. Schließlich war sie die Einzige, in deren Büro Milzbranderreger gefunden worden waren.

☆

Russ, der hinten im Zuschauerraum saß, ging gedanklich noch einmal die Fakten durch.

Eine Million Zuschauer aus fünfzig Staaten der USA würden das »Christmas Spectacular« besuchen, das damit die größte Live-Show Amerikas war. Zweihundertfünfzig Pfund Kunstschnee würden während der Laufzeit der Show auf die Bühne rieseln.

Wegen Gavins und Laurens Nichterscheinen hatte er heute zwei Beiträge statt einem. Zwar hatte er überhaupt nichts dagegen, länger vor der Kamera zu stehen, aber er hätte es gern früher gewusst, damit er sich besser vorbereiten konnte. Es machte ihn nervös, so ad hoc einen Beitrag aus dem Ärmel schütteln zu müssen, obwohl er das nie zugegeben hätte. Die Nachrichtenleute waren stolz auf ihre Fähigkeit, notfalls auch improvisieren zu können, und sie verachteten jeden, der unter Druck die Nerven verlor.

Und er stand ziemlich unter Druck, das war nicht zu

leugnen. Jerome war tot, ebenso wie der arme Kerl aus der Cafeteria. Linus war heute besonders mieser Stimmung und wartete nur darauf, dass Russ Mist baute. Russ sehnte sich nach einer kleinen Prise seines weichen weißen Pulvers.

Nach der Sendung. Hoffentlich hielt er bis dahin durch.

Verdammt, das hatte er Jerome zu verdanken. Der hatte ihm bei einer Party Kokain angeboten und gesagt, es wäre ein geradezu unglaubliches Gefühl. Und das war es auch gewesen – ein unbeschreibliches Hochgefühl, von dem Russ nicht genug bekommen konnte.

Ja, Jerome hatte ihn kokainabhängig gemacht, aber dafür hatte er ja jetzt auch die Quittung bekommen.

92

DER WECKER KLINGELTE zum zweiten Mal heute Morgen. Lauren rollte sich herum und tastete nach der Uhr. Sie hatte es geschafft, noch ein bisschen Schlaf zu ergattern, nachdem sie in der Redaktion angerufen hatte, um sich krankzumelden. Sie hatte Halsschmerzen, also war es eigentlich keine Lüge. Linus würde ihr das natürlich nicht abkaufen, aber das war sein Pech. Mit etwas Glück hatte sie ihn gestern angesteckt, und wenn sein Hals zu kratzen begann, würde er ihr schon glauben.

Mit einem innerlichen Stöhnen dachte sie an die Party gestern zurück. Wirklich ein Jammer, das mit Jerome, aber richtig ärgerlich war, dass die Gregory sie und Linus in flagranti ertappt hatte. Das würde nicht hilfreich sein, wenn sie versuchte, Constance ihren Job abzujagen. Soweit Lauren das beurteilen konnte, war die Gregory furchtbar puritanisch; sie würde die kompromittierende Szene wohl kaum mit einem Achselzucken abtun. Und wenn die Nachrichtenchefin gegen sie war, konnte Lauren sich ihre ehrgeizigen Karrierepläne bei KEY abschminken.

Sie nahm ihre Schlafbrille ab und suchte nach der Fernbedienung. Das Morgenmagazin fing gerade an. Auf der Bühne stand Constance Young, prachtvoll anzusehen in ihrem hellroten Kostüm.

»Guten Morgen. Heute melden wir uns live aus der Radio City Music Hall. Einhundertvierzig Künstler der weltberühmten Weihnachtsshow, unter anderem die großartigen Rockettes mit ihren legendären Beinschwüngen, werden bei uns zu Gast sein. Später erwarten wir noch hohen Besuch vom Nordpol: den Weihnachtsmann. Aber zunächst die wichtigsten Meldungen vom Tage.«

Es passt überhaupt nicht zusammen, dachte Lauren, die Constance aufmerksam studierte: das fröhliche Geplauder der vorab formulierten Anmoderation als Übergang zu den ernsten Nachrichten. Aber sie mussten die Zuschauer ködern, sagte Linus immer, und ihnen gute Unterhaltung versprechen, wenn sie bei der Stange bleiben sollten.

»Der sechsunddreißigjährige Fernsehjournalist Jerome Henning, den Sie aus dieser Sendung kennen, ist gestern an Lungenmilzbrand gestorben. Letzten Donnerstag war er in kritischem Zustand ins Krankenhaus eingeliefert worden. In Hennings Haus wurde Anthraxpulver gefunden. Die Polizei verfolgt Hinweise auf einen möglichen Zusammenhang mit dem Anthraxmaterial, das aus dem Labor verschwand, in dem der früher bei KEY tätige Medizinjournalist Dr. Lee seine Reportage über das tödliche biologische Kampfmittel gedreht hatte. Dr. Lee hatte behauptet, sich ohne Schwierigkeiten ein Röhrchen mit Anthraxpulver beschafft zu haben. Laut Untersuchungen handelte es sich bei dieser Substanz allerdings um Puderzucker.«

Lauren stand auf und ging ins Badezimmer. Sie spritzte sich kaltes Wasser ins Gesicht und machte Pläne für den Vormittag. Als Erstes würde sie zum Arzt gehen und sich Cipro besorgen. Falls die Halsschmerzen nicht der Beginn einer gewöhnlichen Erkältung waren, wollte sie gewappnet sein.

93

DIE MÄCHTIGE WURLITZER-ORGEL ertönte; mehr als viertausend Orgelpfeifen erfüllten den gigantischen Saal mit den Klängen von »Silver Bells«. Die Weihnachtszeit hatte begonnen. Annabelle, die an der Seite der Bühne stand, spürte, wie ihr eine Träne über die Wange lief, als sie der vertrauten Musik lauschte.

Jerome hatte die Feiertage so geliebt. Er war wie ein kleines Kind gewesen, an jenem Weihnachten, als sie liiert gewesen waren, und hatte darauf bestanden, dass sie all die Dinge unternahmen, die New York in dieser Jahreszeit so bezaubernd machten: Eislaufen im Rockefeller Center, ein Besuch bei F.A.O. Schwarz, eine Kutschfahrt durch den verschneiten Central Park. »Ich möchte für immer mit dir zusammenbleiben«, hatte er gesagt, als sie unter dicke Decken gekuschelt hinten in der Kutsche saßen.

Aber als sie Mike kennen lernte, hatte sie gleich gewusst, dass er der Richtige war. Und selbst wenn sie sich nicht in Mike verliebt hätte, wäre sie nicht bei Jerome geblieben. Etwas an ihm ließ sie zögern. Er war intelligent, kreativ und unternehmungslustig, aber immer war da auch eine latente Gefahr gewesen. Sie wusste, dass er gelegentlich Drogen nahm, und instinktiv war ihr klar, dass sie sich nicht vorstellen konnte, mit diesem Mann Kinder zu haben, so gern sie auch mit ihm zusammen war.

Trotzdem trauerte sie um Jerome, als die letzten Töne des Weihnachtsliedes verklangen. Sein Ende war zu schnell gekommen und zu schrecklich gewesen. Sie begriff nicht, wieso in seinem Haus Anthraxpulver gefunden worden war. Gut, Jerome lebte gern wild und gefährlich und hatte mal Kokain genommen, aber sie konnte nicht glauben, dass er mit etwas so Riskantem wie Milzbranderregern herumspielen würde.

Das ergab doch alles keinen Sinn.

Wie waren die Anthraxsporen in Jeromes Haus gelangt? Hatte er Dr. Lee das Röhrchen entwendet? Aber warum sollte er das getan haben? Wollte er sich damit selbst infizieren? War es Selbstmord gewesen?

Annabelle verwarf die Möglichkeit sofort. Jerome war so aufgeregt gewesen über die Chance, einen Buchvertrag abzuschließen. Er hatte mit großen Hoffnungen in die Zukunft geblickt. Nein, er hatte sich bestimmt nicht das Leben genommen.

Entweder hatte er das Anthraxpulver aus unbekannten Gründen an sich genommen und aus Versehen die tödlichen Erreger freigesetzt. Oder jemand anders hatte sie in seinem Haus deponiert.

Der offensichtliche Verdächtige war John Lee. Hatte Lee Jerome das Milzbrandpulver untergeschoben und Annabelles Büro kontaminiert? Wusste er, wie wenig schmeichelhaft Jerome ihn in seinem Manuskript porträtiert hatte?

Aber war das ein Grund, jemanden umzubringen?

94

Hartnäckiges Gehämmer weckte ihn aus seinem unruhigen Schlaf. Er warf die Bettdecke zurück, zog sich den Bademantel über und taumelte verschlafen zur Wohnungstür.

»Wer ist da?«

»FBI. Machen Sie auf.«

Verdammt. Hektisch suchte er nach einem Ausweg. Es gab keinen. Resigniert schloss er die Tür auf.

»Sie haben das Recht zu schweigen ...«, begann der warnende Hinweis.

»Ich möchte meinen Anwalt anrufen«, protestierte Lee.

»Können Sie. Aber erst mal kommen Sie mit.«

95

IM REGIERAUM beaugapfelte Linus die Rockettes, die auf dem Bildschirm ihre Nummer abzogen. Die Tänzerinnen, als die Rentiere von Santa Claus kostümiert, verströmten unglaublichen Sexappeal. Ein bisschen Sex am Morgen kam immer gut.

»Guck dir bloß mal diese Beine an.« Einer der Bildtechniker pfiff durch die Zähne.

»Kamera zwei, langsamer Schwenk über die Tänzerinnen«, ordnete der Regisseur an.

Das Unvermeidliche rückte näher, der Teil, auf den alle warteten: die legendären, präzisen Beinschwünge. Als die wohlgeformten Beine hochflogen, hagelte es Zungenschnalzer und anerkennende Rufe im Regieraum.

»Höher, Baby, höher.«

»Wahnsinn. Bei der würde ich gern mal zum Schuss kommen.«

Linus genoss die derben Kommentare der Männer, die er extra für die heutige Sendung ausgesucht hatte, während er schnell auf den anderen Bildschirmen überprüfte, was sich bei der Konkurrenz tat. Keins der anderen Morgenmagazine hatte etwas Vergleichbares zu bieten. Er lächelte erfreut. Verdammt gutes Fernsehen, die heutige Sendung; sie wurde sogar seinen hohen Ansprüchen gerecht. Solche Sternstunden kamen nicht durch Zufall zustande. Aber das galt schließlich für die meisten Dinge, die etwas wert waren.

In der Redaktion des Morgenmagazins mochte das Chaos ausgebrochen sein, aber die Zuschauer bekamen das garantiert nicht mit. Sie konnten die ernsten Mienen nicht sehen und das besorgte Geflüster nicht hören. Sie wussten nicht, wie erleichtert der Leiter der Redaktion über Jerome Hennings Tod war. Der war jetzt keine Bedrohung mehr.

Linus' Ghostwriter war buchstäblich zum Geist geworden.

96

Es war ein tödliches Wochenende gewesen.

Alle Stahlschubfächer waren belegt und die Gerichtsmedizin war unterbesetzt und überlastet. Der Pathologe überprüfte die Liste der Leichen, die heute unter sein Obduktionsmesser kommen würden.

Clara Romanski würde warten müssen, bis sie an der Reihe war.

97

Nach der Übertragung aus der Radio City Music Hall fuhr Annabelle mit dem Taxi zum Sender und stellte fest, dass ihr Büro, wie erwartet, versiegelt worden war. Da sie ihren Anrufbeantworter abhören wollte, benutzte sie eins der Telefone in der Nachrichtenzentrale des Morgenmagazins.

»Hallo, Annabelle, hier ist Peter Henning. Ich wollte dir nur sagen, dass ich heute Morgen nach Kalifornien zurückfliege. Das Bestattungsinstitut kümmert sich um alles. Jerome wird eingeäschert. Eine formelle Beerdigung wird es nicht geben, so was hat Jerome immer gehasst. Vielleicht machen wir irgendwann eine Gedenkfeier.«

Peter nannte seine Telefonnummer in Kalifornien. Annabelle kritzelte sie auf einen Block.

»Du siehst blass aus, Annabelle. Alles in Ordnung?« Beth, noch im Mantel, war hereingekommen.

»Das war Jeromes Bruder«, sagte Annabelle leise. »Jerome wird eingeäschert und es gibt keine Trauerfeier.«

Wenn sie von Beth erwartet hatte, dass sie ihre Bestürzung teilte, wurde sie enttäuscht.

»Weder überrascht mich das, noch kümmert es mich«, versetzte die Aufnahmeleiterin tonlos. »Jerome hat keine kirchliche Beerdigung verdient. Das wäre heuchlerisch.«

»Aber Beth, wie können Sie so etwas sagen«, rief Annabelle erschrocken.

»Ganz einfach: Jerome hatte keine Achtung vor dem menschlichen Leben.« Damit wandte Beth sich ab und ging, während Annabelle sprachlos zurückblieb.

☆

Die zweite Nachricht auf ihrem Anrufbeantworter war von Yelena Gregory. Annabelle wählte die Nummer ihres Vorzimmers und wurde von der Sekretärin gebeten, sie solle so schnell wie möglich ins Büro der Chefredakteurin kommen. Bei ihrem Eintreffen warteten die FBI-Agenten, die sie letzte Woche befragt hatten, schon auf sie.

Annabelle setzte sich und die Gregory brachte sie auf den neuesten Stand. »Dr. Lee ist vorläufig festgenommen worden, ebenso der Labormitarbeiter, der zugibt, ihm beim Herausschmuggeln des Pulvers geholfen zu haben.«

»Wir versuchen herauszufinden, ob es sich bei dem Anthraxpräparat, das in Jerome Hennings Haus gefunden wurde, um dieses Material handelt«, begann Agentin Lyons. »Wir hoffen, dass Sie etwas zur Klärung des Sachverhalts beitragen können.«

Annabelle wartete auf die erste Frage. Sie spürte, wie ihr die Röte ins Gesicht stieg, und fragte sich, ob es den FBI-Agenten aufgefallen war. Erweckte sie dadurch etwa einen schuldigen Eindruck?

»Können Sie sich vorstellen, aus welchem Grund sich das Anthraxpulver in Mr Hennings Besitz befand?«

»Nein.«

»Wollte er die Milzbranderreger vielleicht als biologische Waffe einsetzen?«

»Ganz bestimmt nicht.«

»War es vielleicht sein Ziel, Dr. Lee eins auszuwischen? Wollte er ihn wie einen Idioten dastehen lassen?«

»Ich verstehe nicht, was Sie meinen.«

FBI-Agentin Lyons sah Annabelle fest an. »Nun, Dr. Lee hat seine journalistische Glaubwürdigkeit verloren. Er wurde mit Spott überschüttet, als sich sein Milzbrandpulver als Puderzucker erwies. Könnte Mr Henning die Röhrchen vertauscht haben, um eben das zu erreichen?«

Mit Überzeugung erwiderte Annabelle: »Hören Sie, Jerome hatte nicht viel für Dr. Lee übrig, das ist kein Geheimnis. Aber ich kann nicht glauben, dass er so weit gegangen wäre. Er wäre nie ein solches Risiko eingegangen, nur um Lee dumm dastehen zu lassen.«

Mit ausdruckslosem Gesicht blätterte die FBI-Agentin in ihren Notizen. »Joe Connelly hat uns mitgeteilt, dass Sie eine Kopie des Manuskripts besaßen, an dem Mr Henning gearbeitet hat – in dem Redaktionsmitglieder des Morgenmagazins in wenig schmeichelhaftem Licht dargestellt werden.«

Annabelle warf einen Blick auf die Gregory. Das Renommee des Senders bedeutete ihr alles. Annabelle schauderte bei dem Gedanken, was Yelena tun würde, wenn sie Jeromes Manuskript je zu Gesicht bekäme.

»Ja, das ist richtig«, antwortete sie.

»Und dieses Manuskript wurde Ihnen am Freitagabend gestohlen?«

»Ja.«

»Aber Sie haben den Diebstahl nicht der Polizei gemeldet.«

»Ich hielt es zunächst nicht für so wichtig«, erklärte Annabelle. »Mir ist schon mal die Handtasche geraubt worden, und ich weiß aus Erfahrung, dass es nicht gerade die oberste Priorität der Polizei ist, einen kleinen Handtaschenräuber zu jagen. Erst später kam mir der Gedanke, dass der Dieb gezielt hinter dem Manuskript her gewesen sein könnte. Ich habe dann sofort Joe angerufen, und er sagte mir, er würde die Polizei verständigen.«

Die FBI-Agentin nickte. »Ja, Mr Connelly hat uns informiert. Sie wollten uns aufschreiben, was Ihnen vom Inhalt des Manuskripts im Gedächtnis geblieben ist.«

»Das habe ich, stichwortartig, mit der Hand. Ich werde es gleich für Sie abtippen.« Annabelle konnte es gar nicht abwarten, aus diesem erdrückenden Raum herauszukommen. Aber das FBI war noch nicht fertig mit ihr. Jetzt übernahm der zweite Agent die Befragung.

»Leo McGillicuddy, Ms Murphy«, stellte er sich erneut vor. »Könnte jemand ein Motiv gehabt haben, einen Anschlag auf Jerome Henning zu verüben und dann das Anthraxpulver in seinem Haus zu deponieren?«

Annabelle dachte gründlich nach, bevor sie antwortete. »Ja, ich nehme an, es wäre denkbar, dass jemand verzweifelt genug war, um das Erscheinen von Jeromes Enthüllungsbuch um jeden Preis verhindern zu wollen. Deswegen sollte ich jetzt auch so schnell wie möglich meine Notizen für Sie abtippen.«

Sie machte Anstalten, sich zu erheben.

»Einen Augenblick, Ms Murphy. Wir sind noch nicht fertig.«

Annabelle sank wieder auf ihren Stuhl zurück.

»Wir sind schon neugierig. Warum, glauben Sie, wurden Anthraxsporen in Ihrem Büro gefunden?«

Mein Gott, Sie verdächtigen mich. Ihr Herz begann zu rasen.

»Ich glaube, ich sollte mir einen Anwalt besorgen.«

»Haben Sie etwas zu verbergen?«

»Nein. Aber ich fürchte, Sie könnten das annehmen.«

98

ANNABELLE NAHM DAS einfach nicht ernst genug.

Mike zog sich Gummihandschuhe über, die er unter der Spüle gefunden hatte, und durchsuchte den Kleiderschrank. Was hatte Annabelle letzte Woche noch mal getragen? Sie würde wütend sein, wenn er den Kaschmirpullover wegwarf, den sie von ihm bekommen hatte, aber er würde ihr zu Weihnachten einen neuen kaufen. Er warf den gelben Pullover in einen großen Müllsack, ebenso die schwarze Wollhose und das graue Kostüm, das sie am Freitag getragen hatte, sowie zwei Paar Lederschuhe. Er knotete den Müllsack gründlich zu.

An der Wohnungstür fiel ihm etwas ein. Der marineblaue Wollmantel. Annabelle hatte sich ohnehin darüber beschwert, wie abgetragen er war. Wo er schon dabei war, sollte er den auch noch entsorgen. Mike nahm den Mantel aus dem Garderobenschrank im Flur und stopfte ihn ebenfalls in den Müllsack.

Mit einem Gefühl der Befriedigung und ohne die Panik, die seit dem 11. September immer in ihm aufgestiegen war, fuhr er mit dem Fahrstuhl nach unten. Anscheinend war er wirklich auf dem Wege der Besserung. Pfeifend machte Mike sich auf die Suche nach dem nächsten Müllcontainer.

99

WO STECKTE ER denn bloß?

Annabelle zögerte, als in ihrer Wohnung der Anrufbeantworter ansprang, hinterließ dann aber doch keine Nachricht. Es war wahrscheinlich besser, Mike jetzt nicht damit zu belasten. Er sollte nicht den ganzen Tag allein zu Hause sitzen und sich Sorgen machen. Vielleicht sollte sie zu Constance gehen und sie fragen, ob sie ihr einen Anwalt empfehlen konnte.

Sie griff nach dem Rucksack, den sie sich aus dem Kinderzimmer geschnappt hatte und tragen würde, bis sie dazu käme, sich eine neue Umhängetasche zu besorgen, und verließ die Nachrichtenzentrale. *Du hast nichts zu verbergen*, sagte sie sich. *Es wird alles wieder gut werden. Sag nur einfach weiter die Wahrheit.*

Die Tür stand offen, aber Constance war nicht in ihrem Büro. Annabelle setzte sich an ihren Schreibtisch, denn sie wusste, dass die Freundin nichts dagegen haben würde, wenn sie den Computer benutzte, während sie auf ihre Rückkehr wartete. Sie nahm ihre Notizen heraus und begann sie abzutippen. Fast war sie mit dieser Aufgabe fertig, als sie eine Hand auf der Schulter spürte.

»Oh!« Sie zuckte zusammen. »Haben Sie mich erschreckt!«

Russ Parrish stand sehr dicht neben ihr und sein Blick glitt über den Monitor. Mit einem hastigen Klick auf eine

Taste ließ sie das Dokument vom Bildschirm verschwinden.

»Ich wollte Sie nicht erschrecken, Annabelle«, entschuldigte er sich. »Ich habe Sie nur hier drin sitzen sehen und wollte sagen, wie Leid es mir wegen Jerome tut.«

Annabelle nickte und versuchte, ihre Fassung wiederzugewinnen. »Danke, Russ. Ich weiß, dass Sie ebenfalls mit ihm befreundet waren.«

»Stimmt. Das waren wir und wir hatten viel Spaß, aber das ist lange her. Wir sind schon lange nicht mehr zusammen losgezogen.«

Annabelle wartete auf eine nähere Erläuterung, die auch kam.

»Sie wissen ja, wie das ist. Irgendwann wird man sich fremd und kann nichts mehr miteinander anfangen.«

»Das ist wohl unvermeidlich«, meinte sie vorsichtig.

»Klar, aber ich war schon sehr gefrustet, als Jerome plötzlich ganz seriös wurde und mir die Freundschaft aufkündigte.«

War das seine Art, ihr mitzuteilen, dass Jerome aufgehört hatte, Kokain zu nehmen, Russ aber nicht? Oder hatte Jerome sich von seinem Partykumpel losgesagt, als er beschloss, ihn in seinem Buch bloßzustellen? Aber vor allem fragte Annabelle sich, ob Russ eben auf dem Bildschirm Jeromes vernichtendes Porträt gelesen hatte oder ob sie es noch rechtzeitig hatte wegblenden können.

»Das tut mir Leid, Russ«, erwiderte sie unbehaglich.

»Mir auch, Annabelle. Mir auch.«

100

Wayne las die Nachricht auf seinem Monitor.

Von: Yelena Gregory
An: alle Mitarbeiter
Unser Kollege Jerome Henning ist gestern Nachmittag verstorben. Jerome, seit zehn Jahren Mitglied der KEY-News-Familie, war ein fähiger Nachrichtenredakteur, der das Recherchieren, eine der wichtigsten journalistischen Pflichten, sehr ernst nahm und mit Kreativität und großem Einsatz an alle Aufgaben heranging. Seine Buchbesprechungen im Morgenmagazin wurden von Millionen von Zuschauern aufmerksam verfolgt und haben die Lesegewohnheiten von Menschen aller Schichten stark beeinflusst.
Eine Trauerfeier für Jerome Henning ist bislang nicht geplant, aber Sie werden selbstverständlich sofort informiert, wenn der Termin feststeht.
Mein aufrichtiges Beileid, wie sicher auch das Ihre, gilt der Familie und den Freunden von Jerome Henning.

Wayne schüttelte den Kopf und seufzte.

Das also bekam man nach einem Jahrzehnt Arbeit. Drei magere Absätze, von denen nur einer tatsächlich von einem selbst handelte. Man konnte Überstunden machen, an freien Tagen malochen und den Urlaub ausfallen lassen, mit ganzem Verstand und ganzem Herzen bei der Sache sein, jede kritische Bemerkung ernst nehmen, die der Chef oder die Kollegen einem an den Kopf warfen, sich deswegen nächtelang schlaflos hin- und herwälzen – und am Ende bekam man einen kurzen Nachruf per E-Mail. Das war alles.

Und das Leben ging weiter, als ob nichts gewesen wäre.

Beim nochmaligen Lesen der E-Mail fiel ihm Yelenas Bemerkung über Jerome und das Recherchieren ins Auge. Nur zu wahr. Der Mann hatte gewusst, wie man an Informationen herankam; er drehte jeden Stein um, um Dinge herauszufinden, die ihn nichts angingen.

Das Wissen, dass Jerome in alten Lokalzeitungen Berichte über den Unfall seines Bruders ausgegraben hatte, schmerzte immer noch. Wayne hatte die Ausschnitte eines Tages auf Jeromes Schreibtisch liegen sehen.

Nein, Jerome hätte die leidvolle Vergangenheit nicht aufwühlen dürfen.

101

In der Damentoilette konnte man sich wenigstens ungestört ausweinen.

Gott, vergib mir, flehte sie stumm. Sie hätte das nicht sagen dürfen. Vielleicht hatte Jerome ja nur bekommen, was er verdient hatte, aber es war wenig christlich gewesen, ihn vor Annabelle so schlecht zu machen. Es war nicht recht, die Toten zu verfluchen.

Beth zog an der Rolle Toilettenpapier, knüllte ein paar Blatt zusammen, putzte sich die Nase und trocknete ihre Tränen. Sie verließ die Kabine und ging zum Waschbecken. Als sie Flüssigseife aus dem Seifenspender pumpte, erstarrte sie.

Die Edelstahlablage über dem Waschbecken war mit weißem Pulver bestäubt.

☆

Joe nahm den hysterischen Anruf entgegen, ordnete die Schließung der Damentoilette an und rief die Polizei. Die speziell ausgebildete Anti-Terror-Einheit der New Yorker Polizei würde sofort kommen.

Als Nächstes informierte er die Chefredakteurin.

»Gott, was denn noch?«, stöhnte sie. »Es wird eine Panik ausbrechen. So schnell, wie sich Nachrichten hier verbreiten, wird bald eine wilde Flucht aus dem Gebäude einsetzen.«

»Nicht, wenn wir Ruhe bewahren«, erwiderte Joe gelassen. »Warten wir doch erst mal ab, was die Experten sagen.«

☆

Beth verlor keine Zeit. Sie rannte in die Nachrichtenzentrale des Morgenmagazins und verkündete, es könnte Milzbrandpulver in der Damentoilette sein. Einige der Nachrichtenjournalisten hoben zwar kaum den Blick vom Monitor, aber die meisten ließen alles stehen und liegen und drei Leute kreischten auf.

Der Redaktionsleiter steckte den Kopf aus seinem angrenzenden Büro und wollte wissen, was der Aufruhr solle.

»In der Damentoilette ist weißes Pulver«, sagte Beth atemlos.

»Haben Sie den Sicherheitschef benachrichtigt?«

»Ja.«

»Gut.« Linus wandte sich an die versammelte Mannschaft. »Also, Leute, wir wollen doch jetzt nicht in Panik geraten. Ich rufe gleich Yelena Gregory an und ich werde Sie ständig auf dem Laufenden halten. Inzwischen machen Sie bitte alle weiter«, befahl er mit einem scharfen Blick auf diejenigen, die schon dabei waren, sich ihre Mäntel zu holen.

✯

»Sie müssen irgendeine offizielle Verlautbarung herausgeben, Yelena, und zwar schnell. Sonst bricht hier eine Meuterei los.« Linus hielt den Hörer ans Ohr gedrückt und starrte aus dem Sichtfenster auf die sich leerende Nachrichtenzentrale.

✯

Von: Yelena Gregory
An: alle Mitarbeiter
Heute Vormittag wurde in der Damentoilette des Morgenmagazins ein weißes Pulver unbekannten Ursprungs entdeckt. Die Polizei und das Gesundheitsamt sind bereits vor Ort. Der Stoff wird untersucht, aber es wird vermutet, dass es sich um Fugenkitt handelt, der als pulvrige Substanz heruntergestäubt ist.

102

Die Krankenschwester trug die Vitalfunktionsdaten in das Krankenblatt ein. Die Frau mittleren Alters, die gestern mit dem Wagen gegen einen Telegrafenmast geprallt war, hatte das Bewusstsein noch nicht wiedererlangt. Aber wenn man sie fragte – sie würde wetten, dass Evelyn Wilkie es packen würde.

Sie tätschelte die Baumwolldecke, unter der die stille Gestalt lag, und schwor sich, heute auf dem Nachhauseweg besonders vorsichtig zu fahren. Das Glatteis war tückisch.

103

Nachdem Annabelle ihre Zusammenfassung von Jeromes Manuskript abgegeben hatte, rief sie an und erhielt die willkommene Bestätigung: Ihr Nasenabstrich war negativ. Die Anwältin, eine Freundin von Constance, hatte sich bereit erklärt, sie notfalls zu vertreten. Alles in allem ein sehr produktiver Vormittag, wenn auch hektisch und ziemlich unschön.

Wieder rief sie zu Hause an, diesmal, um Mike die gute Nachricht mitzuteilen. Als sich niemand meldete, durchfuhr sie die mittlerweile vertraute Sorge: Wo war Mike? Was machte er? Ging es ihm gut?

Im Augenblick konnte sie gar nichts tun, sagte sie sich, nur versuchen, positiv zu denken. Sie würde es später nochmal probieren und hoffen, dass Mike wieder zu Hause sein würde, wenn die Kinder aus der Schule kamen. Sie musste einfach versuchen, ihm wieder zu vertrauen und daran zu glauben, dass er verantwortungsbewusst handeln würde.

Als ihr klar wurde, dass sie den ganzen Tag noch nichts gegessen hatte außer dem halben Bagel, den sie im Taxi auf dem Weg von Radio City zum Sender hinuntergeschlungen hatte, griff sie nach ihrer Geldbörse und machte sich auf den Weg in die Cafeteria. Nach einem Blick auf Salatbüfett und Grill entschied sie sich für ein Delikatess-Sandwich: Putenbrust mit Salat, Tomate und Käse auf Weizenvollkorntoast.

In der Schlange dachte sie an den armen Edgar und seine Familie. Was für traurige Feiertage das für sie werden würden. Dieses Thanksgiving und alle folgenden würden von der Erinnerung an seinen Tod geprägt sein.

Die Kassiererin tippte das Sandwich und die Diät-Cola ein.

»May, wissen Sie vielleicht, wann Edgars Beerdigung ist?«, fragte Annabelle.

Die kleine, korpulente Frau nickte ernst. »Morgen Abend, in der Calvary Baptist Church in der Bronx. Um sieben.«

Annabelle dankte ihr. Sie fand es sonderbar, dass eine Beerdigung abends stattfand, aber so könnte sie es schaffen, daran teilzunehmen. Alle hatten sich auf Jerome konzentriert, aber Edgars Leben war doch wohl genauso wichtig.

104

MIT ERLEICHTERUNG hörte Lily, dass Gavin Winston sich für heute krankgemeldet hatte. Das ganze Wochenende hatte ihr davor gegraut, zur Arbeit zu gehen. Fast hätte sie sich selbst krankgemeldet, aber sie wollte keine Fehlstunden in ihrem Praktikumszeugnis haben.

Sie hatte die unerfreuliche Situation mit ihrer Zimmergenossin durchgesprochen und ihr einen Ausdruck von Winstons Mail gezeigt. Ihre Freundin war empört gewesen und drängte Lily, sich »bei denen da oben« über diesen klaren Fall von sexueller Belästigung zu beschweren.

Ganz oben war Yelena Gregory.

Lily nahm all ihren Mut zusammen und meldete sich im Vorzimmer der Nachrichtenchefin. Die Sekretärin wollte ihr gerade einen Termin geben, als die Chefin aus ihrem Büro kam und Lily interessiert ansah.

»Yelena Gregory.« Sie streckte die Hand aus.

»Ja, ich weiß.« Die junge Frau war ganz durcheinander. »Ich bin Lily Dalton. Ich mache gerade ein Praktikum hier, beim Morgenmagazin.«

»Schön, Sie kennen zu lernen, Lily.«

»Ich würde gerne kurz mit Ihnen sprechen. Es dauert nur eine Minute.«

Yelena blickte auf die Uhr. »Gut. Aber ich habe wirklich nur eine Minute Zeit. Kommen Sie.«

☆

Sobald die Praktikantin das Büro verlassen hatte, rief Yelena die EDV-Sicherheitsabteilung an.

»Ich brauche eine Kopie von allen E-Mails von Gavin Winston«, erklärte sie. »Und besorgen Sie mir die Aufzeichnungen aller Mails, die er im letzten Jahr gesendet hat.«

»Kein Problem, Ms Gregory«, kam als Antwort. »Reine Routine.«

105

Gavin verließ das renommierte Kaufhaus Saks Fifth Avenue und ging die paar Blocks nordwärts zu Fuß, innerlich fluchend, weil Marguerite ihn gezwungen hatte, seine Kreditkarte derartig zu belasten. Über der Kreuzung 5th Avenue und 57th Street hing bereits die riesige elektronische Schneeflocke und verkündete den gut gekleideten Konsumenten, dass das Weihnachtsgeschäft begonnen hatte.

Gavin hatte den neuen Nadelstreifenanzug gleich anbehalten und den Anzug, den er seit Tagen getragen hatte, nach Connecticut schicken lassen, weil er keine Lust hatte, ihn mit sich herumzuschleppen. Aber nun erkannte er, dass das ein Fehler gewesen sein könnte. Wenn Marguerite das Paket in Empfang nahm und es öffnete, würde sie Anfälle kriegen und den Anzug aus Angst, er könnte kontaminiert sein, vielleicht sogar wegwerfen. Bei dem Gedanken krampfte sich sein Magen zusammen. Es war einer seiner Lieblingsanzüge, er hatte ihn bei seinem letzten Kurzbesuch in London gekauft.

Als er in die 57th Street einbog, warf Gavin einen Blick auf sein Spiegelbild in einem Schaufenster: ein großer, distinguiert wirkender, grauhaariger Mann, der zielstrebig seinen Weg ging. Keinesfalls ein jämmerlicher Pantoffelheld.

Heute Abend würde er nach Hause fahren, ob es Marguerite nun passte oder nicht. Aber erst musste er ins Büro und seine E-Mails überprüfen, wegen des Essens mit Lily. Zudem wollte er sehen, ob es neue Entwicklungen im Fall Wellstone gab. Sollte jemand nachfragen, würde er erklären, es ginge ihm gar nicht gut, aber er hätte furchtbar viel zu tun; ganz der hoch motivierte Mitarbeiter, dem die Arbeit über alles ging, egal was kam.

Darüber, dass er sich mit Milzbrand infiziert haben könnte, machte er sich keine Sorgen mehr. Er hatte angefangen, Cipro zu nehmen.

106

YELENA VERFASSTE das Memo selbst, mit dem sie hoffte, die Ängste im Funkhaus weitgehend zu zerstreuen.

Von: Yelena Gregory
An: alle Mitarbeiter
Die Testergebnisse sind eingetroffen, und ich bin froh, sagen zu können, dass die Nasenabstriche alle negativ waren. In keinem einzigen Fall konnten Anthraxerreger nachgewiesen werden. Diese erfreuliche Nachricht wird hoffentlich alle aufatmen lassen. Die Ermittlungsbehörden untersuchen weiter den Tod unseres Kollegen Jerome Henning und der Servicekraft Edgar Rivers. Wir sind zuversichtlich, dass Polizei und FBI, die all ihre bewährten Methoden einsetzen, den Fall bald aufgeklärt haben werden. Der Sender wird sie dabei weiterhin nach besten Kräften unterstützen.
Dr. John Lee, früher ebenfalls bei KEY News, ist vorläufig festgenommen worden, da es Hinweise auf eine Verbindung zwischen ihm und dem Anthraxpräparat gibt, das Jerome Hennings Tod verursacht hat.
Ich möchte Ihnen allen danken für die hervorragende Arbeit, die Sie jeden Tag leisten, selbst unter diesen extrem belastenden Bedingungen. KEY News bleibt

Marktführer wegen der Integrität und des Talents seiner Mitarbeiter. Setzen Sie bitte auch in dieser schwierigen Zeit Ihre großartige Arbeit fort.

107

Lauren, die in der Apotheke gewesen war, schluckte entschlossen die erste Tablette. Sie schaltete den Fernseher an und erwischte gerade noch den Schluss der Sendung von Star-Talkerin Oprah Winfrey. Wie immer fand sie es erstaunlich, dass es einer jungen schwarzen Frau ohne nennenswerte Beziehungen gelungen war, sich ein Multimillionen-Dollar-Medienimperium aufzubauen. Aber wenn Oprah es geschafft hatte, konnte Lauren es auch schaffen. Auch sie konnte ein Star werden.

Beflügelt stand sie vom Sofa auf und trat an den PC, um ihre E-Mails abzurufen. Nachdem sie Yelenas Memo gelesen hatte, fragte sie sich, ob sie sich das mit dem Cipro nicht hätte schenken können. Aber aus Erfahrung wusste sie, dass offizielle Firmenverlautbarungen nicht immer der reinen Wahrheit entsprachen. Manchmal waren sie nur ein Versuch des Managements, die eigenen Interessen durchzusetzen. Und natürlich war die Gregory daran interessiert, ihre Nachrichtenmannschaft zu beruhigen, damit alle brav weiterarbeiteten.

Nein, Lauren war froh, dass sie sich entschieden hatte, das starke Antibiotikum zu schlucken. Sie war entschlossen, den Alptraum im Funkhaus zu überleben. Und an der Spitze zu landen.

108

Das milzbrandverseuchte Taschentuch hatte sein Ziel verfehlt.

Annabelle Murphy wanderte quietschfidel im Funkhaus herum.

Aber mit ihrem Wissen um das, was in Jerome Hennings Manuskript stand, war und blieb sie eine Bedrohung. Schließlich konnte sie sich jederzeit entschließen, ihre eigene Version zu veröffentlichen.

Es stand einfach zu viel auf dem Spiel.

Die Entscheidung, Annabelle zu eliminieren, war bereits getroffen. Wenn es mit den Milzbranderregern nicht geklappt hatte, würde eben eine direktere Methode gefunden werden müssen.

109

Annabelle war erschöpft. Sie war seit vier Uhr morgens auf den Beinen und gestern war sie spät ins Bett gekommen. Am Nachmittag hatte sie ihren Beitrag für die morgige Sendung fertig gestellt, in der Berichte, Geschichten und Interviews über die Freiheitsstatue und Ellis Island geplant waren. Die beiden Moderatoren des Morgenmagazins hatten alte Fotos ihrer Vorfahren zur Verfügung gestellt, die zu den zwölf Millionen Menschen zählten, die ab 1892 über Ellis Island, Amerikas »Tor zur Freiheit«, eingewandert waren, auf der Suche nach politischer Freiheit und in der Hoffnung auf ein neues, erfolgreiches Leben im Land der unbegrenzten Möglichkeiten.

Ihre Aufgabe war es, zwei anderthalbminütige Einspielfilme zu produzieren, in denen erklärt wurde, woher die Vorfahren von Constance und Harry stammten, und ein grober Überblick über die Familiengeschichte gegeben wurde. Als Annabelle die Internetseite von Ellis Island nach Material durchsuchte, versprach sie sich, ihre Mutter einmal nach der eigenen Familiengeschichte zu befragen. Es wäre doch schön, wenn sie den Kindern einmal so etwas Ähnliches über die Wurzeln ihrer eigenen Familie zeigen könnte.

Sie schrieb den Text, faxte ihn Constance und Harry nach Hause, und die beiden sprachen den Text per Telefon aufs Band. Dann übergab sie das Ganze – Sprachaufnahmen, das Video der Fotodokumente und sehr altes Archivfilmmaterial, gedreht für die Wochenschau in der riesigen, hallenden Ankunftshalle von Ellis Island, das Wayne für sie ausgegraben hatte – den bewährten Händen einer der besten Cutterinnen des Morgenmagazins. Damit war ihre Aufgabe erledigt und sie konnte guten Gewissens nach Hause gehen. Und sie wollte unbedingt sofort nach Hause. Zwar hatte Mike vorhin ganz munter geklungen, als sie ihm von ihrem negativen Testergebnis erzählt hatte, aber was war, wenn ihm doch alles zu viel wurde?

Sie war schon auf dem Weg in ihr Büro, ganz automatisch, als ihr einfiel, dass es ja versiegelt war. Sie machte kehrt, um ihre Sachen aus Constances Büro zu holen, als sie Wayne Nazareth auf dem Flur traf. Er sah blass aus.

»Der Archivfilm, den du gefunden hast, war ganz hervorragend, Wayne«, sagte sie. »Vielen Dank.«

»Schon gut«, erwiderte er. »Gehst du nach Hause?«

»Ja, ich muss morgen sehr früh auf Ellis Island sein.«

»Ich auch. Wir sehen uns dort.«

Annabelle sah dem jungen Mann nach, der sich mit hängenden Schultern entfernte.

☆

Bevor sie den Sender verließ, schaute sie noch bei Beth Terry vorbei. Die Aufnahmeleiterin verspeiste gerade ein großes Stück Schokoladenkuchen. *So viel zu ihrer Diät.*

»Beth, ich gehe nach Hause. Wir sehen uns morgen.«

»Ich bin auch fast fertig«, erwiderte Beth, die etwas verlegen dreinschaute. Sie wischte sich hastig den Mund mit einer Serviette ab. »Ich muss nur noch überprüfen, ob alle Leitungswege bestellt sind.«

»Gut. Ich bin um fünf da.« Annabelle wandte sich zum Gehen.

»Annabelle?«

»Ja?«

»Was ich vorhin über Jerome gesagt habe, tut mir Leid. Das war nicht recht von mir. Ich weiß, dass Sie ihn gern hatten, und Sie waren ihm sehr wichtig.«

»Schon gut, Beth.« Annabelle war versucht, noch etwas hinzuzufügen, um zu sehen, ob die andere Frau über ihre Beziehung zu Jerome sprechen wollte, aber Beth senkte den Kopf und konzentrierte sich auf den Pappteller mit dem Kuchen.

☆

Sie hatte ein ganz sonderbares Gefühl, während sie zur U-Bahn-Station Columbus Circle ging – als würde sie verfolgt. Aber jedes Mal, wenn sie sich umdrehte, waren wieder neue Leute hinter ihr und keins der Gesichter kam ihr bekannt vor.

Auf dem Bahnsteig musste sie nur ein paar Minuten warten, bevor ein Zug der Linie Nummer eins schwerfällig hereingerumpelt kam. Jetzt in der Rushhour war es brechend voll; alle wollten sie dem oberirdischen Verkehrschaos aus dem Weg gehen. Annabelle stieg ein und das rhythmische Rumpeln des Zugs auf den Metallschienen lullte sie ein. Sie durfte auf keinen Fall einschlafen, sonst würde sie noch ihre Haltestelle verpassen.

An der Christopher Street stieg sie aus und erklomm die Treppe zur Straße. Die kalte Luft schlug ihr belebend ins Gesicht.

Beim Lieblings-Thai der Familie bestellte sie Hähnchenspieße mit einer Extraportion Erdnusssoße für die Kinder und Num-Tok für sich und Mike – beide liebten sie dieses Gericht mit Rindfleisch, scharfem Chili und Limonen. Wieder mal Essen zum Mitnehmen, aber die Zwillinge würden begeistert sein und heute Abend war sie einfach zu müde zum Kochen.

Als sie das Restaurant verließ, dachte sie, wie schön es doch war, in Greenwich Village zu wohnen, wo alles, was man so brauchte, zu Fuß erreichbar war: Gemüsehändler, Zeitungsladen, Reinigung, Apotheke – und alle nur vorstellbaren Restaurants. Wirklich sehr praktisch. Sie wartete mit den übrigen heimkehrenden Werktätigen an der Fußgängerampel, ganz in Gedanken versunken, als kräftige Arme sie direkt vor einen vorbeifahrenden Bus stießen.

★

Das Kreischen von Bremsen durchschnitt die Abendluft.

»O mein Gott«, schrie eine ältere Frau auf dem Gehweg.

☆

Annabelle fühlte sich vorwärts taumeln, unaufhaltsam auf den Bus zu. Es gab absolut nichts, was sie tun konnte. *Die Kinder. Mike,* schoss es ihr durch den Kopf.

Es dauerte nur Sekunden, aber es kam ihr wie eine Ewigkeit vor, fürchterlich langsam. Sie würde sterben. Wie es wohl sein würde?

Im allerletzten Augenblick erkannte Annabelle, dass sie vielleicht eine Chance hatte, wenn sie sich zu Boden fallen ließ und unter den Bus rollte, zwischen den Rädern hindurch. Dann würde sie vielleicht nicht von ihnen erfasst werden.

Sie hechtete auf den Asphalt, schloss die Augen und wartete darauf, von dem Stahlungetüm überrollt zu werden. Als sie die Augen wieder öffnete, starrte sie auf die dunkle Masse von Röhren und Leitungen an der Unterseite des Busses.

Rasch versammelte sich eine Menschenmenge.

»Alles in Ordnung?« Der Busfahrer, das Gesicht aschfahl, hatte sich hingehockt und schaute sie an.

»Ja. Ja, ich glaube.«

Langsam robbte Annabelle wie eine Raupe unter dem Bus hervor. Der Busfahrer half ihr auf die Beine. Annabelle spürte, wie seine Hand zitterte. Oder zitterte sie?

»Gott sei Dank, dass Ihnen nichts passiert ist«, flüsterte er.

Im Licht der Busscheinwerfer erblickte Annabelle die

dampfenden Hähnchenspieße, über die ganze Straße verteilt. Sie machte eine Bestandsaufnahme. Ihre Hose war zerrissen und ihr Knie aufgeschlagen. Ihre Handflächen waren aufgeschürft. Aber wunderbarerweise schien sie sonst keine Verletzungen davongetragen zu haben.

Ein Passant reichte ihr ihre Geldbörse und den Rucksack. Ein anderer guter Samariter bestand darauf, sie nach Hause zu begleiten.

In einen Geschäftseingang gedrückt beobachtete der Täter, wie sich die Menschenmenge verlief.

110

Zum Abendessen gab es gegrillten Käsetoast und Tomatensuppe aus der Dose. Mike wirtschaftete in der Küche, während Annabelle auf dem Sofa lag. Er brachte ihr einen Becher Suppe und ein paar Schmerztabletten.

»Nimm die«, drängte er. »Ich hätte nie gedacht, dass ich das mal sagen würde, aber lass uns aufs Land ziehen. Ich hasse diese Stadt. Ziehen wir irgendwohin, wo es schön ruhig ist, wo keine Flugzeuge in Hochhäuser krachen und Leute nicht unter den Bus gestoßen werden.«

Gehorsam schluckte sie die Tabletten und spülte sie mit der cremigen Suppe herunter. Die heiße Flüssigkeit tat ihr gut und der Gedanke, in einer friedlichen Kleinstadt zu leben, hatte in diesem Augenblick durchaus seinen Reiz.

»Ich begreife nicht, wieso niemand die Polizei gerufen hat«, erklärte Mike zum wiederholten Male.

»Das war nicht nötig. Mir ist ja nichts passiert.«

Er schaute sie ungläubig an. »Aber du glaubst doch, dass jemand dich vor den Bus gestoßen hat.«

»Ich weiß es ja nicht so genau.« Annabelle trank noch einen Schluck von der Suppe. »Je mehr ich darüber nachdenke, desto weniger sicher bin ich mir. Vielleicht hat mich nur jemand versehentlich angerempelt.«

»Aber du kannst nicht ausschließen, dass jemand dich gestoßen hat«, beharrte Mike. »Und nach allem, was in den letzten Tagen passiert ist, finde ich, dass du die Polizei verständigen musst. Wenn du es nicht tust, mache ich es.«

»Schon gut, ich rufe die Polizei an.«

»Schön.« Er reichte ihr das schnurlose Telefon. »Ich bring inzwischen die Kinder ins Bett.«

☆

»Guck mal.« Thomas hielt ihm die Hand hin.

Mike wischte den Seifenschaum ab. »Was ist denn, Thomas? Ich seh nichts.«

»Neben meiner Stelle, Papa. Da ist so ein Hubbel.«

Sein Vater beugte sich hinab, um den Kinderfinger genau zu inspizieren. »Der Schnitt heilt gut, Thomas.«

»Aber es juckt so«, jammerte das Kind.

»Schatz, vielleicht hast du da einen kleinen Insektenstich, aber das ist kein Grund zur Sorge. Kommt jetzt, raus aus der Wanne. Trocknet euch ab und zieht eure Schlafanzüge an.«

Dienstag, 25. November

111

»Wie bitte?! Willst du eine Medaille als Märtyrerin des Jahres gewinnen?« Mike hatte das Licht angemacht. Aufrecht im Bett sitzend sah er zu, wie sie sich anzog.

»Nerv mich nicht, Mike«, ächzte Annabelle. »Ich bin nicht in der Stimmung für dein Gemecker.«

Das war ein Rollentausch. In den letzten Monaten war Mike derjenige gewesen, der sie regelmäßig angefahren hatte. Annabelle empfand es als befreiend, zur Abwechslung mal selbst ihren Ärger herauslassen zu können.

Alles tat ihr weh, und sie stöhnte laut auf, als sie die Strumpfhose über den Verband am Knie zog. Plötzlich kam ihr in den Sinn, dass es draußen im Hafen lausig kalt sein würde. Sie zog die Nylons wieder aus und durchwühlte die Kommode nach einem Paar Thermo-Leggings, die sie unter der Hose tragen konnte.

»Man darf sich mal ab und zu einen Tag freinehmen, Annabelle, vor allem, wenn man am Abend vorher unter einen Bus geraten ist. Herrgott noch mal, wenn Linus Nazareth dafür kein Verständnis hat, solltest du dir einen neuen Chef suchen.« Mike klang ungehalten.

Sie wirbelte herum: »Linus Nazareth wäre es schnuppe, wenn der Bus mich *platt gewalzt* hätte. Sein Interesse gilt einzig und allein der Sendung. Und was die Suche nach einem neuen Chef angeht, Mike, so ist dir vielleicht noch nicht aufgefallen, dass die Jobs heutzutage nicht auf der Straße liegen. Da draußen wird mit harten Bandagen gekämpft, und diese Familie ist auf meine Arbeit angewiesen, um ihren Lebensunterhalt zu bestreiten.«

Annabelle bedauerte die Worte, kaum dass sie sie ausgesprochen hatte. Die kurze Befriedigung, die das Dampfablassen ihr bereitet hatte, stand in keinem Verhältnis zu dem verletzten Ausdruck auf Mikes Gesicht.

»Es tut mir Leid, Schatz.« Sie ging zum Bett hinüber und setzte sich neben ihn.

»Nein, du hast ja Recht. Ich bin meinem Teil der Verantwortung in letzter Zeit nicht gerecht geworden«, sagte Mike ruhig. »Ich habe dich und die Kinder im Stich gelassen.«

»Ach, Mike, das darfst du nicht denken. Du hast so viel durchgemacht, Liebster. Gerade weil du ein so guter und anständiger Mensch bist, war das alles einfach zu viel für dich. Und du weißt doch, mein Schatz, dass du nicht der Einzige bist, der so reagiert hat. Vielen Menschen geht es ebenso wie dir.«

Mike biss sich auf die Unterlippe und starrte auf seine Hände. »Aber es geht mir schon besser, Annabelle. Vielleicht kann ich schon bald wieder zur Wache gehen.«

Annabelle gab ihm einen zärtlichen Kuss auf die Wange. »Ich weiß, dass du das tun wirst, Mike. Wenn du so weit bist. Und falls du dich für eine berufliche Veränderung entschließt, ist das auch in Ordnung. Ich unterstütze dich, egal, wie deine Entscheidung ausfällt. Ich unterstütze dich bei allem, was du tun möchtest. Doch bis es so weit ist, müssen wir irgendwie unsere Rechnungen bezahlen. Deshalb lass mich jetzt zur Arbeit gehen, ja?«

Schimpfend durchwühlte Annabelle den Schrank.

»Was ist denn los?«, fragte Mike.

»Ich kann meine schwarze Wollhose nicht finden.«

»Sie ist nicht da, Annabelle.« Er hatte ganz vergessen, es ihr zu sagen.

»Ach so. Hast du sie in die Reinigung gebracht?«

»Nein«, entgegnete er trotzig. »Ich habe sie weggeworfen.«

Entgeistert starrte sie ihn an.

»Ich habe alle Sachen weggeworfen, die du letzte Woche getragen hast.«

»Das ist ein Scherz, oder?«

»Nein, das ist kein Scherz. Ich wollte jedes Risiko einer Anthraxinfektion ausschalten.«

Annabelle hatte weder die Zeit noch die Lust, sich auf einen weiteren Streit mit ihm einzulassen. Verärgert wandte sie sich wieder dem Schrank zu und suchte sich etwas anderes zum Anziehen aus.

112

Es war noch dunkel und kalt, als Annabelle mit der Fähre nach Ellis Island übersetzte. Der feuchtkalte Wind peitschte ihr ins Gesicht, als sie allein auf dem Außendeck stand und über den noch ruhigen Hafen zur Freiheitsstatue hinüberschaute. Doch nach einigen Minuten zog sie sich in den geschützten Innenraum der Fähre zurück und stellte sich dort ans Fenster. Es würde ein langer Tag werden, und sie wusste, dass sie ihre Kräfte schonen musste.

Harry Granger sollte sich von der Freiheitsstatue aus

melden, während Constance am Ellis Immigration Museum Station beziehen würde. Annabelle stellte erleichtert fest, dass Constance bereits auf der Fähre war. Sie setzte sich neben die Freundin, streckte ihre aufgeschürften Handflächen aus und berichtete, was ihr gestern Abend auf dem Heimweg von der Arbeit passiert war.

»Mike hat darauf bestanden, die Polizei zu rufen, obwohl ich nicht mal sicher bin, ob mich wirklich jemand geschubst hat.«

»Mike hatte ganz Recht«, erklärte Constance streng. »Was hat die Polizei gesagt?«

»Sie haben die Daten aufgenommen, aber ich hatte nicht den Eindruck, dass sie wirklich in der Lage sind, etwas zu unternehmen. Ich konnte ihnen keine Beschreibung geben und alle potenziellen Augenzeugen waren längst verschwunden. Wenn nicht noch irgendjemand auftaucht und aussagt, er habe gesehen, dass ich gestoßen wurde, hat die Polizei im Grunde nichts in der Hand.«

*

Die Fähre legte an der Landestelle an und entließ die Passagiere auf die Insel. Als Annabelle auf das majestätische Hauptgebäude mit seinen Ziegeln, Türmchen und Kupferkuppeln zuging, versuchte sie sich vorzustellen, wie den Einwanderern hier zu Mute gewesen war. Wie hatten sie sich wohl gefühlt, als sie nach der langen Schiffsreise hier ankamen, ihr gesamtes Hab und Gut in einem ramponierten Seesack verstaut, der Sprache des neuen Landes nicht mächtig? Was für komplexe, widersprüchliche Gefühle sie bewegt haben mussten! Einerseits hatten sie ihre Heimat und ihre Freunde verlassen, andererseits waren sie erfüllt von der freudigen Hoffnung auf ein neues, besseres Leben im fremden Amerika.

Annabelle und Constance betraten den Gepäcksaal, die Stätte, an der die Einwanderer erstmals einen Fuß in das Hauptgebäude setzten. Beth Terry wartete zwischen den historischen Gepäckstücken, die im Saal ausgestellt waren.

»Sie wollen sich bestimmt ein bisschen umschauen«, Beth händigte Constance ein Informationspaket aus, »und sich mit den Örtlichkeiten vertraut machen.«

»Und was mache ich?«, fragte Annabelle.

»Im Moment haben wir alles im Griff. Aber wenn die Gäste eintreffen, haben Sie die Aufgabe, sie zu begleiten.«

»Alles klar. Das müsste zu schaffen sein. Bis dahin werde ich Constance Gesellschaft leisten. Ich bin noch nie hier gewesen und hab mich schon die ganze Zeit auf die Besichtigung gefreut.« Zu den wirklich schönen Seiten ihres Berufs gehörte, dass man viele interessante Dinge zu sehen bekam, die man sonst vielleicht nicht zu sehen bekäme – und auch noch dafür bezahlt wurde.

Sie gingen durch die wundervoll restaurierte Ankunftshalle, einst der Dreh- und Angelpunkt der Einwanderungsprozedur – der Ort, an dem entschieden wurde, ob die Neuankömmlinge in den USA bleiben durften oder ob man ihnen den Zutritt verwehrte. Staunend betrachteten sie die *Wall of Honor*, die größte Namenswand der Welt, auf der die Namen und Ankunftsdaten von 420 000 Einwanderern verzeichnet waren. Laut Constances Informationsmaterial gab es insgesamt dreißig Galerien und Ausstellungen: Eine Fülle von Objekten,

Fotos und Schautafeln, zahllose Film- und Tonbandaufnahmen sowie interaktive Systeme gaben Aufschluss über die Geschichte der Insel und das Schicksal der Einwanderer, die gekommen waren, um Amerika zu besiedeln. Constance und Annabelle konnten sich unmöglich alles anschauen, aber was sie unbedingt noch sehen wollten, war der Anhörungsraum, eine Art kleiner Gerichtssaal, in dem man über strittige Fälle entschieden hatte. Zum Schluss warfen die beiden noch einen Blick in den Schlafbereich, wo viele Immigranten die erste Nacht verbracht hatten.

»Ist es nicht unglaublich, Annabelle, dass Menschen auf so engem Raum zusammengepfercht waren?«

»Schrecklich.« Sie schauderte. »Aber wenn man verzweifelt ist, kann man oft mehr aushalten, als man denkt.«

»Was ist los?«, fragte Constance, als sie den gequälten Ausdruck im Gesicht der Freundin sah.

»Es ist nur mein Knie. Ich glaube, ich gehe lieber zurück und versuche, mich vor der Sendung noch eine Weile auszuruhen.« Auf dem Rückweg dachte Annabelle daran, wie haarscharf sie an einer Katastrophe vorbeigeschlittert war. Hätte Mike die Kinder allein aufziehen können, wenn sie ums Leben gekommen wäre? Wäre er dieser Aufgabe gewachsen gewesen?

☆

Für seinen Beitrag hatte Russ eine Montage aus mehreren Filmclips über unterschiedliche Einwanderungserfahrungen zusammengestellt. Zu den Filmen, die er ausgewählt hatte, gehörten unter anderem *Der Auswanderer* von

Charlie Chaplin, der darin seine eigene Einwanderung im Jahre 1910 verarbeitet hatte, Elia Kazans *Die Unbezwingbaren* über Einwanderer des 19. Jahrhunderts und ihren Traum vom gelobten Land, ferner *Der Pate, Teil II*, von Francis Ford Coppola, jene Folge, in der das Leben des Paten mit den Erfahrungen seines Vaters kontrastiert wird, der als junger Einwanderer nach New York City gekommen war; und schließlich *In einem fernen Land*, ein Film von Ron Howard über einen armen irischen Bauern, der die Tochter eines reichen Grundbesitzers kennen lernt und 1893 mit dem Schiff nach Amerika aufbricht, um sein Glück bei der großen Landvergabe von Oklahoma zu machen.

Normalerweise ließ der Redaktionsleiter die Abnahme durch Dominick O'Donnell machen, aber diesmal wollte Linus sich den Beitrag unbedingt selbst ansehen, bevor er ausgestrahlt wurde. Russ gefiel diese penible Kontrolle überhaupt nicht.

Er wartete angespannt, während das Bild- und Tonmaterial über den Monitor flimmerte, und atmete erleichtert auf, als Linus' Urteil positiv ausfiel. »Gute Arbeit«, brummte er.

Bevor Russ auch nur »Danke« sagen konnte, hatte Linus sich schon wieder umgedreht und war gegangen.

Er hätte sich keine Sorgen machen müssen. Er hatte die Ansprüche des Themas und der Redaktion inhaltlich und formal erfüllt, und es wurde nichts rezensiert oder bewertet. Es war ein objektiver Überblick, professionell gemacht. Nur die Fakten und nichts als die Fakten.

Doch die Clips stammten alle aus Opas Kino. Es waren keine Ausschnitte aus aktuellen oder gerade anlaufenden Filmen dabei. Nichts, das Russ irgendwie öffentlich ausschlachten und zu Geld machen konnte. Bis sich die Situation im Morgenmagazin etwas beruhigt hatte, musste er sich zurückhalten, auf Nummer Sicher gehen und Linus genau das vorlegen, was er sehen wollte.

☆

Annabelle begleitete den Gast mit seinen Siebensachen durch den Gepäcksaal.

»Sie können die Sachen gleich hier aufstellen«, erklärte sie.

Während der Vertreter des Gepäckherstellers moderne Koffer in den unterschiedlichsten Formen, Farben und Größen arrangierte, traf Lauren Adams ein.

»Zunächst zeigen wir dem Zuschauer einige der Taschen und Seesäcke, die die Einwanderer benutzten, und vergleichen sie dann mit dem heutigen Angebot an Koffern und Taschen«, erklärte Lauren dem Vertreter noch einmal, denn der Gepäckhersteller erhoffte sich schließlich einen Profit von dem Filmbeitrag.

Annabelle konsultierte ihre Notizen, um zu sehen, welcher Gast als Nächstes erwartet wurde, und machte sich wieder auf den Weg zum Haupteingang, um ihn in Empfang zu nehmen.

»Annabelle, Sie humpeln ja«, rief Lauren. »Was ist denn passiert?«

»Bin gefallen. Keine große Sache. Mir geht's gut.«

Lauren sah ihr skeptisch nach.

☆

Er entdeckte sie am Getränkestand, ging hinüber und schenkte sich eine Tasse Kaffee ein.

»Ich hab Sie vermisst, Lily, als ich gestern Nachmittag ins Büro gekommen bin. Ich hatte gehofft, dass wir zusammen zu Abend essen könnten«, schnurrte Gavin. *Stattdessen bin ich nach Hause zu Marguerite gegangen,* dachte er, insgeheim vor Wut kochend, *nachdem ich getan hatte, was getan werden musste.*

»Tut mir Leid, Mr Winston. Ich hab's nicht geschafft«, erklärte die Praktikantin und schnappte sich einen Donut. »Ich muss jetzt los. Ich habe Beth versprochen, ihr zu helfen.«

Es war ein hastiger Rückzug, und Gavin merkte genau, dass Lily ihm aus dem Weg zu gehen versuchte. Es war unübersehbar.

Er hatte diese Erfahrung schon oft gemacht, zu oft.

☆

Mit einem drahtlosen Mikro, das am Kragen ihres Pullovers befestigt war, wanderte Constance durch die gewaltige Ankunftshalle und rezitierte die von Emma Lazarus im Jahr 1885 verfassten Worte: »Schickt mir, die arm sind und geschlagen, bedrückte Massen, die's zur Freiheit drängt, der Länder Abfall, elend, eingeengt, die Heimatlosen schickt, vom Sturm getragen, zum goldnen Tor, dahin mein Licht sie lenkt.«

Der in der Luft kreisende Hubschrauber sandte Luftbilder von der Freiheitsstatue und Ellis Island amerikaweit in die Wohnzimmer der Zuschauer.

»Guten Morgen, ich bin Constance Young und berichte vom Einwanderungsmuseum auf Ellis Island.«

Im Regieraum des Senders wurde das Signal zum Kamerawechsel gegeben.

»Und hier spricht Harry Granger von der Freiheitsstatue.« Ein rotnasiger Harry erschien am Fuß der Statue. »Es ist Dienstag, der 25. November, und hier ist ›Amerika am Morgen‹.«

Die Kamera wechselte wieder zu Constance.

»Während der Blütezeit von Ellis Island trafen hier täglich Tausende von Einwanderern ein. Jeder hoffnungsvolle Ankömmling wurde schon, während er mit seinem Gepäck die steile Treppe zum Obergeschoss emporstieg, das erste Mal begutachtet. Wer zu viel Mühe damit hatte, seinen Koffer hochzuschleppen, zu krank aussah oder geistesschwach wirkte, wurde von den Ärzten zurückgewiesen. Über hundert Millionen Amerikaner können ihre Abstammung auf einen Emigranten zurückführen, dessen Name hier in den Listen der Aufsichtsbeamten festgehalten wurde. Für die Einwanderer war dieser Ort quasi der Inbegriff des Aufbruchs – wie ›Amerika am Morgen‹.«

Nette Überleitung, dachte Annabelle, die der Anmoderation vom rückwärtigen Teil des riesigen Saals aus zuhörte, als plötzlich lautes Rufen von draußen hereindrang.

☆

Annabelle eilte aus dem großen Saal und ging in Richtung des Lärms.

»Was ist los?«, rief sie zu den Technikern hinüber, die aus dem historischen Anhörungssaal hasteten, in dem einst über das Schicksal einzelner Einwanderer entschieden worden war.

»Jemand hat da drin weißes Pulver auf dem Boden entdeckt.«

☆

Der Raum wurde versiegelt, die Polizei gerufen und hastig umdisponiert, ein Dreh im Anhörungssaal war schließlich unmöglich geworden. Das alles geschah, ohne dass die Zuschauer daheim vor ihren Fernsehgeräten irgendetwas mitbekamen. Das Team des Morgenmagazins setzte seine Arbeit fort, blickte verstohlen auf die Armbanduhren und zählte die Minuten, bis die Übertragung beendet sein würde und man wieder zurück auf die Fähre konnte.

Am Ende der Sendung war sich die Polizei ziemlich sicher, dass es sich bei dem weißen Pulver um harmlosen Donut-Zucker handelte, den ein Leckermaul vom Fernsehen versehentlich verstreut hatte.

113

So konnte man einfach nicht leben.

Annabelle fühlte Wut in sich hochsteigen, während sie gemeinsam mit den anderen auf der Fähre zurückfuhr. Die majestätische Freiheitsstatue streckte ihre Fackel in den bedeckten Morgenhimmel. Groß, stolz und stark stand die kupferhäutige Frau mit ihrer fließenden Robe im Hafen, doch die amerikanischen Bürger, die gerade zusammen mit Annabelle an diesem Symbol der Freiheit vorüberfuhren, fühlten sich unsicher und verängstigt.

Annabelle verfluchte diese neue Welt des unberechenbaren Terrors und der unvorhersehbaren Gewalttaten, die zu grauenvoll waren, um sie zu begreifen. So sollten Menschen nicht leben müssen – in ständiger Angst vor dem nächsten furchtbaren Ereignis, das sie treffen könnte, während sie ihren ganz normalen Alltagsbeschäftigungen nachgingen.

Frustriert schlug sie mit der Hand gegen die Reling und zuckte zusammen, als ihre aufgeschürfte Hand auf das Metall traf und sie an ihren gestrigen Unfall erinnerte. Wenn es denn ein Unfall gewesen war.

Als sie die Fähre verließ, hatte Annabelle einen Entschluss gefasst. Sie konnte vielleicht keinen Einfluss auf die Weltpolitik oder die Absichten von Terroristen nehmen, aber sie war entschlossen, alles in ihrer Macht Stehende zu tun, um herauszufinden, wer Milzbrand und die Angst in ihr Leben gebracht hatte.

114

Clara Romanski stand heute Morgen als Erste auf der Liste.

Die Leiche wurde aus der langen Schublade gezogen und unter das gleißende Licht gerollt. Dann begann die Obduktion.

»Bei einer ersten groben Untersuchung fallen deutlich vergrößerte hämorrhagische Lymphknoten im Mediastinum auf«, diktierte der Rechtsmediziner mit lauter Stimme.

Dann schnitt er Proben aus Milz und Leber heraus, um sie für weitere Untersuchungen ins Labor zu schicken.

115

Yelena, der klar war, dass das Nachrichtenteam nach der Panik auf Ellis Island beruhigt werden musste, kam zur morgendlichen Redaktionskonferenz.

»Der Labortest hat bestätigt, was die Polizei bereits vermutete. Bei dem Puder handelte es sich um harmlosen Donut-Zucker«, verkündete sie.

»Ist die Polizei sich sicher, dass es kein Anthraxpulver war?«, fragte Wayne angespannt. »Ich hab mich in dem Raum aufgehalten.«

»Ja, ganz sicher. Von daher können Sie also alle ganz unbesorgt sein.«

»Bis zum nächsten Mal«, murmelte Gavin leise vor sich hin.

Yelena durchbohrte ihn mit einem vernichtenden Blick. »Diese Art von Zynismus ist absolut kontraproduktiv, Gavin.« Er sollte sich bloß nicht einbilden, dass alles vergeben und vergessen war. Noch ein oder zwei belastende E-Mails und er war weg vom Fenster.

»Wenn es keine weiteren Fragen gibt, sollten Sie die Konferenz jetzt fortsetzen«, wies Yelena die Gruppe an.

☆

»Heute Nacht kommt ein richtig schöner Sturm aus Nordwest zu uns rüber«, verkündete Caridad Vega.

»Wie lange wird er anhalten?«, fragte Linus, der an nichts anderes als an seine Sendung am nächsten Morgen dachte.

Die Wetterfrau zuckte die Achseln. »Könnte bis morgen Nachmittag dauern.«

Die Pläne für eine Außenübertragung von den weihnachtlich geschmückten Schaufenstern der Kaufhäuser wurden fallen gelassen.

»Gut, wir senden morgen aus dem Studio und machen die Schaufenster dann Freitag«, entschied Linus.

»Ich bin absolut dafür«, bemerkte Harry Granger. »Nachdem ich mir heute Morgen bei Lady Liberty fast den Arsch abgefroren habe, kommt mir das sehr gelegen.«

Damit mussten auf die Schnelle neue Themen gefunden werden, und die Konferenz zog sich in die Länge, während die Aufgaben verteilt wurden.

»So, Leute, das war's. An die Arbeit!«, befahl Linus.

»Einen Moment noch. Ich möchte noch etwas sagen.«

Linus schaute Annabelle an, als ob sie zwei Köpfe hätte. Wenn er die Redaktionskonferenz für beendet erklärte, war sie beendet. Er hatte hier das Sagen und sonst niemand.

Annabelle sah, dass ihr Chef verärgert war, aber sie machte trotzdem weiter. »Also, ich finde, dass es mir irgendwie zusteht, das Wort zu ergreifen«, fing sie an. »Ich habe einen guten Freund verloren, und etwas, das er mir anvertraut hat, ist mir gestohlen worden. In meinem Büro wurden Anthraxsporen gefunden und gestern Abend, auf dem Heimweg von der Arbeit, hat man möglicherweise versucht, mich vor einen Bus zu stoßen.«

Das Nachrichtenteam versammelte sich murmelnd um den Konferenztisch.

»Deshalb humpeln Sie also«, warf Lauren ein, stolz auf ihre Beobachtungsgabe.

»Ja, deshalb humple ich und deshalb sehen meine Hände so aus.« Annabelle zeigte ihren geschockten Kollegen die aufgeschürften Handflächen.

»Oh, Annabelle, das ist ja furchtbar«, kreischte Beth.

»Mir geht's gut«, wischte Annabelle das Mitleid beiseite. »Doch jetzt ist mir etwas in den Sinn gekommen, das mich beunruhigt: Man hat zwar Dr. Lee wegen der Anthraxgeschichte verhaftet, und vielleicht stellt sich sogar heraus, dass er irgendwie für die Vergiftung von Jerome verantwortlich ist. Aber er konnte gestern Abend unmöglich in Greenwich Village sein, als dieser Bus meinen Weg kreuzte. Und wenn jemand versucht, mich umzubringen, muss ich herausfinden, wer das ist.«

»Haben Sie die Polizei verständigt?«, fragte Yelena.

»Ja.«

»Dann arbeiten sie an der Sache.«

»Bei allem Respekt, Yelena, ich glaube nicht, dass das genügt. Bis die Polizei den Fall gelöst hat, sofern ihr das überhaupt gelingt, könnte es zu spät sein. Denken Sie an Edgar Rivers. Was hat man denn da bis jetzt herausbekommen?«

Yelenas Schweigen sagte mehr als alle Worte.

»Also, ich habe folgende Bitte«, sagte Annabelle mit beschwörender Stimme. »Wenn jemand von Ihnen eine Idee hat oder etwas weiß, das vielleicht zur Aufklärung der Ereignisse beitragen könnte, möchte ich, dass er zu mir kommt und mit mir redet. Oder besser noch – ich komme zu Ihnen und rede mit jedem Einzelnen.«

»Annabelle, das ist Sache der Polizei«, beharrte Yelena.

»Tut mir Leid, Yelena, aber ich bin davon überzeugt, dass es das Beste ist, mein Schicksal selbst in die Hände zu nehmen. Auch wenn meine Hände gerade voller Schrammen sind.«

116

Evelyn versuchte blinzelnd, die Augen zu öffnen, und spürte ein dumpfes Pochen im Kopf.

Wo war sie?

Eine in Weiß gekleidete Frau stand neben ihrem Bett.

»Guten Morgen, Mrs Wilkie. Schön, dass Sie wieder bei uns sind«, sagte die Krankenschwester mit beruhigender Stimme.

»Was ist passiert?«, flüsterte Evelyn und versuchte sich zu erinnern.

»Sie hatten einen Unfall, Mrs Wilkie, und haben zwei Tage lang geschlafen.«

Die vereiste Straße. Der Telefonmast. Das Hämmern in ihrem Kopf.

Evelyn versuchte, sich aufzusetzen, fiel aber sofort nach hinten aufs Kissen zurück.

»Entspannen Sie sich. Ich rufe jetzt den Arzt und er wird gleich kommen, um nach Ihnen zu sehen.«

Als die Schwester aus dem Zimmer ging und Evelyn das quietschende Geräusch ihrer Gummisohlen auf dem Fußboden hörte, fiel es ihr wieder ein:

Clara.

117

Die Teppiche in ihrem Büro wurden mit Dampfdruck gereinigt und die Wände frisch gestrichen. Es würde noch einige Tage dauern, bevor sie sich hier wieder häuslich niederlassen konnte.

»Darf ich meine Zelte heute noch mal bei dir aufschlagen?«, fragte Annabelle ihre Freundin, als sie den Konferenzraum verließen.

»*Mi casa es su casa*, Schätzchen«, lächelte Constance. »Ich werde ja wohl kein allzu großes Risiko eingehen, wenn ich mit dir herumhänge, oder?«, scherzte sie. »Im Funkhaus wird uns schon nichts passieren.«

»Das hat Edgar Rivers vermutlich auch gedacht.«

☆

Obwohl es an der Westküste noch ziemlich früh war, wollte Annabelle bei Jeromes Bruder anrufen, ihm ihr Beileid aussprechen und hören, ob sie irgendwas für ihn tun konnte.

»Ich hoffe, ich hab dich nicht geweckt«, entschuldigte sie sich, als Peter Henning sich am Telefon meldete.

»Nein, überhaupt nicht. Ich bin schon früh aufgewacht. Ich kann einfach nicht schlafen.«

»Das verstehe ich gut, Peter. Ich wollte dir nur gern persönlich sagen, wie Leid mir das mit Jerome tut.«

»Danke, Annabelle. Du weißt sicher, dass Jerome große Stücke auf dich hielt.«

»Ich hab ihn auch sehr gern gehabt, Peter. Er wird uns fehlen, nicht wahr?«

Sie hörte, wie in dreitausend Meilen Entfernung eine Zigarette angezündet wurde.

»Ja, er wird uns fehlen. Und ich finde es furchtbar, dass Jerome und ich uns in den letzten Jahren nicht so oft gesehen haben, wie es möglich gewesen wäre. Mir wird klar, dass es vieles in Jeromes Leben gab, von dem ich nichts wusste.«

»Gibt's irgendwas, worüber ich dich aufklären könnte?«, fragte Annabelle.

»Nun, die Polizei hat mich ins Haus gelassen und mir erlaubt, einige Dokumente von Jerome mitzunehmen ... In einem der Ordner fand ich einen Vertrag. Jerome hat anscheinend an einem Buch gearbeitet.«

»Ja, ich wusste, dass er an einem Buch schrieb, aber ich wusste nicht, dass er bereits einen Verlag dafür gefunden hatte.« Annabelle spürte einen kleinen Stich der Enttäuschung, weil der Freund sich ihr nicht anvertraut hatte.

»Nein, es ist kein Vertrag mit einem Verlag«, entgegnete Peter. »Es ist ein Vertrag mit Linus Nazareth über ein Buch, das Jerome als Ghostwriter schreiben sollte. Er enthält eine Geheimhaltungsklausel.«

☆

Nachdem sie sich ihre Notizen über Jeromes Manuskript ausgedruckt hatte, las sie alles noch einmal durch.

Sie konnte genauso gut ganz oben anfangen und das Schlimmste hinter sich bringen. Sie tappte völlig im Dunkeln, sie wusste nicht genau, was sie finden würde oder wonach sie eigentlich suchte. Sie hoffte einfach, dass sie es erkennen würde, wenn sie darauf stieß.

Linus telefonierte gerade, als sie in sein Büro trat. Er sah verärgert hoch, als Annabelle sich an der Tür aufpflanzte. Sie wartete, während er sein Gespräch beendete, fest entschlossen, sich nicht von ihrem notwendigen Vorhaben abbringen zu lassen. Ohne sich dafür zu entschuldigen, dass sie ihm so ungeniert auf die Pelle rückte, marschierte sie schnurstracks in sein Büro und setzte sich.

»Ich will die Karten auf den Tisch legen, Linus«, fing

sie an. »Ich weiß, dass Jerome Ihr Buch geschrieben hat. Als Ghostwriter.«

Der Mann war aalglatt. Wenn ihre Worte ihn aus der Fassung gebracht hatten, ließ er sich das jedenfalls nicht anmerken.

»Ja, und?« Linus lehnte sich in seinem Stuhl zurück. »Das ist nicht strafbar. Strafbar ist dagegen, wenn eine Person, die sich vertraglich verpflichtet hat, Stillschweigen zu bewahren, und die ein angemessenes Honorar kassiert hat, anschließend diesen Vertrag bricht und das Geheimnis preisgibt.«

»Wie praktisch, wenn der Ghostwriter stirbt und das Geheimnis mit ins Grab nimmt«, platzte Annabelle heraus.

Das Grinsen des Redaktionsleiters sprach Bände. »Hören Sie, Annabelle, ich habe nichts mit Jeromes Tod oder Ihren sonstigen Problemen zu tun.«

»Auch nicht mit dem Mord an Edgar Rivers?«, fragte Annabelle herausfordernd, wohl wissend, dass sie jetzt möglicherweise zu weit ging.

»Auch nicht mit dem Mord an Edgar Rivers«, bestätigte er. »Aber ich kann nicht leugnen, dass die Dinge durch Jeromes Tod für mich sehr viel einfacher geworden sind.«

Angewidert erhob sich Annabelle von ihrem Stuhl, um das Büro zu verlassen. An der Tür drehte sie sich noch einmal um.

»Ich weiß, dass er das Buch geschrieben hat, Linus. Und für den Fall, dass mir etwas zustoßen sollte, habe ich ein Schriftstück hinterlegt, aus dem hervorgeht, dass Jerome der Verfasser ist«, log sie.

☆

Nachdem Annabelle das Büro verlassen hatte, schloss Linus die Tür. Er ging zu seinem Bücherschrank, nahm den Football-Helm aus dem Regal und setzte ihn auf.

Seine Sekretärin, die im Zimmer neben seinem Büro saß, hörte das rhythmische Dröhnen, als Linus mit dem Kopf gegen die Wand schlug.

118

Die FBI-Agenten Lyons und McGillicuddy saßen im hinteren Teil des Raums und warteten gespannt, zu welchen Ergebnissen ihre Ermittlungstätigkeit führen würde. Ganz vorn saß Dr. John Lee neben seinem Anwalt Christopher Neuman, der den Fall seines Mandanten gerade der Richterin vortrug.

»Dr. Lee ist nicht nur ein angesehener Mediziner und Journalist, sondern vor allem auch ein besorgter Bürger, dessen einziges Ziel es war, die amerikanische Öffentlichkeit über die Gefahren aufzuklären, die durch die leichte Zugänglichkeit von waffenfähigen Anthraxsporen drohen. Er sollte sofort gegen Kaution auf freien Fuß gesetzt werden.«

Der stellvertretende Staatsanwalt teilte diese Auffassung nicht. »Im Gegenteil, Euer Ehren«, lehnte er den Antrag ab. »Unserer Ansicht nach liegen hinreichende Gründe vor, um Dr. Lee schwere Straftaten zur Last zu legen. Dr. Lee hat sich auf gesetzeswidrige Weise in den Besitz einer Massenvernichtungswaffe gebracht, und die Staatsanwaltschaft wird beweisen, dass es sich bei dem von Dr. Lee gestohlenen Anthraxpräparat um eben das Anthraxpräparat handelt, mit dem Mr Jerome Henning in

Berührung kam und das seinen Tod verursachte. Wir haben guten Grund zu der Annahme, dass Dr. Lee ein Mörder ist. Er stellt eine Gefahr für die Allgemeinheit dar. Auch potenzielle Zeugen in diesem Fall könnten in Gefahr sein. Es besteht also erhebliche Fluchtgefahr.«

Die Richterin war im gegenwärtigen Klima nicht geneigt, irgendwelche Risiken einzugehen.

»Der Verdächtige bleibt bis zum Haftprüfungstermin am Freitag in Gewahrsam«, ordnete sie an. »Dann wird auch entschieden, ob eine Kaution ausgesetzt wird und wenn ja, in welcher Höhe.«

Lee senkte verzweifelt den Kopf und fragte sich, wie seine ehrgeizigen Pläne in einem so vollständigen Desaster hatten enden können. Sein Plan von journalistischem Ruhm hatte nicht vorgesehen, dass er sich irgendwann auf dem Weg in ein Bundesgefängnis in der Nähe der Brooklyn Bridge in Lower Manhattan befinden würde, wo eine winzige Zelle mit einem Etagenbett auf ihn wartete. Es war alles ein schreckliches Missverständnis. Er hatte doch niemandem schaden wollen.

»Machen Sie sich keine Sorgen, John«, versuchte sein Anwalt ihn zu beruhigen. »Die müssen beweisen, dass Sie mit Vorsatz gehandelt haben – dass Sie Jerome Henning absichtlich schaden wollten.« Der Anwalt tätschelte Lees Arm. »Ihre Absicht war es, die Öffentlichkeit aufzuklären, damit niemand Anthraxpulver als Waffe einsetzen kann. Das wird eine harte Nuss für die Staatsanwaltschaft. Solange die nicht nachweisen können, dass Sie Jerome Henning *vorsätzlich* verletzen wollten, werden Sie von jedem Gericht freigesprochen.«

119

Lauren und Gavin waren mit einem Kamerateam unterwegs und Wayne war nirgends zu finden, aber Russ Parrish saß in seinem Büro. Er schaute sich einen Film mit der großartigen Meryl Streep auf seinem Fernseher an.

»Russ, haben Sie mal eine Minute Zeit für mich?«

»Ich hab mir schon gedacht, dass Sie früher oder später hier auftauchen würden. Kommen Sie rein, Annabelle.« Russ schaltete den Fernseher aus. »Ehrlich gesagt sterbe ich vor Hunger. Möchten Sie was essen? Wir könnten uns in der Cafeteria unterhalten. Ich möchte Sie etwas fragen und ich möchte Ihnen auch etwas anvertrauen.«

☆

Russ und Annabelle saßen sich in einer Ecke der Cafeteria gegenüber, die Teller mit Linsensuppe unberührt vor sich auf dem Tisch.

»Ich hab Ihnen gestern beim Schreiben über die Schulter geschaut und mitgekriegt, was Sie da über mich abgelassen haben«, sagte Russ, »dieses Zeugs, dass ich in armen Verhältnissen aufgewachsen wäre und später einen Hang zum Luxus und außerdem eine kleine Kokainsucht entwickelt hätte.«

Annabelle schwieg.

»Warum haben Sie das geschrieben, Annabelle?«

Sie überlegte, ob sie Russ von Jeromes Buchprojekt erzählen sollte. Mittlerweile war es sinnlos, die Information zurückzuhalten, vor allem da sie ihre Notizen bereits dem FBI übergeben hatte. Jerome war tot und es gab kein Geheimnis mehr zu bewahren.

»Ich habe zu rekonstruieren versucht, was ich in einem Manuskript von Jerome gelesen hatte. Er arbeitete an einer Art Enthüllungsstory über den Sender, so nach dem Motto ›Hinter den Kulissen des Morgenmagazins‹«, erklärte sie.

Russ stieß ein zynisches Lachen aus. »Ich schätze, es war kein Valentinsgruß an unsere nette kleine Redaktion.«

»Nicht direkt.«

»Hatte Jerome schon einen Verlag dafür?«, fragte er.

»Nein, noch nicht.«

»Na, da muss ich wohl dankbar sein«, sagte Russ leise. »Wissen Sie, Annabelle, mir ist klar, dass es so klingt, als wollte ich mich nur herausreden, aber Jerome hat mich süchtig gemacht.«

»Ich bin sicher, dass er Ihnen das Kokain nicht in die Nase geschoben hat.«

»Stimmt, aber er war verdammt großzügig mit dem Zeug, bis ich am Haken hing. Als er selbst dann mit dem Koksen aufhörte, wollte er nichts mehr mit mir zu tun haben. Er hat mich fallen gelassen wie eine heiße Kartoffel.«

»Das finde ich verständlich. Warum sollte sich Jerome mit einem Junkie abgeben, wenn er selbst versuchte, von seiner Sucht loszukommen?« Annabelle verspürte nicht die geringste Neigung, Mitgefühl für Russ zu zeigen.

»Vielleicht haben Sie Recht, aber ich will Ihnen was sagen: Wenn der kleine Abschnitt, den ich über meine Person gelesen habe, repräsentativ dafür ist, wie Jerome die Leute in seinem Buch fertig gemacht hat, dann sind viele hier bestimmt ganz froh über seinen Tod – und beunruhigt, weil sie sich fragen, ob Sie dort weitermachen wollen, wo er aufgehört hat. Sie sollten vorsichtig sein, Annabelle.«

120

VON: YELENA GREGORY
An: alle Mitarbeiter
Heute Abend um 19.30 Uhr findet in der Calvary Baptist Church in der Bronx ein Trauergottesdienst für Edgar Rivers statt. Für alle, die daran teilnehmen möchten, steht ein Minibus vor dem Funkhaus bereit. Abfahrt: 18.00 Uhr.

121

»DER VORSTANDSVORSITZENDE von Wellstone wurde heute Morgen in Handschellen abgeführt ...«

Gavins Herz schlug schneller, während er sich auf dem Rücksitz des KEY-Wagens zurücklehnte und dem Radiobericht lauschte.

»... möglicherweise mit einer Haftstrafe und außerdem mit einer Geldstrafe von mehreren Millionen Dollar rechnen, weil er Insider-Informationen von vertraulichen Unternehmensentwicklungen ausnutzte, um Wellstone-Aktien mit riesigem Gewinn zu verkaufen.«

Als der Radiobericht zu Ende war, parkte die sendereigene Limousine in der Nähe der Business School der Columbia University auf einem Parkplatz der New Yorker Polizei. Gavin marschierte voraus, während B.J. die Kameraausrüstung auslud.

Er schlug zwei Fliegen mit einer Klappe: Er bekam ein Interview für den morgigen Beitrag über den Wellstone-Skandal mit einem der Anwälte, der an den Kongress-Handbüchern für die Untersuchungen der Börsenaufsicht

SEC arbeitete, und konnte gleichzeitig seine eigene rechtliche Situation klären. Er hatte einen saftigen Gewinn für seine Wellstone-Aktien kassiert, aber er hatte sie sowieso verkaufen wollen, schon bevor er die frühzeitige Information erhalten hatte. Das konnte er nötigenfalls auch beweisen.

Der Jurist und Gavin warteten, während B.J. Kabel entrollte und Scheinwerfer aufstellte. Gavin nutzte die Gelegenheit, um etwas Smalltalk zu betreiben und die Frage anzubringen, die ihm unter den Nägeln brannte.

»Wollen wir die Sache noch mal durchgehen, Roger?«, fragte Gavin. »Gibt es irgendwelche Ausnahmen von den Gesetzen über Insidergeschäfte? Ist es denkbar, dass jemand, der über wichtige, nicht öffentliche Informationen verfügt, seine Aktien verkauft, den Gewinn einstreicht und sich trotzdem im Rahmen der Gesetze bewegt?«

Der Jurist runzelte die Stirn. »Das ist eine schwierige Frage und die Gerichtsentscheidungen sind in dieser Hinsicht nicht ganz eindeutig. Allerdings sind Geschäfte erlaubt, wenn klar ist, dass die Informationen keinen Einfluss auf die Verkaufsentscheidung hatten. Wenn die Person zum Beispiel ihren Broker schon vorher angewiesen hat, die Aktien bei einem bestimmten Preis zu verkaufen.«

Gavin stieß innerlich einen Triumphschrei aus.

In dieser Sache war er aus dem Schneider.

122

Nach dem Mittagessen kam die Meldung von Associated Press.

»Ein weiterer bestätigter Todesfall durch Milzbrand in New Jersey«, rief Dominick O'Donnell zur geschäftigen Redaktionsinsel herüber.

Überall klickten die Finger auf den Computertastaturen, um die Nachricht auf den Schirm zu holen.

Bei der Obduktion einer Haushaltshilfe aus Maplewood, New Jersey, wurde der Erreger BACILLUS ANTHRACIS nachgewiesen. Clara Romanski wurde am letzten Wochenende tot in ihrer Wohnung aufgefunden. Eine Freundin sagte gegenüber der Polizei aus, dass Romanski bei dem 36-jährigen Jerome Henning gearbeitet habe, der am Sonntag ebenfalls an Milzbrand gestorben ist.

»Schöne Scheiße!« Linus pfiff durch die Zähne.

»Gott sei ihrer Seele gnädig«, flüsterte Beth.

123

Ein Kollateralschaden. Das war der Tod von Clara Romanski: ein Kollateralschaden. Wie die Zivilisten, die versehentlich bei einer kriegerischen Auseinandersetzung getötet wurden, oder die Fußgänger, die bei Straßenkämpfen zwischen rivalisierenden Gangs verletzt wurden. Bei Konflikten kommen oft Unschuldige zu Schaden. Das war Pech, aber so war es nun mal.

Edgar Rivers war auch ein Kollateralschaden.

Jetzt waren es nicht mehr zwei, sondern schon drei Tote.

Bald würden es vier sein.

124

Lauren war gerade von ihrem Dreh zurückgekehrt, als Linus sie in der Nachrichtenzentrale abfing.

»Das ist eine gute Gelegenheit für dich, Lauren«, erklärte er. »Wir verschieben die Verbraucher-Geschichte, die du morgen machen solltest, und senden sie später in der Woche. Mach dich auf den Weg nach New Jersey und bring mir etwas, das wir als ›Terroranschlag in Maplewood?‹ bringen können.«

Lauren griff sofort zu. Wenn sie Constance je von ihrem Platz verdrängen wollte, musste sie mehr Erfahrungen mit harten Nachrichtenbeiträgen sammeln.

»Wer kommt mit?«

»Annabelle Murphy.«

☆

Während B.J. das Auto durch den Lincoln-Tunnel steuerte, besprachen Annabelle und Lauren ihre Strategie. Lauren entschied, dass es nur vorteilhaft für sie sein konnte, wenn sie Annabelle die Führung überließ.

»Gehen wir in die Stadt und interviewen die Leute auf der Straße. So können wir am besten einfangen, wie sie auf die Geschehnisse in ihrer gewöhnlich friedlichen Vorstadt reagieren«, schlug Annabelle vor, die sich an den malerischen Ort erinnerte, den sie mit Jerome besucht hatte. »B.J. kann einige Prachtbilder von der Innenstadt und den besseren Häusern in Maplewood machen.«

Lauren nickte. »So nach dem Motto: Die Leute, die in diese grüne Vorstadtoase mit den gepflegten Einfamilienhäusern und guten Schulen gezogen sind, hatten eigentlich gedacht, dass sie sich keine Sorgen mehr um ihre Sicherheit oder die ihrer Kinder machen müssten?«

»Genau«, bestätigte Annabelle, froh, dass sie beide die gleiche Vorstellung hatten. Lauren stand vielleicht nicht ganz oben auf der Liste der Menschen, die Annabelle sympathisch waren, aber sie war erleichtert, dass die Reporterin so schnell von Begriff war und sofort verstanden hatte, um was es ihr bei dem Beitrag ging. Vielleicht war Lauren ja doch nicht das Leichtgewicht, als das Jerome sie beschrieben hatte.

Als Annabelle bemerkte, dass Lauren die ganze Zeit mit dem Fuß auf den Wagenboden klopfte, wurde ihr klar, wie nervös die junge Frau war. Die anstehende Aufgabe lag außerhalb ihres üblichen journalistischen Tätigkeitsbereichs.

Annabelle wusste, dass sie sich auf den Beitrag konzentrieren und dafür sorgen musste, dass sie ein erstklassiges Stück für die morgige Sendung produzierten. Es war nicht der richtige Zeitpunkt, um Lauren auszuhorchen oder eine angespannte Stimmung heraufzubeschwören. Sie mussten heute Nachmittag noch gut zusammenarbeiten.

☆

Nachdem das Baby von seinem Nickerchen erwacht war, wechselte das Au-pair-Mädchen seine Windel und zog ihm den roten Schneeanzug an.

»Komm, Sandy, komm her, meine Süße«, rief sie mit ihrem starken Akzent der langhaarigen Golden-Retriever-Hündin zu. Sandy machte einen großen Satz nach vorn und wartete dann geduldig, während die Leine an ihrem Halsband befestigt wurde.

Nachdem das Baby im Kinderwagen lag, brachen die drei zu ihrem Nachmittagsspaziergang in die Stadt auf. Der Spaziergang stellte eine angenehme Abwechslung dar. Immerhin war die junge Frau zehn Stunden am Stück mit dem vier Monate alten Baby ans Haus gefesselt, während die Eltern des Kindes ihrer Arbeit nachgingen. In einem fremden Land, mit wenig Gesellschaft außer dem Fernseher, zog sich jeder Tag endlos in die Länge. Serien und Talkshows: Dieses Leben entsprach nicht unbedingt den Vorstellungen, die sie sich gemacht hatte, als sie zu dieser Unternehmung aufgebrochen war. Sie hatte angenommen, dass ein Jahr in Amerika ungeheuer aufregend sein würde. Doch das Aufregendste, was sie bis jetzt erlebt hatte, war, dass die Polizei am Wochenende zu dem Haus auf der gegenüberliegenden Straßenseite gekommen war, wo der Mann, der an Milzbrand gestorben war, gewohnt hatte. Und das war eine Form von Aufregung, auf die sie gut verzichten konnte.

Seit die Polizei da gewesen war, hatte sie die Anthraxberichte in den Nachrichten verfolgt, in denen erklärt wurde, wie die ersten Symptome aussahen, die einige Tage nach dem Kontakt auftraten. Sie hatte sich gefragt, ob sie der Polizei von ihrer Beobachtung erzählen sollte. Aber die Polizei in ihrem eigenen Land machte ihr Angst, und das führte dazu, dass sie auch zur amerikanischen Polizei kein besonderes Vertrauen hatte.

Sie wollte keinen Ärger.

Es war nicht schwer, Leute zu finden, die vor die Kamera wollten. Annabelle stand auf dem Bürgersteig vor dem Maple Leaf Diner und sprach Kunden beim Betreten oder Verlassen des Lokals an.

»Hallo, ich bin Annabelle Murphy von KEY News. Wir machen einen Bericht über den jüngsten Milzbrandfall. Wären Sie bereit, uns einige Fragen zu beantworten?«

Wenn eine zustimmende Antwort kam, trat Lauren mit ihrem Mikro dazu und stellte die Fragen, während B.J. seine Kamera auf das Gesicht richtete.

»Natürlich macht es mir Angst«, erklärte eine junge Mutter, die ihr kleines Kind auf der Hüfte balancierte. »Wir sind letztes Jahr von Manhattan hierher gezogen, wegen den Terroranschlägen. Jetzt mache ich mir Sorgen, dass es nirgendwo sicher ist. Man kann nicht weglaufen. Es gibt keinen Ort, an dem man sicher ist.«

Annabelle hielt die Aussage in ihrem Notizbuch fest, weil sie diesen O-Ton unbedingt in ihrem Beitrag verwenden wollte.

☆

Das Au-pair-Mädchen beobachtete von der Straßenecke aus, wie das amerikanische Fernsehteam die Leute vor dem Diner interviewte. Sie erkannte keinen der Reporter aus dem Fernsehen wieder, aber es war trotzdem aufregend. Endlich mal ein spannendes Ereignis, über das sie heute Abend nach Hause schreiben konnte.

Während sie den Kinderwagen auf der Stelle hin- und herschob, wünschte sie, sie könnte sich auch interviewen lassen und sich dann später selbst im Fernsehen anschauen. Aber sie wusste nicht, ob das eine gute Idee war. Sie war nicht nur befangen wegen ihres starken irischen Akzents, sondern fragte sich auch, ob sie überhaupt etwas zu erzählen hätte, das irgendjemanden interessieren würde.

Das Baby fing an zu quengeln. Als sie in der Gepäcktasche des Wagens nach dem Schnuller kramte, kam ihr ein Gedanke. Vielleicht gab es doch eine Möglichkeit, an der Aufregung teilzuhaben.

☆

Nach einer halben Stunde wusste Annabelle, dass sie genügend Interviewhäppchen für eine interessante Auswahl gesammelt hatten. Sie warf einen Blick auf ihre Armbanduhr. Es wurde allmählich dunkel. Sie mussten noch einige Bilder von der Stadt aufnehmen und beim Essex Hills Hospital vorbeifahren, um eine Außenaufnahme vom Gebäude zu machen. Wenn sie es schaffen wollten, rechtzeitig zurück im Sender zu sein und auch noch den Text zu schreiben, bevor der Minibus zu Edgars Beerdigung abfuhr, mussten sie sich ranhalten.

»Ich glaube, wir haben jetzt genug. Was meinen Sie, Lauren?«

»Ja, wir haben einige wirklich gute Sachen zusammenbekommen«, bestätigte die Reporterin. »Aber was ist mit meinem Aufsager?«

Annabelle, die sehr gut wusste, dass Lauren sich mit diesem Beitrag als engagierte Journalistin profilieren wollte, und außerdem vorausgesehen hatte, dass sie ihre »Nase ins Bild halten« wollte, war nicht überrascht über diese Frage.

»Ich hab mir gedacht, es wäre eine gute Idee, das vor

dem Bahnhof am Ende der Straße zu machen«, schlug sie vor. »Sie könnten etwas über die Pendler sagen, die jeden Tag nach New York City reinfahren und ihre Familien in der vermeintlichen Sicherheit der Vorstadt zurücklassen, um dann feststellen zu müssen, dass sie hier genauso verwundbar sind wie überall sonst.«

»Genau so hab ich es mir auch vorgestellt«, stimmte Lauren zu.

Es lohnte sich nicht, die gesamte Ausrüstung einzupacken und den kurzen Weg zum Bahnhof mit dem Auto zu fahren. Sie konnten zu Fuß gehen. Als sie die Straße überquerten, kam eine junge Frau auf sie zu, die einen Kinderwagen schob.

»Entschuldigen Sie.«

Lauren warf ihr einen kurzen Blick zu, ging aber unbeirrt weiter. B.J. quittierte dieses Verhalten mit einem Augenrollen und sah Annabelle an.

»Schon gut, B.J., ich komme gleich nach.« Annabelle blieb stehen und wandte ihre Aufmerksamkeit der jungen Frau zu, die sie mit großen Augen anschaute.

»Ja, bitte?«

»Sie machen einen Film über Milzbrand, stimmt's?«

»Ja.«

»Ich weiß etwas, das Sie vielleicht interessiert.«

Annabelle bezweifelte das, wartete aber ab.

»Ich arbeite für eine Familie, die gegenüber von dem Mann wohnt, der an Milzbrand gestorben ist. An dem Freitagabend, bevor der Mann krank wurde, habe ich etwas gesehen, als ich den Hund ausgeführt habe.« Die junge Frau schaute auf den Golden Retriever herunter.

Jetzt war Annabelles Interesse geweckt. »Was war das? Was haben Sie gesehen?«

»Ich habe Sandy ausgeführt, und auf der Straße bin ich an jemandem vorbeigegangen, der sich in der Nähe des Hauses aufhielt.«

»War es ein Mann oder eine Frau?«

»Es war dunkel und ich konnte es nicht genau erkennen. Die Person trug jedenfalls eine Hose und einen dicken Mantel mit hochgeschlagenem Kragen. Aber nachdem Sandy ihr Geschäft erledigt hatte, ging ich den Berg wieder hinauf, und ich konnte sehen, wie die Person etwas in den Briefkasten des Mannes steckte, der an Milzbrand erkrankt ist.«

»Haben Sie das der Polizei erzählt?«

Das Au-pair-Mädchen schüttelte den Kopf. »Zuerst habe ich mir nichts dabei gedacht. Aber als ich dann in den Nachrichten hörte, dass der Nachbar einen Tag, bevor die Symptome auftraten, mit den Erregern in Kontakt gekommen sein muss, hatte ich Angst, die Polizei zu verständigen.«

Annabelle schlug eine leere Seite in ihrem Notizbuch auf.

»Wie heißen Sie?«

Die junge Irin schaute sich nervös um. »Ich möchte keinen Ärger bekommen.«

»Die Polizei sollte von Ihrer Beobachtung erfahren«, drängte Annabelle.

Wieder schüttelte die junge Frau den Kopf.

»Na gut, aber nehmen Sie meine Karte. Rufen Sie mich an, wenn Ihnen noch etwas einfällt, ja?« Annabelle kritzelte ihre Handynummer auf die Rückseite.

Die junge Frau schaute auf die weiße Karte mit dem offiziellen KEY-News-Logo.

»Da war noch etwas«, sagte sie, weil sie den Eindruck

hatte, dass sie dieser Annabelle Murphy vertrauen konnte. Die Frau setzte sie nicht unter Druck, sondern gab ihr im Gegenteil das Gefühl, interessant und wichtig zu sein.

»Die Person hatte eine Baseballkappe auf. Ich habe die Ringe darauf erkannt. Es war eine Kappe von der Olympiade.«

125

»Da ist nichts abgesichert. Ist Ihnen nicht klar, dass jede E-Mail, die Sie je geschrieben haben, auf der ersten Seite der *New York Times* landen könnte?«, bellte Yelena, die wutentbrannt über den Büroteppich stapfte. »Das sollten Sie im Hinterkopf behalten, Gavin, wenn Sie etwas Schriftliches per Internet verschicken.«

»Die *New York Times* überwacht nicht meine E-Mails, Yelena.« Gavin, der wusste, dass er in der Bredouille steckte, versuchte, ruhig zu bleiben.

»Nein, aber KEY News hat dieses Recht. Es steht schwarz auf weiß in den Unternehmensrichtlinien zur Computerbenutzung. Wie kann man nur so dumm sein, Gavin, und einer Praktikantin solche Nachrichten senden?«

»Ich habe nichts Unrechtes getan. Ich habe nichts Anstößiges geschrieben«, verteidigte er sich.

»Noch ein Tropfen, Gavin, und das Fass läuft über. Ich warne Sie. Lassen Sie die Praktikantinnen in Ruhe. Eine Anklage wegen sexueller Belästigung ist wirklich das Letzte, was der Sender jetzt gebrauchen kann.«

126

Vielleicht wollte die junge Frau die Sache nicht selbst melden, doch solange Annabelle keine Informationen preisgab, die Rückschlüsse auf die Identität des Au-pair-Mädchens zuließen, gab es nichts, was sie daran hinderte, Joe Connelly zu erzählen, dass eine Person mit einer Olympia-Baseballkappe gesehen worden war, die sich am Freitagabend am Briefkasten von Jerome Hennings Haus zu schaffen gemacht hatte. Joe konnte dann die Polizei informieren. Annabelle wollte sie nicht selbst anrufen, wenn es sich irgendwie vermeiden ließ.

Während Lauren textete, ging Annabelle zum Sicherheitsdienst hinunter, aber Joe Connelly war nicht in seinem Büro. Sie hinterließ ihm eine Nachricht und machte sich wieder auf den Weg nach oben. Der Minibus fuhr in fünfundvierzig Minuten ab und sie wollte unbedingt mitfahren.

Wenn Lauren bloß den Text schon fertig hätte. Annabelle musste ihm noch den letzten Schliff geben und ihn absegnen lassen, dann konnte Lauren ihn sprechen. Danach würde Annabelle das Material der Cutterin übergeben und die würde es heute Abend schneiden. Morgen würde sie extra früh kommen, um sich den geschnittenen Beitrag anzusehen.

Alles musste immer rasend schnell gehen. Sie wusste, dass sie immer viel zu viel auf einmal erledigen wollte. Sie hatte den Punkt erreicht, an dem das Familienleben litt, weil sie Mann und Kinder vernachlässigte, während ihr im Beruf alles über den Kopf wuchs. Es war genau der Punkt, an dem man anfing, Fehler zu machen.

Annabelle nahm den Fahrstuhl, um wieder nach oben zu fahren. Nach einem Stockwerk hielt der Fahrstuhl und Gavin Winston stieg ein.

»Passen Sie auf, Annabelle. Big Brother hat Sie im Visier«, knurrte der grauhaarige Journalist. »Die Gregory überwacht unsere E-Mails.«

»Quatsch«, stieß Annabelle ungläubig hervor. Eine solche Verletzung der Privatsphäre war einfach unvorstellbar. »Wovon reden Sie, Gavin?«

»Ich will nicht weiter ins Detail gehen«, sagte er kurz, »aber ich habe Sie gewarnt. Ihre privaten E-Mails sind nicht privat.«

Wenn Gavin Recht hatte, war diese Nachrichtenredaktion nicht der Ort, für den sie ihn gehalten hatte. Als sie aus dem Fahrstuhl stieg, versuchte Annabelle sich zu erinnern, ob sie irgendwelche E-Mails verschickt hatte, die nicht von Dritten gelesen werden sollten. Bestimmt.

127

Als sie einen prüfenden Blick in das Innere des blauen Kleinbusses warf, war sie enttäuscht, aber nicht überrascht. Obwohl die meisten Sitze besetzt waren, handelte es sich bei den Fahrgästen fast ausschließlich um Leute, die sie als Mitarbeiter der Cafeteria oder des Wartungsdienstes erkannte. Die einzigen anderen Nachrichtenleute, die außer ihr an dem Trauergottesdienst für Edgar teilnahmen, waren Constance und Yelena. Die drei saßen vorn im Bus zusammen.

Der Bus bog von der 57th Street auf die Auffahrt für den West Side Highway ab und bewegte sich im dichten

Feierabendverkehr langsam auf die George Washington Bridge zu. Ihr Ziel lag zwar nur zehn Meilen Luftlinie entfernt, dennoch würden sie den Großteil der eingeplanten sechzig Minuten für den Weg brauchen.

Das Gespräch drehte sich um die letzten Entwicklungen im Anthraxfall. Annabelle erzählte von ihrem Besuch in Maplewood und den Informationen, die sie von dem Au-pair-Mädchen erhalten hatte.

»Nun, das könnte der Polizei wirklich weiterhelfen«, erklärte Yelena mit hochgezogenen Augenbrauen.

Annabelle nickte. »Ich bin zu Joe Connelly runtergegangen, um es ihm zu erzählen, aber ich hab ihn leider verpasst. Aber keine Sorge, ich werde ihn auf alle Fälle davon in Kenntnis setzen.«

☆

Die samtgepolsterten Kirchenbänke der Calvary Baptist Church waren gerammelt voll mit Trauergästen, die Edgar Rivers die letzte Ehre erweisen wollten – ein beredtes Zeugnis für das Leben und den Glauben eines fleißigen und frommen Mannes.

Frauen in weißen Uniformen und Kappen, die eher an Krankenschwestern als an Platzanweiserinnen erinnerten, standen an der Rückseite der Kirche und leiteten die Trauergäste durch den rechten Seitengang zum offenen Sarg, der direkt unterhalb der Kanzel aufgestellt war. Annabelle sprach ein stilles Gebet, als sie auf Edgar herabsah, dessen Gesicht jetzt heiter und entspannt wirkte. Seine Hände waren über der Brust gefaltet. Als sie sich umdrehte und an der ersten Bankreihe vorbeiging, erkannte Annabelle die Frau und die beiden kleinen Jungen, die Edgar an jenem Tag, der sich als der letzte seines Lebens erweisen sollte, in der Cafeteria besucht hatten. War das wirklich erst am vergangenen Freitag gewesen? Es schien schon so lange her zu sein. Die Frau schaute hoch und lächelte traurig, als sie Annabelle sah. Ihre Augen waren ganz rot geweint.

»Setzen Sie sich bitte. Der Gottesdienst fängt gleich an«, flüsterte eine der Platzanweiserinnen. Annabelle, Constance und Yelena wurden durch das linke Seitenschiff zu einer halb gefüllten Kirchenbank im hinteren Teil der Kirche geführt. Als sie Platz nahm, hörte Annabelle ein seltsames, knirschendes Geräusch. Das Kissen, das Edgars Kopf stützte, wurde heruntergekurbelt und der Sarg geschlossen.

Der Organist fing an zu spielen. Annabelle zählte die sechsundzwanzig in blauweiße Roben gekleideten Chormitglieder, die in drei Reihen rechts vorn in der Kirche standen und mit ihren wunderschönen Stimmen zu singen begannen. Der Chorgesang wechselte mit Bibellesungen ab. Dann stieg der Pastor in seinem schwarzen Talar auf die Kanzel. Hoch über der Gemeinde stand er im Mittelpunkt der Aufmerksamkeit.

»Edgar Rivers war ein guter Mann, ein freundlicher Mann, ein großzügiger Mann, der sich hingebungsvoll um seine Schwester Ruby und deren Söhne Freddie und Willie kümmerte. Amen.«

»Amen«, schallte es aus den Kirchenbänken.

»Bruder Edgar war ein fleißiger Mann und ein gottesfürchtiger Mann.«

»Halleluja«, bestätigte eins der Chormitglieder. »Amen.«

Obwohl es November war, schwitzte der Prediger und fuhr sich mit einem schwarzen Frotteewaschlappen über die Stirn, während er seine ganze Kraft und Leidenschaft in die Predigt legte. Die Lobrede auf den Verstorbenen setzte sich fort, während Pastor und Gemeinde sich gegenseitig inbrünstig anfeuerten.

Als sich der Gottesdienst seinem Ende näherte, trat ein Solist vor und stimmte die Strophe eines Liedes an, das Annabelle noch nie gehört hatte. Der Chor und die Gemeinde klatschten im Takt in die Hände, wiegten sich hin und her und fielen in den erbaulichen, hoffnungsvollen Refrain ein: »He's an On Time God.«

Annabelle fragte sich nur, wo Gott gewesen war, als Edgar gestorben war. Er musste zu spät gekommen sein. Und wo sie gerade beim Thema war, wo war Gott in letzter Zeit überhaupt gewesen? Der Tod von Jerome, Anthrax, der 11. September, Mikes Depression. Annabelle wollte gern glauben, dass Gott immer »rechtzeitig da war«, wie das Lied verkündete, aber im Moment fiel ihr das sehr schwer.

☆

Edgars Schwester und ihre Söhne standen in der Vorhalle der Kirche, begrüßten die Trauergäste und nahmen Beileidsbekundungen entgegen. Annabelle stellte sich vor.

»Ja, ich erinnere mich an Sie. Sie sind die nette Dame aus der Cafeteria. Edgar hat mir an dem Morgen erzählt, dass Sie zu den wenigen Menschen gehörten, die ihn immer gegrüßt haben.«

Verlegen und bemüht, ihre Kollegen in einem besseren Licht dastehen zu lassen, machte Annabelle schnell mit der Vorstellungsrunde weiter: »Das ist Constance Young«, erklärte sie, als Ruby der Moderatorin des Morgenmagazins die Hand entgegenstreckte.

»Oh, ja. Ich erkenne Sie.«

»Mein herzliches Beileid«, sagte Constance. »Wir werden Edgar vermissen. Er war ein liebenswürdiger Mensch, in dessen Gesellschaft man sich immer wohl gefühlt hat.«

Rubys dunkle Augen schimmerten feucht. »Wer wüsste das besser als ich. Ich weiß gar nicht, wie meine Jungs und ich ohne ihn zurechtkommen sollen.«

Es entstand eine verlegene Pause.

»Und das hier ist Yelena Gregory«, brach Annabelle das Schweigen, »die Chefredakteurin von KEY News. Sie hat einen Kleinbus gemietet, der die Leute vom Sender hergebracht hat.«

»Ich danke Ihnen, dass Sie gekommen sind. Das war sehr freundlich von Ihnen«, sagte Ruby an Yelena gewandt. »Bei all den Sparmaßnahmen, von denen Edgar immer erzählt hat, war das sehr nett von Ihnen. Und danke, dass Sie mir die Blumen geschickt haben.«

»Es war das Mindeste, was ich tun konnte«, antwortete Yelena.

Als die Nachrichtenfrauen sich entfernten, drehte Ruby sich zu Annabelle um. »Werden Sie es schaffen, morgen früh zur Beisetzungsfeier zu kommen?«, fragte sie.

Annabelle hatte nicht vorgehabt, daran teilzunehmen. »Um wie viel Uhr?«, fragte sie höflich.

»Um neun, direkt hier auf dem Friedhof hinter der Kirche.«

»Es tut mir Leid, aber ich glaube nicht, dass ich das

schaffen werde. Der Termin fällt in meine Arbeitszeit. Ich hoffe, Sie verstehen das. Es wäre sehr schwierig, am Vormittag wegzukommen.«

»Natürlich. Ich verstehe«, Ruby wirkte enttäuscht. »Es ist schwierig, wegzukommen.«

128

Es dauerte seine Zeit, bis der Minibus alle wieder beim Funkhaus abgesetzt hatte. Anschließend gab Annabelle viel Geld für ein Taxi aus, um sich ins Village fahren zu lassen, legte einen Zwischenstopp ein, um den Kürbiskuchen zu kaufen, den die Zwillinge für die Thanksgiving-Feier in der Schule mitbringen sollten, und war schließlich kurz nach neun zu Hause. Als sie endlich durch die Haustür kam, war es still in der Wohnung. Die Kinder lagen bereits im Bett und Mike schlief auf dem Sofa im Wohnzimmer.

Annabelle hängte ihre Biberpelzjacke über einen Küchenstuhl, kickte die Schuhe von den Füßen und öffnete den Kühlschrank. Die spärlich gefüllten Fächer erinnerten sie daran, dass sie morgen unbedingt etwas Vernünftiges zu essen einkaufen musste. Am Tag vor Thanksgiving würde im Supermarkt die Hölle los sein!

Sie beschloss, sich ein paar Rühreier zu machen, und zog die Bratpfanne aus dem Schrank. Mike, der durch das Töpfeklappern wach geworden war, kam in die Küche.

»Tut mir Leid, Schatz«, entschuldigte sie sich. »Ich wollte dich nicht aufwecken.«

»Wie war's auf der Beerdigung?«

Annabelle verrührte die Eier in einer Schüssel. »Eigentlich ganz schön, soweit man das von solchen Veranstaltungen überhaupt sagen kann. Sehr vom Heiligen Geist erfüllt.« Sie goss die gelbe Mischung in die Pfanne. »Wie war dein Tag?«

»Ganz okay, außer dass ich mich irgendwie total erschöpft fühle. Ich konnte eben nicht mal mehr die Energie aufbringen, die Kinder in die Badewanne zu stecken.«

Annabelle warf ihrem Mann einen besorgten Blick zu.

»Mach dir keinen Stress, Mike. Du darfst dich nicht gleich überanstrengen.« Sie gab ihm einen Kuss auf die Wange. »Mach dir keine Gedanken deswegen. Die Kinder werden auch mal eine Nacht ohne Wasser und Seife überstehen.«

☆

»Ich bin gleich bei dir, Schatz«, rief Annabelle, während sie die Bratpfanne zum Einweichen in die Spüle stellte. »Ich mach hier nur noch ein bisschen Ordnung, dann komm ich auch ins Bett.«

Sie sah zu, wie Mike ins Schlafzimmer ging, und hoffte, dass er keinen Rückfall bekommen würde. Vielleicht hatte sie ihn wegen ihrer eigenen beruflichen Belastung zu stark unter Druck gesetzt, ihm zu schnell die Betreuung der Kinder aufgebürdet. Ab morgen, beschloss sie, würde es besser werden. Sie würde gleich nach der Arbeit und einem blitzschnellen Einkauf im Supermarkt nach Hause kommen.

Nachdem sie die Küche wieder auf Vordermann gebracht hatte, schaltete Annabelle das Licht aus und ging zum Zimmer der Zwillinge. Als sie im Türrahmen stand, warf die Lampe im Flur einen weichen Schimmer auf die friedlichen Gesichter der Kinder. Zum hundertsten Male erfüllte es sie mit Staunen und Dankbarkeit, dass diese wundervollen Geschöpfe ihre Kinder waren, während ihr zugleich schmerzlich bewusst wurde, dass sie heute noch kein einziges Wort mit ihnen gewechselt hatte. Als sie am Morgen das Haus verlassen hatte, waren die beiden noch nicht wach gewesen und jetzt schliefen sie schon wieder.

Sie ging auf Zehenspitzen ins Zimmer, küsste Tara auf die Stirn und deckte sie wieder ordentlich zu. Thomas nuckelte wieder am Daumen, was Annabelle resigniert zur Kenntnis nahm, während sie die kleine Hand sanft vom Mund wegzog.

Sie achtete nicht auf die andere Hand, die unter der wärmenden Decke lag, und sah auch nicht den kleinen kohlschwarzen Karbunkel, der sich an einer der Fingerkuppen ausbreitete.

129

Er arbeitete gern in der Nachtschicht und er hatte auch gern den Generalschlüssel dabei. Damit konnte er nach Herzenslust herumschnüffeln. Manchmal hatte er wirklich die Qual der Wahl und wusste gar nicht, was er zuerst mitnehmen sollte. Er rechtfertigte sein Verhalten damit, dass die Büromaterialien, die er mitgehen ließ, lediglich den mageren Lohn aufbesserten, den er dafür erhielt, dass er den Dreck anderer Leute wegmachte. Auf diese Weise bezahlte KEY wenigstens die Notizbücher, Stifte und Ordner, die seine Kinder für die Schule brauchten.

Er schob seinen Mülleimer die lange Rampe entlang

und blieb vor einem Abstellraum stehen, in dem er sein Glück noch nicht versucht hatte. Er schloss die schwere Tür auf und tastete nach dem Lichtschalter.

»He, schau sich einer diesen alten Kram von der Olympiade an.«

Der Mann wühlte in den Kartons, die über den Fußboden verstreut waren und ein umfangreiches Sortiment an Baseballkappen und T-Shirts enthielten.

Auf einem Kleiderständer hingen Skiparkas, auf denen das Eisblumen-Emblem der Winterolympiade von Nagano prangte. Er suchte, bis er eine Jacke in XXL fand, und faltete sie zusammen. Die kam ihm gerade recht. Vielleicht sollte er noch eine für seinen Bruder mitnehmen.

Während er die Jacken zusammenknüllte, wurde sein Blick von einem reflektierenden Stückchen Glas angezogen.

Was taten denn diese Röhrchen hier?

☆

»Ein Sturmtief mit starken Regenfällen wird unser Sendegebiet in wenigen Stunden erreichen.«

Der Wetterbericht in den Elf-Uhr-Lokalnachrichten neigte sich seinem Ende zu, als zu Hause bei Joe Connelly das Telefon läutete.

Einer der Mitarbeiter des Reinigungstrupps hatte einen wenig benutzten Abstellraum im Keller des Senders geöffnet und einen Karton mit Schutzhandschuhen und einen Chemiebaukasten gefunden.

»Halt die Tür verschlossen und lass niemanden in die Nähe des Abstellraums«, ordnete Joe an. »Ich komme sofort. Und lass den Mann auf keinen Fall nach Hause gehen.«

☆

Schweiß glänzte auf der Stirn der Reinigungskraft.

»Ich dachte, ich sollte den Sicherheitsdienst informieren, Mr Connelly. Immerhin hatten wir hier ja gerade diese ganze Aufregung wegen der Anthraxsache und so.«

»Sie haben vollkommen richtig gehandelt, Mickey. Aber wenn Sie irgendwas aus diesem Abstellraum mitgenommen haben, sollten Sie es mir übergeben«, erklärte Joe, der sich sein Teil dachte. »Ich stelle keine Fragen. Sie wollen doch nicht riskieren, dass Ihnen was passiert, oder?«

☆

Joe rief seine Kontaktperson bei der New Yorker Polizei an. Es war wichtig, eine lückenlose Beweiskette zu haben.

»Der Chemiebaukasten und die Schutzhandschuhe sprechen meines Erachtens dafür, dass derjenige, der Jerome Henning getötet hat, seinen finsteren Plan in diesem Abstellraum ausgebrütet hat. Ich besitze eine drahtlose Kamera. Die könnten wir installieren und abwarten, was uns ins Netz geht.«

Joe wollte KEY diesmal aus der Sache heraushalten. Sie brauchten nicht noch mehr Panik im Sender. Er würde das Problem allein in den Griff bekommen.

Man konnte sich ja nicht darauf verlassen, dass die Leute den Mund hielten.

☆

Überwachungskameras gab es in allen Formen und Größen. Sie ließen sich fast überall verstecken, in Bleistiftanspitzern, Rauchmeldern oder Sprinklerköpfen. Joe wählte eine Minikamera aus und begleitete den Techniker, der sie einbauen sollte, höchstpersönlich in den Keller.

»Was für ein Sichtfeld hätten Sie denn gern?«, fragte der Techniker. »Einen weiten Winkel, um so viel wie möglich einzufangen, oder lieber einen kleineren Ausschnitt, damit man Details erkennen kann?«

Joe überlegte einen Moment, bevor er antwortete.

»Nehmen Sie lieber einen kleineren Ausschnitt, Milt«, entschied er. »Wir wollen das Gesicht der Person sehen, die zu diesem Abstellraum kommt.«

Mittwoch, 26. November

130

Als Annabelle erwachte, hörte sie den Wind pfeifen und den Regen gegen die Fenster trommeln. Hastig stellte sie den Wecker ab. Mike musste ja nicht schon wieder ebenfalls in aller Herrgottsfrühe aufwachen. Sie schaffte es, im Dunkeln ihre Sachen zusammenzusuchen, und schlich leise aus dem Schlafzimmer. Ihr Mann schlief weiter.

Die heiße Dusche tat ihr gut, bis das Wasser auf ihr verletztes Knie traf und sie an den Busunfall vorgestern erinnerte. Vorsichtig, wegen ihrer aufgeschürften Hände, hantierte sie mit dem Waschlappen. Sie stellte das Wasser aus, trocknete sich behutsam ab und zog sich schnell im Wohnzimmer an, ohne Licht zu machen.

Während sie darauf wartete, dass das Wasser für den Tee kochte, den sie in einer Thermoskanne mitnehmen wollte, um ihn im Taxi zu trinken, schaute sie aus dem Fenster auf die Perry Street. Im Licht der Straßenlaternen sah sie, wie heftiger Regen auf den Asphalt prasselte. Mülltonnen waren umgekippt und der Inhalt hatte sich auf den nassen Gehweg ergossen. Heute Morgen saß kein Vogel auf einer Feuerleiter.

Der Nordweststurm tobte ganz schön. Es war eine gute Entscheidung gewesen, heute aus dem Studio zu senden.

131

Es musste früh geschehen, bevor die Tagesschicht anfing und das Funkhaus sich füllte. Noch gab es eine Chance, den Abstellraum auszuräumen, ohne entdeckt zu werden. Schon kamen die ersten Leute vom Morgenmagazin. Es war keine Zeit zu verlieren.

Der Chemiekasten und die Handschuhe konnten unter Umständen mit dem Tod von Jerome Henning und Clara Romanski in Verbindung gebracht werden. Sollte jemand die Sachen ganz hinten im Abstellraum entdecken, würde sofort die Polizei alarmiert werden, und zweifellos würde die Spurensicherung irgendwas finden: Anthraxsporen, ein Haar, einen Fingerabdruck.

Der Gang, der zur Kellerrampe führte, war menschenleer.

132

Joe, der immerhin ein paar Stunden Schlaf in der Künstlergarderobe ergattert hatte, stand auf, machte sich frisch und ging nach unten in die Sicherheitsabteilung. Als er den Monitor überprüfte, der eigentlich die Bilder der Überwachungskamera aus dem Keller zeigen sollte, spürte er, wie der Zorn in ihm hochstieg.

Verdammt. Die Kamera funktionierte nicht.

»Wieso ist das niemandem aufgefallen?«, knurrte er. Die übermüdeten Wachleute der Nachtschicht blickten auf den Bildschirm, die Gesichter so leer wie der Monitor.

Joe griff nach dem Telefon, um den Techniker herbeizuzitieren.

»Wir treffen uns da unten«, verkündete er. »Aber pronto.«

133

JEMAND WAR HIER GEWESEN. Die Jacken waren zurückgeschoben und die Kartons auf dem Fußboden waren durchwühlt. Aber der Chemiekasten stand noch auf dem ausrangierten Schreibmaschinentisch und daneben die Schachtel mit den Einmalhandschuhen.

Die Beweismittel wanderten in eine dicke Plastiktüte, als sich auf dem Flur Stimmen näherten.

☆

Die Aluminiumleiter schrappte über den Betonboden. Der Techniker stellte sie unter dem Feuermelder an der Decke auf.

»Mach es diesmal richtig, Milt«, ordnete der Sicherheitschef an. »Ich will sehen, wer sich dieser Abstellkammer nähert.«

»Ich weiß nicht, wie das passieren konnte, Joe«, entschuldigte sich der Techniker, während er die Leiter hochstieg. »Aber es ist eine drahtlose Kamera, und Sie wissen ja, welche Probleme es immer mit diesen Dingern gibt.«

Joe reckte den Hals, um dem Techniker beim Herumbasteln zuzusehen. »Na, ich hoffe, wir werden sie nicht lange brauchen. Aber sorgen Sie dafür, dass das verdammte Ding funktioniert.«

☆

Wenn man das Ohr gegen die Tür presste, ließ sich das Gespräch im Flur gut verfolgen.

Nur ruhig. Ganz ruhig bleiben. Warte ab und hör zu. Nicht in Panik geraten.

Ein paar Minuten später schrappte wieder Metall über den Betonboden.

»So, das wär's, Joe«, erklärte jemand.

»Danke, Milt«, erwiderte die zweite Stimme. »Wollen wir doch mal sehen, wer uns ins Netz geht.«

Die Fußtritte verklangen und es herrschte wieder Stille.

Wenn eine Überwachungskamera auf die Tür gerichtet war, würde alles herauskommen. Sollte eine Flucht noch möglich sein, musste es schnell und anonym geschehen.

Rasch war einer der großen Skiparkas von der Kleiderstange genommen, der Parka übergezogen und die Kapuze aufgesetzt und tief ins Gesicht gezogen, so dass das Gesicht nicht zu erkennen war. Jetzt schnell die Plastiktüte genommen und ab.

✯

»Na, da schau einer her!«, rief der Wachmann, der in der Sicherheits-Kommandozentrale den Monitor im Auge behalten hatte.

Er sprang auf und eilte zur Tür, wo er mit dem zurückkehrenden Joe Connelly zusammenstieß. »Was ist los?«, fragte der Sicherheitschef.

»Gerade ist jemand aus der Abstellkammer gekommen, Joe!«

»Gut. Sehr gut. Wir haben ihn auf Band.«

»Nein, eben nicht. Die Person war nicht erkennbar, sie hatte sich eine Kapuze ins Gesicht gezogen.«

Die Männer, die gemeinsam in den Keller gerannt waren, fanden nur noch eine abgelegte Olympia-Skijacke am Fuß der Rampe.

134

DIE CUTTERIN HATTE bei dem »Terroranschlag in Maplewood?«-Beitrag hervorragende Arbeit geleistet. Annabelle, die sich im Abspielraum den geschnittenen Beitrag ansah, musste widerstrebend einräumen, dass Lauren großartig rüberkam. Die Frau war kameratauglich und hatte das gewisse Etwas, und Annabelle bezweifelte nicht, dass sie es im Fernsehjournalismus noch weit bringen würde.

Annabelle nahm das Band heraus. Hoffentlich war Linus noch nicht da, denn dann würde Dominick die Schlussabnahme machen – so konnte sie wenigstens sicher sein, eine ehrliche Meinung zu hören. Linus war voreingenommen, wenn es um Lauren ging.

Aber wer auch immer die Abnahme machen würde, sobald das erledigt war, würde Annabelle den Sicherheitschef suchen und ihm erzählen, was sie von dem Au-pair-Mädchen erfahren hatte: dass eine Person mit Baseballkappe am späten Abend einen Brief in Jeromes Kasten geworfen hatte.

135

ER WOLLTE VERDAMMT SEIN, wenn der Verdächtige aus dem Funkhaus entkam.

»Wir machen alles dicht«, verkündete Joe. »Alle Ein- und Ausgänge werden bewacht. Niemand betritt oder verlässt das Gebäude.«

Während das Wachpersonal informiert wurde, eilte Joe mit großen, ausholenden Schritten zum Hauptfoyer, wo sich die Lautsprecheranlage befand. Beim Gehen entwarf er seine Durchsage, denn er wusste, wie wichtig es war, die richtigen Worte zu finden. Schließlich wollte er keine Massenpanik auslösen.

»Wir haben einen Notfall, der leider erforderlich macht, dass im Augenblick niemand das Gebäude betritt oder verlässt. Es besteht aber keinerlei Gefahr. Ich wiederhole: Es besteht keine Gefahr. Sie werden ständig per E-Mail über die weitere Entwicklung informiert.«

Er beendete die Durchsage und griff nach einem der Telefone am Empfang. Mittlerweile wusste er die Nummer der New Yorker Polizei auswendig. Nachdem er seine Kontaktperson über alles informiert hatte, machte er einen Vorschlag.

»Kommen Sie doch mit einer Hundestaffel.«

☆

Die Chefredakteurin von KEY News stand vor dem Haupteingang und klopfte an die Glaswand des Foyers.

»Schon gut, Roberto. Lassen Sie sie rein«, sagte Joe zu dem Wachmann.

»Was geht denn hier vor?«, fragte Yelena scharf und schüttelte ihren nassen Regenschirm aus.

»Wie es aussieht, befindet sich unser Anthrax-Spezi hier im Funkhaus.« Joe Connelly erzählte der Nachrichtenchefin von der abends installierten Kamera vor dem verdächtigen Abstellraum und dem abgelegten Skiparka, der als Verkleidung benutzt worden war.

»Mit so wenig Hinweisen jemanden in diesem riesigen Gebäude zu finden, kommt der Suche nach der Nadel im Heuhaufen gleich«, gab Yelena zu bedenken. Als sie erfuhr, dass eine Hundestaffel auf dem Weg war, nickte sie. »Gut, aber halten Sie das Tier von mir fern. Ich hasse Hunde.«

136

»NA FABELHAFT, dass wir das auch schon erfahren«, tobte Linus, als er den Regieraum betrat. »Zwei Minuten vor Sendebeginn. Was zum Teufel ist hier bloß los?«

Constance und Harry erschienen auf dem Bildschirm und begrüßten die Zuschauer. Linus griff nach dem Telefon und rief Yelena an. Ihre Erklärung war durchaus befriedigend, aber er brauchte ein EB-Team, das einen Bericht über diese dramatische Entwicklung drehte, jetzt sofort, damit er noch in die heutige Sendung kam. Wenn eine Verhaftung vorgenommen wurde, wollte Linus der Erste sein, der darüber berichtete.

»Wen können wir einsetzen, Dominick?«, fragte er den Chef vom Dienst, der neben ihm am Steuerpult saß.

»Annabelle Murphy ist frei. Ihr Beitrag ist fertig.«

137

ANNABELLE NAHM DEN Anruf, der sie über ihren neuen Auftrag informierte, in der Nachrichtenzentrale entgegen. Als Erstes sollte sie mit Joe Connelly sprechen.

»Annabelle, ein Gespräch auf Leitung drei«, rief Wayne ihr zu.

Sie riss den Hörer von der Gabel. »Annabelle Murphy.«

»Annabelle, ich bin's.«

»Oh, hallo, Mike. Was ist denn los?« Ihr abgehackter Ton verriet ihm, wie sehr sie unter Druck stand.

»Ich belästige dich ungern damit, Schatz. Aber Thomas hat so eine komische schorfige Stelle an der Hand.«

»Wie sieht sie aus?«, fragte Annabelle; die Härchen an ihren Armen stellten sich auf.

»Schwarz, kohlschwarz.«

☆

Gütiger Gott im Himmel. Und sie saß hier fest!

Annabelle wollte hinausstürmen und ins Krankenhaus eilen. Sie wollte ihre Familie in der Notaufnahme treffen, mit den Ärzten reden, die Hand ihres Sohnes halten. Wenn ihrem Kind etwas zustoßen sollte, würde sie sich das niemals verzeihen. Tränen schossen ihr in die Augen.

Aber sie fühlte instinktiv, dass sie ruhig bleiben musste. Es würde Thomas nicht helfen, wenn sie in Panik geriet. Was ihm allerdings helfen würde, war klares Denken. Sie versuchte, sich ihre Recherchen für den Lee-Beitrag wieder in Erinnerung zu rufen: Der kohlschwarze Schorf war ein Symptom von Hautmilzbrand, der weniger gefährlichen Form. *Bitte, bitte, lieber Gott, lass es die leichter behandelbare Form sein.*

Weniger gefährlich war es allerdings nur, wenn der Patient früh genug behandelt wurde.

138

Sobald die Eltern aus der Tür waren, um den Zug nach Manhattan zu erwischen, schaltete das Au-pair-Mädchen den Fernseher ein. Als sie das Fläschchen für das Baby wärmte, kündigte die hübsche blonde Moderatorin den Beitrag an, der sie interessierte.

»In einem wohlhabenden New Yorker Vorort hat es jetzt schon den zweiten Todesfall durch Milzbrand gegeben. Die Polizei hat John Lee, früher Medizinjournalist bei diesem Sender, vorläufig festgenommen. Ihm wird illegale Beschaffung von Anthraxpulver zur Last gelegt. Aber die Bewohner von Maplewood in New Jersey leben in Angst. Unsere Reporterin Lauren Adams erfuhr vor Ort mehr über den möglichen Terroranschlag in Maplewood.«

Die junge Frau sah fasziniert auf dem Fernsehschirm viele Straßen und Plätze, die sie von den täglichen Spazierfahrten mit dem Baby kannte. Sie hörte sich an, was die Leute zu sagen hatten, die gestern vor dem Lokal interviewt worden waren. Wie sie wünschte, sie wäre ebenfalls interviewt worden. Dann hätte sie jetzt was zu erzählen. Sie beneidete diese Leute. Die waren jetzt berühmt.

Als der Beitrag endete, viel zu schnell, wie die junge Irin fand, unterhielten sich die Moderatorin und die Reporterin, die sie von gestern wiedererkannte, über die Milzbrandfälle und die Angst, die in der kleinen Stadt grassierte.

Das Au-pair-Mädchen fischte die Visitenkarte, die sie gestern bekommen hatte, aus ihrer Tasche. Sie studierte das weiße Kärtchen und dachte, dass sie vielleicht diese

Annabelle Murphy anrufen sollte, um ihr die andere Sache zu erzählen, die sie beobachtet hatte. Aber gerade als sie zum Telefon greifen wollte, begann das Baby zu schreien, und ihre Aufmerksamkeit wurde wieder auf die Arbeit gerichtet, für die sie so schlecht bezahlt wurde.

139

Der gelbe Labrador wurde mit seinem Hundeführer und weiteren Polizisten zur Kellerrampe geführt, und man hielt ihm die silbrige Skijacke unter die Nase.

»Der Geruch eines Menschen ist ebenso einmalig wie sein Fingerabdruck. Der Gesundheitszustand, die ethnische Herkunft, Ernährungsgewohnheiten, die Seifen und Parfumstoffe, die er benutzt – aus all dem setzt sich der individuelle Körpergeruch zusammen«, erklärte der Hundeführer. »Aber hier könnte es schwierig werden. Nach dem, was Sie sagen, wurde die Jacke nur kurz getragen. Am besten gehen wir in den Abstellraum, mal sehen, ob Duchess da eine Witterung aufnehmen kann.«

»Besteht nicht die Gefahr, dass wir mit Milzbrandsporen in Kontakt kommen?«, fragte Joc.

»Sie bleiben hier«, ordnete der Hundeführer an. »Wir sind alle gegen Milzbrand geimpft.«

»Auch der Hund?«

Der Polizist tätschelte den Kopf des Labradors. »Es besteht ein gewisses Risiko, aber die Infektionsgefahr bei Hunden ist fünfhundert- bis tausendmal geringer als beim Menschen.«

140

Annabelle überprüfte noch einmal, ob ihr Handy auch eingeschaltet war. Mike wollte sich melden, sobald es etwas Neues gab. Im Augenblick konnte sie absolut nichts tun, um ihrem kleinen Sohn zu helfen. Sie musste sich beschäftigen und an etwas anderes denken, sonst würde sie verrückt werden.

Wenn sie den Mörder fassten, wollte Annabelle dabei sein. Sie würden sie von diesem Ungeheuer wegreißen müssen, das ihren Sohn in Lebensgefahr gebracht hatte. Ihre Faust ballte sich bei dem Gedanken an dieses elende Schwein.

Plötzlich war sie froh über den Beitrag, den sie liefern sollte.

☆

»Mr Connelly ist nicht in seinem Büro.«

»Hier ist Annabelle Murphy. Ich muss dringend mit ihm sprechen.«

»Wir können ihn anpiepsen, aber es könnte ein bisschen dauern, bis er Sie zurückruft. Er ist bei der Hundestaffel.«

Annabelle legte auf. Also setzten sie Hunde ein, um den Täter zu finden. Ihr journalistischer Instinkt erwachte.

Das waren Bilder, die unbedingt in ihren Beitrag gehörten.

☆

»Nein, ich weiß nicht genau, wo sie sind«, räumte Annabelle ein. »Wir müssen einfach suchen, bis wir sie gefunden haben.«

»Gut«, sagte der Kameramann. »Wir treffen uns in fünf Minuten im Foyer.«

Annabelle griff nach Notizbuch und Schreiber und wollte gerade die Nachrichtenzentrale verlassen, als noch ein Anruf für sie kam. Es war Ruby, Edgars Schwester.

»Ich wollte Ihnen nur sagen, dass die Trauerfeier am Grab verschoben worden ist, wegen des schlechten Wetters. Nur für den Fall, dass Sie kommen wollten.«

Annabelle hätte am liebsten losgeschrien. So bedrückend es auch sein mochte, aber Edgars Trauerfeier war im Moment wirklich das Letzte, woran sie denken mochte. »Vielen Dank, Ruby«, brachte sie einigermaßen höflich heraus. »Sagen Sie mir Bescheid, wenn der neue Termin feststeht. Wenn ich nicht hier sein sollte, sprechen Sie einfach auf die Mailbox.«

Damit wollte sie auflegen, aber Ruby hatte noch mehr auf dem Herzen.

»Es war furchtbar nett von Ihnen allen, dass Sie gestern Abend gekommen sind. Ich muss zugeben, ich war ziemlich erstaunt, dass die große Chefin mitgekommen ist und auch noch für den Transport gesorgt hat. Edgar hat mir erzählt, dass sie unglaublich geizig ist.«

Was zum Kuckuck sollte das denn jetzt? »Ach, Sie meinen wegen der Sparmaßnahmen?«, fragte Annabelle. »Das ist halt ihr Job. Sie muss die Beschlüsse durchsetzen.«

»Das hat Edgar auch gesagt. Nein, aber er konnte kaum seinen Augen trauen, als er gesehen hat, wie die große Chefin Zucker aus der Cafeteria geklaut hat. Das ist nun wirklich Geiz pur.«

141

Russ hörte seinen Magen knurren. Laut Ablaufplan war es noch mehr als eine halbe Stunde bis zu seinem Beitrag. Da ein Besuch beim Delikatessenladen um die Ecke nicht in Frage kam – schließlich durften sie das Gebäude nicht verlassen –, könnte er sich vielleicht etwas Kaltes aus dem Kochstudio schnappen. Oder in die Cafeteria runtergehen und sich das holen, wonach ihm wirklich war: eine Schale heißen, cremigen Haferbrei.

Als er sich der Cafeteria näherte, sah er einen Hund im Flur herumschnüffeln.

☆

»Ein Mensch verliert ständig Tausende winzigster Hautpartikel, ob er nun sitzt, steht, geht oder läuft, sogar beim Schwimmen«, erläuterte der Hundeführer. Er und Joe Connelly ließen den Labrador nicht aus den Augen. »Diese Hautpartikel enthalten alle die ganz individuelle genetische Geruchskomposition des Besitzers. Je mehr andere Hautpartikel allerdings den Bereich verunreinigen, desto schwieriger wird es für den Hund, der Spur zu folgen.«

»Der Typ, der uns da gerade entgegenkommt, wird also alles vermasseln, oder?«, bemerkte Joe.

»Helfen wird es jedenfalls nicht gerade.«

☆

»Gehen Sie bitte zurück, Sir. Hier findet eine polizeiliche Untersuchung statt«, befahl der Polizist und winkte Russ zurück. Russ gehorchte nur zu gern. Wenn der Polizeihund das Pulver in seinem Schreibtisch erschnüffelte, saß er echt in der Tinte. Er musste das Zeug irgendwie aus dem Funkhaus schaffen.

142

Auf dem Weg zum Foyer, wo sie mit B.J. verabredet war, fielen Annabelle die zwanzig Dollar ein, die sie Yelena einmal geliehen hatte, als der Geldautomat kaputt war. Die viel beschäftigte Chefredakteurin hatte das vielleicht einfach vergessen. Annabelle hatte auch längst nicht mehr daran gedacht, aber nach der Bemerkung von Edgars Schwester über Yelenas Geiz war es ihr wieder eingefallen.

Wie sonderbar, dass jemand, besonders jemand in Yelenas Stellung, eine Tasse Zucker klaute. Aber zu weiteren Überlegungen über die Nachrichtenchefin und ihre Motive kam sie nicht, denn sie hatte den Kameramann entdeckt, der auf sie wartete, bereit, die Hundestaffel aufzuspüren.

☆

Sie brauchten nicht lange, um sie zu finden.

Der Hund samt seinem Gefolge hielt direkt auf das Foyer zu.

B.J. schaffte es, ein paar Bilder mit der Kamera einzufangen, bevor die Polizei ihn wegscheuchte.

»Joe, könnte ich mal kurz mit Ihnen sprechen?«, rief Annabelle dem Sicherheitschef zu.

Er schüttelte den Kopf. »Jetzt nicht, Annabelle.«

»Aber es ist wichtig«, beharrte sie.

»Schön, aber bitte ganz schnell.«

Er trat zu ihr, während der Hund die Polizisten durch die Drehtür auf die Straße hinausführte.

»Gott, wenn der Verdächtige rausgekommen ist, sind wir erledigt.« Mit einem Stöhnen beobachtete Joe Connelly, wie der Hund draußen ratlos im Kreis herumlief.

»Joe, ich wollte Ihnen nur etwas mitteilen, was ich gestern in Maplewood erfahren habe, als wir dort gedreht haben.« Hastig berichtete Annabelle, was das Au-pair-Mädchen ihr erzählt hatte.

»Gut, ich lasse es die Polizei wissen«, erwiderte er und wandte seine Aufmerksamkeit wieder dem Hund zu.

»Und Joe«, sagte Annabelle und legte ihm die Hand auf den Arm. »Mein Sohn ist vielleicht auch infiziert.« Sie berichtete, dass Thomas im Krankenhaus war und sie noch nicht wusste, wie es um ihn stand.

Der Sicherheitschef wirkte erschüttert.

»Könnten Sie mich nicht rauslassen, Joe, damit ich zu ihm fahren kann?«, bat sie.

»Nein, tut mir Leid, Annabelle. Ich kann keine Ausnahmen machen.«

Da sie fand, durch ihre Bereitschaft zur Zusammenarbeit mit ihm hätte sie im Gegenzug wenigstens ein paar Informationen für den geplanten Beitrag verdient, fuhr sie fort: »Na gut. Ich soll für das Morgenmagazin über die Sache berichten. Können Sie mir sagen, was hier genau vorgeht?«

»Nein, auch das geht nicht, Annabelle, tut mir Leid.

Ich würde Ihnen ja gerne helfen, wenn ich könnte. Aber im Augenblick darf ich nichts sagen.«

143

Eine Sekunde nach Beendigung seines Interviews mit Harry, der ihm Fragen über die neuesten Filme gestellt hatte, kabelte er sich ab und eilte in sein Büro hinauf. Er nahm den Umschlag aus der untersten Schreibtischschublade und stopfte ihn in die Tasche seines Regenmantels. Die Haupteingänge mochten abgesperrt sein, aber es gab noch andere Wege, die aus dem Funkhaus hinausführten.

Wenn er diesmal noch davonkam, schwor Russ sich, würde er alles tun, um seine Sucht zu überwinden.

*

Gavin ging noch einmal den Text seines Beitrags über die Ermittlungen der Börsenaufsicht im Fall Wellstone durch. Während das Mikrofon am weichen Tuch seines Jackettaufschlags befestigt wurde, fragte er sich, ob er wirklich noch länger so weitermachen wollte. Immer in aller Herrgottsfrühe aufstehen, der ständige Leistungsdruck, die Beleidigungen und Tiraden von Linus und jetzt auch noch Yelenas abfällige Äußerungen und persönliche Angriffe.

Das hatte er nicht mehr nötig. Er hatte genug Geld. Sein Rentenfonds war prall gefüllt, und er könnte zusätzlich ein paar Stunden an irgendeiner Universität unterrichten – und sei es nur, um für ein paar Stunden Marguerites Gekeife zu entgehen. Ja, das war eine gute Idee. Auf einer Universität würde er von jungen, hübschen Studentinnen umgeben sein, die zu ihm aufblickten.

Er sollte aufhören, solange es noch so gut lief.

144

ANNABELLES HANDY VIBRIERTE. Mit zitternden Händen klappte sie es auf.

»Mike?«, fragte sie angstvoll.

»Sie warten nicht mal die Untersuchungsergebnisse ab, Annabelle. Sie haben Thomas sofort Cipro gegeben.«

»Und was haben die Ärzte gesagt?«

»Achtzig Prozent der Patienten mit Hautmilzbrand werden wieder gesund.«

Es folgte ein langes Schweigen. Keiner von beiden wollte die übrigen zwanzig Prozent ansprechen.

»Annabelle?«

»Ja?«

»Hör zu, mein Herz, wichtig ist doch nur, dass Thomas wieder gesund wird und dass dir nichts passiert. Es wird alles wieder gut, da bin ich mir sicher.«

Als Annabelle das Gespräch beendete, kämpfte sie mit den Tränen und klammerte sich an die Stärke und Zuversicht ihres Mannes. Zum ersten Mal seit vielen Monaten hatte sie den Eindruck, dass Mike sich wieder fangen würde.

145

Als Russ die schwere Stahltür aufschob, flammte in der Sicherheitszentrale ein rotes Licht auf.

»Alarm hinten am Notausgang zur 56th Street«, brüllte der Wachmann seinem Kollegen zu. »Ich laufe zum Notausgang, du informierst Joe.«

☆

Der Wachmann schob die Stahltür auf, trat in den strömenden Regen hinaus, blickte sich nach allen Seiten um und entschied rein willkürlich, Richtung 10th Avenue zu laufen. Die Augen wegen des Wolkenbruchs zusammengekniffen, hielt er vergebens nach dem Flüchtigen Ausschau.

Aber es war zu spät.

☆

»Verdammt!«, zischte Joe.

Der Hund hatte im Foyer die Spur verloren, und bei dem Regen war es aussichtlos, die Witterung auf der Straße weiterverfolgen zu wollen. Und jetzt war auch noch jemand durch den Notausgang entwischt.

»Schauen wir mal, ob wir Fingerabdrücke von dieser Stahltür abnehmen können«, regte der Polizist an.

146

Sie versuchte, den Gedanken an Thomas beiseite zu drängen und sich voll und ganz auf ihre Arbeit zu konzentrieren. Von Joe, der früher im Polizeidienst gewesen war, würde sie nichts erfahren. Aber vielleicht wäre die Vollblutjournalistin Yelena entgegenkommender. Sie würde verstehen, dass Annabelle die Fakten brauchte, wenn sie über das berichten wollte, was heute Morgen im Funkhaus vorging.

Yelena war sofort zu sprechen.

»In einem Abstellraum im Keller sind verdächtige Gegenstände gefunden worden: ein Chemiebaukasten und eine Schachtel Einmalhandschuhe«, erklärte die Nachrichtenchefin. »Joe hat eine versteckte Überwachungskamera installieren lassen, und auf dem Monitor war tatsächlich jemand zu erkennen, der weglief. Der Hund soll die Spur aufnehmen, denn in unmittelbarer Nähe der Abstellkammer wurde eine weggeworfene Skijacke gefunden. Wenn Sie wollen, kann ich Ihnen den Abstellraum zeigen.«

»O ja, danke. Ich rufe nur eben den Kameramann«, sagte Annabelle.

Yelena warf einen Blick auf ihre Armbanduhr. »Ich bin spät dran. Machen wir es doch so: Ich bringe Sie schnell runter und zeige Ihnen alles, und Sie rufen den Kameramann von dort aus an und dirigieren ihn hin.«

»Ja, das ginge. Vielen Dank für Ihre Hilfsbereitschaft«, sagte Annabelle.

»Hauptsache, wir stoßen nicht unterwegs auf diesen Polizeihund.«

Annabelle sah die Chefredakteurin fragend an.

»Ich bin allergisch gegen Hunde.«

147

Als sie an der Kellerrampe ankamen, spürte Annabelle die Vibration und zog ihr Handy aus der Tasche.

»Entschuldigen Sie, Yelena, aber ich muss rangehen. Es könnte mein Mann sein.« Sie hielt inne und klappte das Handy auf. »Mike?«

»Nein, ich bin's, Colleen, das Au-pair-Mädchen aus Maplewood. Sie erinnern sich, wir haben gestern miteinander gesprochen.«

»Aber ja. Es tut mir Leid, aber im Augenblick passt es leider gar nicht. Geben Sie mir doch einfach Ihre Nummer, ich rufe Sie zurück.« Annabelle tastete nach ihrem Schreiber.

Die junge Frau zögerte. »Nein, das wär wohl nicht so gut. Aber Sie sagten doch, ich soll anrufen, wenn mir noch was einfällt.«

»Schön, sagen Sie es mir.« Annabelle bemühte sich um Geduld.

»Es ist wahrscheinlich nicht so wichtig, aber die Person, von der ich Ihnen erzählt habe, die hat ein paar Mal geniest, als sie an dem Hund vorbeikam. Hilft Ihnen das irgendwie weiter?«

148

Yelena wartete, während Annabelle den Anruf entgegennahm, und erwog ihre Lage.

Die Plastiktüte mit dem Chemiebaukasten und den Handschuhen war da gelandet, wo schon das Messer lag, durch das Edgar Rivers gestorben war: tief unten in einem mehrere Straßen entfernten Müllcontainer. Die Gefahr, dass die Sachen gefunden werden würden, war gleich null. In New York wurde jeden Tag tonnenweise Müll entsorgt. Beide Ausdrucke von Jeromes Manuskript waren verbrannt worden.

Da es keine anderen Beweise gab, würden die Ermittlungen von Polizei und FBI wohl im Sande verlaufen. Der Urheber der Milzbrandbriefe bei den anderen Fernsehsendern war schließlich auch für immer im Dunkeln geblieben.

Alles, was zu tun blieb, war sicherzustellen, dass Jerome Hennings bösartiges Enthüllungsbuch niemals in irgendeiner Form veröffentlicht wurde. Nur wegen des Manuskripts war der ganze Alptraum ja überhaupt notwendig geworden.

Gott sei Dank überwachte sie gewohnheitsmäßig die E-Mails ihrer Mitarbeiter – sonst hätte sie erst von dem Manuskript erfahren, als es längst zu spät war. Jerome hätte sein Buch veröffentlicht, und alle würden nur noch an Skandale denken, wenn sie das Wort KEY News hörten. Der Sender wäre eine Lachnummer.

Das konnte sie nicht zulassen. Dazu hatte sie zu hart gearbeitet und zu viel investiert. Sie würde nicht tatenlos zusehen, wie ihr Erbe zerstört wurde. Sie würde alles tun, um ihr »Baby« zu beschützen, denn KEY News war alles, was sie hatte.

Nur Annabelle machte ihr noch Sorgen. Zwar hatte das FBI ihre Zusammenfassung des Manuskripts, aber das war nicht weiter schlimm – die beiden FBI-Agenten würden kaum ein Buch darüber schreiben. Und Yelena wurde darin gar nicht erwähnt, stand also auch nicht unter Verdacht. Aber Annabelle könnte durchaus auf die glorreiche Idee kommen, Jeromes Buch neu zu schreiben. Dieses Risiko konnte sie nicht eingehen.

Annabelle musste unschädlich gemacht werden, und zwar, bevor sie zu der Abstellkammer kamen, auf die eine Überwachungskamera gerichtet war. Yelena würde sie mit der Kraft einer Löwin angreifen, die ihr Junges verteidigte. Sie brauchte keine Waffe, nur die bloßen Hände, denn sie hatte die Kraft der Verzweiflung.

149

ANNABELLES GEDANKEN überschlugen sich, als sie die erschreckenden Zusammenhänge erfasste.

Yelena war allergisch gegen Hunde. Yelena hatte Zucker aus der Cafeteria genommen, wobei sie von dem armen Edgar beobachtet worden war. Yelena überwachte alle E-Mails der Mitarbeiter und Annabelle hatte von Jerome viele E-Mails bezüglich seines Manuskripts erhalten.

Hatte Yelena Jerome und Edgar getötet und die arme Frau aus New Jersey? War Yelena dafür verantwortlich, dass Annabelles heiß und innig geliebter kleiner Junge mit Hautmilzbrand im St. Vincent's lag?

Ihre Angst schlug in Wut um. Annabelle wirbelte herum, um sich dem Feind zu stellen – und spürte, wie sich Yelenas starke Hände um ihre Kehle schlossen.

150

NUR NOCH EINE halbe Stunde Sendezeit. Linus tigerte nervös im Regieraum auf und ab.

»Kriegen wir jetzt was über die Verbrecherjagd im Funkhaus oder nicht?«, fragte er scharf. »Warum zum Teufel hat sich Annabelle noch nicht gemeldet?«

»Ich frag mal nach, Linus«, erbot sich Beth und griff nach dem Telefonhörer.

151

Das Handy flog durch die Luft, als Yelena sie gegen den badewannengroßen, blechernen Ausguss in der Putznische oben an der Kellerrampe schleuderte. Yelenas Würgegriff wurde fester. Annabelle schlug wild um sich und kämpfte gegen ihre Angreiferin an, aber die wog gut zwanzig Kilo mehr als sie. Nur mit Körperkraft würde sie sich nicht gegen sie wehren können.

Sie hatte keine Waffe außer dem Kugelschreiber in ihrer Hand. Annabelle, die kaum noch Luft bekam, dachte an Thomas – und das verlieh ihr die Kraft, Yelena den Schreiber ruckartig in den Hals zu stoßen.

☆

Im Morgenmagazin-Studio demonstrierte der Meisterkoch gerade, wie man am besten einen Truthahn tranchierte.

Der Moderator schob sich eine Scheibe in den Mund. »Köstlich«, erklärte er. »Mit meinem Messer kriege ich nie so dünne Scheiben hin.«

☆

»Verdammt und zugenäht«, explodierte Linus, der die Szene auf dem Bildschirm im Regieraum verfolgte. »Zum Teufel mit dem Truthahn, ich will den herumschnüffelnden Polizeihund sehen. Wo zur Hölle steckt Annabelle?«

✩

Als der spitze Gegenstand sich in ihren Hals bohrte, lockerte sich Yelenas Griff und sie taumelte rückwärts. Annabelle riss sich los und versuchte, aus der Putznische zu fliehen. An der Kellerrampe blickte sie sich um, aber es war niemand in Sicht. Trotzdem rief sie um Hilfe.

»Niemand wird dich hören, Annabelle«, zischte Yelena. Sie hatte sich wieder gefangen und stürzte sich auf ihr Opfer.

✩

»Nein, keine Ahnung, wo sie ist, Beth«, sagte B.J. ins Telefon. »Zuletzt habe ich sie vor einer halben Stunde im Foyer gesehen. Aber ich habe Bilder von dem Hund, wenn euch das was nützt.«

✩

Als Yelena sie wieder in dic Putznische zurückzerrte, fiel Annabelle die Überwachungskamera ein. Wenn sie die kurze Strecke bis zum Abstellraum schaffte, würde die Kamera sie erfassen und sie konnte Hilfe herbeirufen.

»Damit werden Sie nie durchkommen«, flüsterte sie heiser, um Yelena abzulenken.

»Doch, das glaube ich schon. Man wird irgendwann

deine Leiche finden, wie die von Edgar Rivers. Und dieser Ausguss kommt wie gerufen. Ich werde meine Fingerabdrücke von deinem Hals waschen, nachdem ich dich mit bloßen Händen erwürgt habe.«

»Wegen eines Manuskripts, das nicht veröffentlicht werden soll? Was ist bloß los mit Ihnen? Es ist doch nur ein Job, Yelena.«

»Falsch, Annabelle. Es ist mein Leben.«

*

Geschlagen kehrte Joe in sein Büro zurück. Die Chance war vertan. Die Spurensicherung würde bald kommen, um den Abstellraum zu untersuchen, aber Joe war ziemlich sicher, dass die Beweise längst verschwunden waren.

Resigniert ordnete er die Zurücknahme der Schließung des Funkhauses an und verschickte eine E-Mail, die alle Mitarbeiter informierte, dass sie wieder nach Belieben kommen und gehen konnten. Dann setzte er sich hin und starrte düster auf den Monitor, der die Tür des Abstellraumes zeigte.

*

Thomas. Thomas. Sie musste zu Thomas. Sie musste zu ihrem kleinen Jungen.

»Du kranke Psychopathin. Wegen dir liegt mein Sohn im Krankenhaus.« Annabelle spuckte Yelena ins Gesicht. Die presste automatisch die Lider zusammen, damit nichts von dem Speichel in ihre Augen kam, und das gab Annabelle die Sekunde Zeit, die sie brauchte.

Direkt neben ihr stand einer der Wischmopps. Annabelle gelang es, den Stiel zu packen und den Mopp zu sich heranzuziehen. Sie rammte die Waffe in ihre Angreiferin hinein und diesmal gelang ihr die Flucht.

Sie rannte die Rampe hinunter, auf die Abstellkammer zu, dicht gefolgt von Yelena.

*

Als die Sendung zu Ende war, befahl Linus angewidert: »Falls Annabelle doch noch auftaucht, schickt sie zu mir. Wenn sie dafür keine verdammt gute Erklärung hat, kann sie sich auf was gefasst machen.«

*

Schwere Fußtritte stampften hinter ihr die Rampe hinunter. In ihrer blinden Wut musste Yelena die Überwachungskamera vergessen haben, dachte Annabelle und rannte weiter. Rannte um ihr Leben, wegen Mike, wegen der Kinder.

Tara und Thomas, noch so klein und unschuldig. Sie brauchten ihre Mutter. Sie dachte an ihren Sohn und den Milzbrand, der seinen kleinen Körper infiziert hatte, und dann spürte Annabelle, wie ihr verletztes Knie unter ihr nachgab. Sie stolperte vorwärts und stürzte auf den harten Betonboden. Schmerzgepeinigt versuchte sie sich hochzurappeln. Aber Yelena hatte sie eingeholt.

Annabelle spürte, wie die Wahnsinnige sich auf sie stürzte, sie um die Taille packte und zur Rampe zurückzuzerren versuchte. Annabelle ließ sich auf den Bauch fallen und kroch mit letzter Kraft ein paar Schritte vorwärts.

Weiter. Nur noch ein bisschen weiter.

Lieber Gott, bitte, lass es mich bis zur Abstellkammer schaffen. Und bitte, bitte, mach, dass jemand auf den Monitor sieht.

☆

Wegen des begrenzten Kamerablickwinkels war auf dem Monitor nur eine erhobene Faust zu sehen, ein Hinterkopf. Aber das reichte, um Joe Connelly und seine Wachleute in den Keller stürmen zu lassen.

Epilog

Thanksgiving, 27. November

»Wir verpassen die Parade«, jammerte die kleine Gestalt im Krankenhausbett.

»Nein, das tun wir nicht. Wir schauen sie uns im Fernsehen an.«

»Das ist nicht dasselbe«, sagte Thomas schmollend.

»Nächstes Jahr, Schatz. Nächstes Jahr, ich verspreche es.« Annabelle schloss die Augen, drückte dem Kind einen Kuss auf die Stirn und dankte Gott, dass es ein nächstes Jahr für ihn geben würde. Thomas würde wieder ganz gesund werden, meinten die Ärzte.

»Schau, Thomas, da ist Clifford, der Große Rote Hund.« Sie wies auf den an der Wand des Krankenzimmers angebrachten Fernseher.

Der Junge, von seiner Enttäuschung abgelenkt, zählte die Riesenluftballons, die über der Parade dahinschwebten. Der gestrige Sturm hatte einen kristallklaren Himmel zurückgelassen, ein vollkommener, hellblauer Hintergrund für die vielen bunten Luftballons. Clowns liefen im Kreis herum, Sterne winkten von Festwagen, Cheerleader tanzten und Spielzüge marschierten – und Annabelle erschien das alles wie eine Feier der Tatsache, dass ihr kleiner Junge es heil überstehen würde.

Der Rollkragenpullover verdeckte die Würgemale an ihrem Hals. Yelena Gregory befand sich in Polizeigewahrsam, und die allgemeine Ungläubigkeit, mit der ihr vollständiger Zusammenbruch zur Kenntnis genommen worden war, wurde bereits von intensiven Spekulationen über ihre Nachfolge abgelöst. Psychische Krankheit, Menopause, ein unausgefülltes Privatleben und blinder Ehrgeiz wurden als mögliche Erklärungen für die heimtückischen Morde, die sie begangen hatte, diskutiert. Annabelle konnte sich vorstellen, dass es bei KEY News zuging wie in einem aufgestörten Ameisenhaufen, aber das hätte ihr nicht gleichgültiger sein können. Solange Polizei und FBI nur eine wasserdichte Anklage gegen Yelena zimmerten; gegen eine Frau, so getrieben und krank, dass Mord ihr als vernünftige Lösung ihrer Probleme erschienen war.

Als ihr Handy klingelte, nahm sie das Gespräch an, da sie einen Anruf von ihrem Mann erwartete. Tara, die sich große Sorgen um ihren Bruder machte, war gestern Nacht aus einem schlimmen Traum hochgeschreckt, und Annabelle und Mike waren übereingekommen, dass es am besten war, wenn er mit ihrer Tochter zu Hause blieb, während Annabelle zu Thomas ins Krankenhaus fuhr.

»Mike?«

»Nein, Annabelle, hier ist Wayne Nazareth. Ich wollte nur mal nachfragen, wie es deinem Sohn geht.«

Annabelle war gerührt. Der junge Mann war ja selbst ein Zwilling und wusste nur zu gut, wie eine Tragödie in einem einzigen Augenblick das Leben verändern konnte, wie sie das Leben vieler beeinflussen konnte, die danach irgendwie weitermachen mussten.

»Thomas geht's schon wieder ganz gut. Vielen Dank, dass du anrufst, Wayne.«

»Kann ich irgendwas für dich tun, Annabelle? Irgendwas mitbringen vielleicht?«

»Das ist sehr lieb von dir, Wayne. Aber ich glaube, wir haben alles, was wir brauchen.«

»Okay. Pass auf dich auf ... und auf deinen Sohn.«

»Das werde ich, Wayne. Das werde ich.«

Am Schluss der Parade kamen Santa Claus und seine Rentiere. Das Telefon klingelte erneut.

»Na, wie geht's euch beiden?«, fragte Mike.

»Gut. Es geht uns gut.« Annabelle strich Thomas übers Haar. »Und wie läuft's bei dir und Tara?«

»Wir haben uns die Parade angesehen und an euch gedacht. Mrs Nuzzo hat angerufen. Sie bringt uns nachher Truthahn mit Füllung vorbei.«

»Zumindest bin ich so um die Thanksgiving-Kocherei herumgekommen«, witzelte Annabelle matt. »Es gibt so vieles, für das wir dankbar sein müssen, nicht wahr, Mike?«, flüsterte sie mit zusammengeschnürter Kehle. Thomas würde durchkommen, und Annabelle war jetzt ganz sicher, dass auch Mike wieder gesund werden würde.

Als ihr Mann antwortete, schwang die alte ruhige Sicherheit in seiner Stimme mit: »Ja, mein Herz. Das gibt es wirklich.«

Danksagungen

Es war ihre Idee und ich war gleich Feuer und Flamme. Als meine Agentin Laura Dail vorschlug, ich könnte doch mal eine Situation schildern, in der niemand aus dem Funkhaus herauskann und weder Täter noch Opfer entkommen können, stürzte ich mich begeistert auf diese Idee mit dem enormen Spannungspotenzial.

Als ich meiner Lektorin Jennifer Enderlin das zehnseitige Exposé schickte, war noch ein wenig Anthrax mit im Mix. Jen signalisierte begeisterte Zustimmung und hatte viele wertvolle Anregungen für die Charaktere und das, was ihnen im Verlauf der Geschichte zustoßen könnte. Und sobald Jen grünes Licht gegeben hatte, gab es kein Entrinnen mehr: Ich musste das Buch schreiben.

Auftritt Elizabeth Kaledin. Wie viele Leute haben schon das Glück, eine Freundin zu haben, die mit ihnen durch dick und dünn geht und zudem eine Fundgrube fundierter Informationen über eine Massenvernichtungswaffe ist?

Elizabeth, Medizinjournalistin bei den »CBS Evening News« mit Dan Rather, hatte ausgiebig zu dem Thema recherchiert und war gern bereit, ihre Erkenntnisse mit mir zu teilen. Ich fürchtete schon, mir mit dem Thema zu viel aufgeladen zu haben, aber Elizabeth baute mich immer wieder auf. Ihre Unterstützung, die mir im Lauf der

Jahre so oft zuteil geworden ist, war von unschätzbarem Wert für mich.

Bei den Fakten über Milzbrand – Inkubationszeit, Symptome und Behandlung – durften sich natürlich keine sachlichen Fehler einschleichen. Dr. Angelo Acquista, medizinischer Leiter des New Yorker Katastrophenschutzes und Autor des Buches *The Survival Guide: What to Do in a Biological, Chemical, or Nuclear Emergency* hat mir ebenfalls großzügig seine Zeit und sein Fachwissen zur Verfügung gestellt.

Wie zuvor erwies sich Stan Romaine, der Sicherheitschef von CBS, als meine Rettung. Er hörte sich mein fiktives Szenario an und hatte tausend Vorschläge zur Erhöhung der Spannung und für neue Verwicklungen in meiner komplexen Fernsehnachrichtenwelt. Vielen Dank, Stan. Sie waren sehr geduldig mit mir und durch Ihren Input hat das Buch sehr an Glaubwürdigkeit gewonnen.

Ich bin immer wieder erstaunt und dankbar, wie viele Leute zur Stelle sind, wenn man sie braucht. Meine Freunde und Kollegen bei CBS haben zahlreiche Ideen zu diesem Buch beigesteuert. Terri Belli, B.J. D'Elia (noch ein B.J., nicht der Kameramann aus dem Roman), Jerry Mazza und Jim Murphy steuerten Fakten und Lokalkolorit bei, die meine Nachrichtenwelt realistischer werden ließen.

Roberta Golubock, meine Freundin aus Kindertagen und Immobilienexpertin, ließ eines Sonntagvormittags alles stehen und liegen, um mich durch Greenwich Village zu führen und mir einige der Orte zu zeigen, die zu Schauplätzen des Romans geworden sind. Recherchieren mit Roberta ist immer eine Arbeit, die Spaß macht. Es war nicht das erste Mal, dass Roberta als meine Stadtführerin tätig war, und ich hoffe zuversichtlich, dass es nicht das letzte Mal gewesen sein wird.

Walter Timpone, früherer Bundesstaatsanwalt, verriet mir, mit welchen juristischen Konsequenzen einer meiner fehlgeleiteten Charaktere zu rechnen haben würde. Er erfasste die Lage sofort und erklärte mir alles so gut, dass ich es auch als juristische Laiin begriff.

Bei der St. Martin's Press arbeitet außer meiner dynamischen Lektorin Jen Enderlin ein wunderbares Team, bei dem ich mich als Autorin immer sehr gut betreut fühlte. Erlauben Sie mir, Sally Richardson, Matthew Shear, Ed Gabrielli, John Karle und John Murphy für alles zu danken, was sie für mich getan haben und hoffentlich weiter tun werden. Mein besonderer Dank gilt Anne Twomey, die so lange weitergemacht hat, bis das Cover genau richtig war.

Colleen Kenny, *gracias, amiga*, dafür, dass du meine Internetpräsentation eingerichtet hast und sie so gewissenhaft pflegst. Du hörst nie auf, mich zu überraschen und zu entzücken.

Vater Paul Holmes, was kann ich sagen? Sie sind es gewohnt, bis in die Details hinein präzise mitzudenken, wovon ich sehr profitiere. Sie sorgen dafür, dass keine losen Fäden bleiben. Ihre unermüdliche Unterstützung ist bis zum letzten Moment ganz entscheidend. Danke, danke, Paul.

Und nun ist die Arbeit getan. Mit der Familie und den Freunden, die ich so lange vernachlässigt habe, kann ich jetzt gehen, wohin immer wir wollen.

Jeder kann es sein.
Jeder, der einen Fernseher besitzt ...

Jede Nacht sehen Millionen von Fernsehzuschauern die KEY-News-Nachrichtensprecherin Eliza Blake auf den Bildschirmen. Aber einem von ihnen reicht es nicht mehr, sie nur anzusehen. Irgendjemand will ihr nahe kommen – und dafür mordet er.

»Ein exzellenter psychologischer Thriller.«
Publishers Weekly

Mary Jane Clark
Tödliche Nähe
Roman
Deutsche Erstausgabe

ULLSTEIN TASCHENBUCH

UB91